Ein Earl wird überzeugt

von
Audrey Harrison

Aus dem Englischen übersetzt von
Daniela M. Hartinger

Korrektorat
Sara Elisabeth Aufinger

Veröffentlicht von Audrey Harrison
© Copyright 2023 Audrey Harrison

Weitere Informationen über die Autorin finden Sie am Ende des Buches.

Kapitel 1

„Tante, ich habe dir schon unzählige Male erklärt, dass ich nicht heiraten werde, und du weißt auch, warum." Richard Fox, der Earl of Douglas, sah sie gequält an.

„Es ist längst an der Zeit, dass du heiratest. Du trägst Verantwortung für dein Erbe."

„Diese Tatsache ermutigt mich kaum dazu, eine Ehe einzugehen, selbst wenn ich dazu bereit wäre. Da ich das jedoch nicht bin, ist das also nur ein weiterer Punkt auf der langen Liste an Gründen, weshalb ich mit meiner Entscheidung richtig liege."

„Dein Argument ist in jeglicher Hinsicht falsch, du törichter Junge. Du lässt deine Zukunft von der Vergangenheit beeinflussen, etwas, das nur Dummköpfe tun."

„Ich bin der Dummkopf? Du hast dir doch in den Kopf gesetzt, mir unbedingt eine Ehefrau suchen zu müssen, und bringst lauter Jungfern ins Haus, die sonst niemand haben will. Ich wage zu behaupten, dass dein Plan von vornherein zum Scheitern verurteilt ist, und darüber bin ich mehr als froh."

„Ich habe Damen eingeladen, von denen ich annahm, dass sie zu dir passen würden. Ich hoffe doch, du gibst ihnen eine Chance."

„Warum sollte ich die Hoffnungen von Frauen wecken, die anderswo keinen Partner gefunden haben? Ich hätte zumindest erwartet, dass du einige Schönheiten der Saison einlädst", entgegnete Richard. Er stand im großen Salon des Hauses seiner Tante, eine Hand auf die Lehne eines Sessels gelegt, mit der anderen hielt er sich eine Lorgnette vor das Auge. Schon so mancher unbedeutende Mensch war unter seinem prüfenden Blick zusammengeschrumpft.

„Noch so eine Unverschämtheit und ich ziehe dir die Ohren lang, mein Junge." Marie ließ sich nicht im Geringsten davon abschrecken, dass ihr Neffe sie mit seinem üblichen verächtlichen Blick bedachte und seine eisblauen Augen sie herausforderten.

Ein kurzes Schweigen entstand, doch dann lachte Richard und steckte die Lorgnette in die Westentasche. „Ich bitte um Verzeihung, Tante. Ich habe in London zu viel Zeit mit den falschen Leuten verbracht und vergesse mich. Ich muss mich erst an das Landleben gewöhnen. Aber wenn du versuchst, dich in mein Leben einzumischen, bringt das meine schlechtesten Charakterzüge zum Vorschein."

„Pah, du bist doch der Anführer dieser falschen Leute, wenn die Gerüchte auch nur ansatzweise stimmen", sagte Marie und rückte ihre Röcke zurecht. Sie zog den älteren Kleidungsstil den modernen Empire-Kleidern vor. Durch ihre formelle Kleidung wirkte sie noch einschüchternder, unterstützt von den verächtlichen Blicken, die in der Familie lagen.

„Du solltest nicht alles glauben, was du in diesen Schmähblättern liest. Sie verdienen ihr Geld damit, überzogene Geschichten unter die Leute zu bringen." Richard verteidigte sich, aber das Lächeln, das seine Worte begleitete, untergrub seine Andeutung von Unschuld.

„Das mag bei einigen deiner Freunde der Fall sein, aber ich kenne dich zu gut. An den Geschichten ist mehr als nur ein Funken Wahrheit dran."

Richard lächelte seine Tante an. Der übliche finstere Gesichtsausdruck, der seine ansonsten attraktiven Züge trübte, verschwand zumindest für den Moment. Sie war die einzige Person, bei der er sich völlig entspannen und nur er selbst sein konnte, und selbst das geschah nur selten. „Ich hätte dir niemals auch nur die Hälfte von dem erzählen dürfen, was ich dir berichtet habe. Ich war jung und töricht, als ich mit dieser verflixten Angewohnheit begann, dir alles zu beichten, und nun kann ich sie nicht mehr ablegen. Es ist zu verlockend, wenn du die Eskapaden ebenso amüsant findest wie ich."

„Ja, du warst schon immer erpicht darauf, mir von deinen Heldentaten zu erzählen. Aber es ist an der Zeit für dich, zur Ruhe zu kommen. Obwohl mir auffiel, dass es neuerdings noch schwieriger ist, deinen Ansprüchen zu genügen. Ich muss mir von Müttern enttäuschter Töchter erzählen lassen, dass sie mit einem Antrag gerechnet haben."

„Ich würde niemals einer Dame, der ich zu meinem Unglück vorgestellt wurde, gegenüber auch nur andeuten, dass ich an einer Heirat interessiert wäre. Jegliche Geschichten darüber, ich hegte eine Zuneigung für irgendein armes Ding, sind völlig an den

Haaren herbeigezogen. Jeder unschuldige Flirt ist gefährlich, ständig wartet die Gesellschaft darauf, mich in eine Falle zu locken. Selbst ein Tanz ist schon schlimm genug. Ich spüre jedes Mal diese erwartungsvollen Augen auf mir ruhen, die sich fragen, ob demnächst eine Ankündigung in der Zeitung stehen wird."

„Es überrascht mich, dass jemand so etwas denken könnte. Wenn du einen Ballsaal betrittst, siehst du jedes Mal drein, als würdest du zum Galgen geführt werden."

„Das überrascht dich? Ich werde mit Mädchen gequält, die kaum einen richtigen Satz herausbringen und eindeutig in der sogenannten Kunst des Kokettierens unterwiesen wurden. Wenn sie so mit den Wimpern klimpern, den Kopf neigen und lächeln, dann muss ich leider gestehen, dass es mich in den meisten Fällen an ein Kamel erinnert. Es ist verdammt abstoßend."

Marie ignorierte die Ausdrücke ihres Neffen; sie war an seine mangelnde Zurückhaltung in ihrer Gesellschaft gewöhnt und begrüßte sie. Er war ein einsamer Junge gewesen, der nach dem Tod seiner Mutter keine Stütze gehabt hatte. Schließlich hatte sie sich in sein Leben gedrängt, obwohl ihr Bruder, Richards Vater, dagegen gewesen war.

Die Ablehnung ihres Bruders hätte die meisten Menschen abgehalten, sich um das Kind zu bemühen, aber Marie war nicht wie die meisten Menschen. Sie hatte ihren Bruder so lange erzürnt, bis er schließlich nachgegeben und akzeptiert hatte, dass sie Richard großziehen würde. Das Arrangement war sowohl für die Tante als auch den Neffen perfekt gewesen und hatte es Richard ermöglicht, endlich eine Form von Glück zu erleben, auch wenn er der Welt gegenüber distanziert geblieben war, manchmal auch gegenüber Marie. Doch dann war etwas geschehen, das ihn in seiner Überzeugung bestärkte, er sei einer tiefgehenden Beziehung nicht würdig, und er hatte sich seitdem zum Schlechten verändert.

„Das dachte ich mir bereits und habe dies auch den Müttern geantwortet. Und sie sind noch dümmer, wenn sie glauben, ich würde dich davon überzeugen, ein dummes Mädchen zu heiraten, ob es nun der Fang der Saison ist oder nicht."

Richard grinste. „Ich liebe dich, Tante."

„Wenn das so ist, dann benimm dich endlich und heiße meine Gäste mit Anmut und Höflichkeit willkommen. Es ist an der Zeit, dass du die Vergangenheit hinter dir lässt."

Seine Miene verfinsterte sich erneut. „Wie könnte ich das je tun?"

„Sie hat einen anderen gewählt. Ja, ich halte sie für eine Närrin, aber das ändert nichts an dieser Tatsache. Du darfst dir von ihrem Wankelmut nicht dein zukünftiges Glück verderben lassen."

Richard drehte sich zum Fenster, nicht einmal seine Tante durfte die Verzweiflung in seinem Gesichtsausdruck sehen. Die Person, von der er geglaubt hatte, sie könne den Schmerz der Vergangenheit endlich auslöschen, hatte ihn vielmehr in der Überzeugung bestärkt, er sei nicht liebenswert und könne jederzeit abgelegt werden. „Jedes Mal, wenn ich in London bin, sehe ich sie. Sie besucht mich regelmäßig, will stets in meine Pläne einbezogen werden. Ich schaffe es nicht, ihr etwas abzuschlagen."

„Dann bist du ein noch größerer Narr als sie. Wenn du glaubst, dass sie ihre Entscheidung bereuen und sich nach dir sehnen wird, nur weil du dich verhältst, wie du es tust, und unverheiratet bleibst, dann irrst du dich gewaltig."

Auf diese Worte hin öffneten sich seine Lippen ein wenig, aber in seinen Augen lag tiefer Schmerz. „Ich weiß nicht, was ich ihr oder mir beweisen will, aber ich kann mich nicht von ihr lösen. Dabei zerreißt es mich jedes Mal, wenn ich sie sehe. Ich habe bereits in Erwägung gezogen, auf den Kontinent zu gehen, um den Schmerz ihrer Gesellschaft hinter mir zu lassen. Oder ich trinke mich so oft besinnungslos, dass ich eines Tages nicht mehr aufwache."

„Wenn du davonläufst, wirst du dich nie von ihr lösen. Du würdest ihr weiterhin nachtrauern, nur aus der Ferne. Du musst akzeptieren, dass sie dich enttäuscht hat, und jemanden finden, der das nicht tut."

„Und wenn ich derjenige war, der sie enttäuscht hat?"

„Solch ein Unsinn! Sie hat sich von blumigen Worten, Nachsicht und großen Geschenken den Kopf verdrehen lassen. Aber solche Dinge sind keine Basis für eine stabile, starke Ehe."

„Ich könnte nie diese Worte aussprechen, mit denen ihr Mann sie bedenkt", sagte Richard mit einem Schaudern.

„Jede Frau, die diese Art der Schmeichelei benötigt, ist nicht die Richtige für dich. Sobald du das akzeptierst, wirst du erkennen, welches Glück du hattest. Ich hoffe, diese Hausgesellschaft wird dir zeigen, dass es Damen gibt, die dich zu schätzen wissen. Ich habe sie sorgfältig ausgewählt."

„Aber du hast lauter Mauerblümchen eingeladen, die alle etwa in meinem Alter sind. Das wird mir kaum einen Erben garantieren. Deine Chancen auf Großnichten oder Großneffen stehen schlecht, wenn ich eine unfruchtbare Jungfer heirate."

„Wenn du solch einen Unsinn von dir gibst, erinnert mich das stets daran, dass du das Balg meines dummen Bruders bist. Von ihm hätte ich solch herzlosen Unsinn erwartet. Aber du solltest über solchen Bemerkungen stehen."

Richard funkelte seine Tante an. „Für diesen Vergleich würde ich dich am liebsten zur Hölle schicken."

„Dann hör auf, dich wie er zu verhalten, und bleib dir selbst treu. Du wärst um so vieles sympathischer, wenn du nicht immer den Bösen spielen würdest."

Richard trat an den Kamin, legte Kohlen nach und beobachtete, wie die Flammen sie in Beschlag nahmen. Als das Feuer wieder loderte, wandte er sich seiner Tante zu und bürstete den Kohlestaub von seinen Händen. Sie hatte ihn unablässig beobachtet, jedoch geschwiegen; sie war sich mehr als bewusst, dass er jede Andeutung, er sei wie sein Vater, hasste. Als er sich zu ihr umdrehte, war jede Spur von Wut verschwunden und durch einen unsicheren Blick ersetzt worden, der ihn viel jünger erscheinen ließ als seine sechsundzwanzig Jahre.

„Und wenn ich so bin wie er? Wie kann ich heiraten und Kinder in die Welt setzen, wenn auch nur die geringste Chance besteht, dass ich sie so behandeln könnte, wie er mich? Selbst wenn ich es schaffe, Bea zu vergessen und zu heiraten, diese Zukunft würde ich nicht einmal meinem ärgsten Feind wünschen, geschweige denn meinen eigenen Nachkommen." Er klang nicht mehr wie der verächtliche Nichtsnutz, für den ihn viele seiner Freunde hielten. Das war der wahre Richard, der von Zweifeln und Bedenken geplagt war und den er vor der Welt verborgen hielt.

Marie stand auf und ging zu ihm hinüber. Sie legte die Hände an seine Wangen und zwang ihn, sie anzusehen. „Du bist nicht wie er, ansonsten wäre ich jetzt nicht hier. Obwohl er mein Bruder war, konnte ich seine Gesellschaft nur deinetwegen ertragen, und selbst dann nur für kurze Zeit. Wenn ich auch nur eine seiner Eigenschaften in dir entdeckt hätte, hätte ich dich längst aus meinem Haus geworfen. Du magst gelegentlich eine Bemerkung äußern, die mich an ihn erinnert, aber das ist auch schon alles."

„Manchmal höre ich mich selbst sprechen, und es ist, als würde er in meinem Kopf sitzen. Ich bin herausragend darin, andere kleinzumachen, weil ich vom Besten gelernt habe."

„Du hättest einer der ganz Großen in der Gesellschaft werden können, hättest du deinen wahren

Charakter gezeigt. Stattdessen hast du dich aufgrund deines Vaters und vor allem wegen der gelösten Verlobung dafür entschieden, diese merkwürdige Version deiner selbst zu zeigen und niemanden an dich heranzulassen."

„Ich lasse nicht zu, dass mich jemand noch einmal behandelt, wie es die beiden getan haben. Ich weigere mich, jemals wieder der Laune eines anderen ausgeliefert zu sein", sagte Richard leise. „Wenn ich dafür die meiste Zeit über eine Maske tragen muss, dann soll es so sein."

„Du bist ein so viel besserer Mann, als er es je hätte sein können, und du musst diesen Bann brechen, der dich an Bea bindet. Sie ist nicht die Richtige für dich und war es noch nie. Ich möchte diese Jahre nach dem Tod deiner Mutter aus deiner Erinnerung löschen und dich zufrieden sehen. Daher ist es mir so wichtig, dass du dein Glück findest, bevor ich meinen letzten Atemzug tue."

„Du wirst noch für viele Jahre bei uns sein."

„Das hoffe ich, aber ich möchte dich an der Seite einer Frau wissen, die das Beste in dir zum Vorschein bringt."

„Und wie soll das gelingen?"

„Sei du selbst und beende diese Scharade."

„Bei dir klingt das so einfach."

„Das ist es auch. Darüber hinaus brauchst du dir keine Gedanken wegen der Mauerblümchen machen, die habe ich nicht dir zugedacht. Ich habe Claude ebenfalls eingeladen; es ist an der Zeit, dass er sich niederlässt."

Richards Gelächter ließ jede Melancholie aus seinem Körper weichen. „Wissen die armen Lämmer denn, was sie erwartet?"

„Nicht nur du musst heiraten, auch Claude braucht eine Frau. Ich kann nicht den Rest meiner Tage damit verbringen, ihn aus einem Schlamassel zu befreien."

„Da ich ebenso das eine oder andere Mal den Retter spielen musste, kann ich deine Gefühle verstehen. Aber denkst du wirklich, dass eine Frau ihm Einhalt gebieten könnte? Und wird er ein Mauerblümchen überhaupt in Betracht ziehen? Du kennst ihn doch. Er wird eine wohlhabende junge Debütantin wollen."

„Wenn er weiterhin eine Zuwendung von mir erhalten möchte, wird er mir gehorchen. Manchmal denke ich, er wurde nach seiner Geburt vertauscht. Ich kann immer noch nicht akzeptieren, dass er mein Sohn ist, obwohl er meinem Mann, Gott hab ihn selig, ähnlicher ist, als ich es zugeben möchte. Daher kann ich ihn wohl nicht verleugnen", sagte Marie resigniert.

„Tante, du bist gehässig."

„Nein, das bin ich nicht. Nur ehrlich. Es hat keinen Sinn, so zu tun, als sei mein Sohn etwas anderes als ein Nichtsnutz und ein Trottel."

„Und doch wirst du ihn ermutigen, ein armes Ding zu heiraten. So etwas tut man niemandem an, schon gar nicht einer ahnungslosen Jungfer."

„Glücklicherweise gibt es in dieser Welt Frauen, die über seine Fehler hinwegsehen würden, wenn sie dafür das viele Geld erhalten, das ich ihnen hinterlasse."

„Aber sobald sie heiratet, erhält Claude die volle Verfügungsgewalt über ihre Finanzen. Er würde das Erbe binnen sechs Monaten durchbringen und dann säßen gleich beide in der Klemme."

„Ich werde ihn davon überzeugen, dass ich seiner Frau einen Teil seines Erbes überlasse, und er es nicht anrühren kann."

Richard runzelte die Stirn. „Das ist der Frau gegenüber ungerecht. Er wird sie mit Gewalt zur Herausgabe des Geldes zwingen. Hast du schon sein unaufhörliches Gejammer vergessen, das sich über Tage ziehen kann? Denn ich erinnere mich noch gut an die Ohrenschmerzen vom letzten Mal. Eine Ehefrau könnte ihm nicht so die Stirn bieten, wie wir es tun. Dich fürchtet er zum Glück, aber du wirst nicht ewig hier sein, um sie zu beschützen."

„Keine Sorge, ich habe kein Opferlamm ausgewählt. Die Frau, die ich im Auge habe, ist mehr als fähig, ihm die Stirn zu bieten und sich gegen seine schlimmsten Seiten zu behaupten. Aber falls ich mich irre, gibt es auch andere, die geeignet sein könnten. Ich bin sicher, dass eines der Mädchen, die ich eingeladen habe, stark genug sein wird, ein Leben an Claudes Seite zu überstehen."

„Ich hoffe, du hast recht. Ansonsten werde ich in dieser Sache etwas zu sagen haben, denn ich werde nicht dabei zusehen, wie ein Unrecht begangen wird, nicht einmal von dir", sagte Richard ernst. „Wenn Claude hier ist, nimmt das wenigstens den Druck von mir. Du wirst ohnehin damit beschäftigt sein, die verärgerten Gemüter zu beruhigen, für die er verantwortlich ist. Vielleicht wird es doch eine amüsante Hausgesellschaft."

„Bitte bleibe offen für den Gedanken. Ich ging sogar so schockierend weit, dass ich mehr Damen als Gentlemen eingeladen habe, was zweifellos kommentiert werden wird. Wenn du dich am Ende nicht verlobst, weiß ich wenigstens, dass ich mein Bestes getan habe, und hoffe, dass du dich amüsiert hast. Mehr kann ich nicht verlangen."

„Dieses Versprechen ist leicht zu geben. Ein Haus voller hübscher Damen ist wohl kaum unangenehm. Ich verspreche dir nur nicht, dass ich eine von ihnen heiraten werde."

„Akzeptiere einfach, dass ich es versuchen muss. Wenn ich versage, werde ich mich nicht weiter einmischen. Ausnahmsweise werde ich meine Spielchen beenden. Widerwillig, denn das würde bedeuten, dass du dich weiterhin nach etwas sehnst, was ohnehin nie existierte."

„Das verstehe ich nicht. Die Sache mit Bea war völlig real; ich war mit ihr verlobt, um Himmels willen!"

„Sie war dir aber nie wirklich treu, das war offensichtlich. Ich habe dich darauf hingewiesen und mir dafür beinahe den Kopf abreißen lassen, aber am Ende hatte ich recht."

Richard weigerte sich, über die Zeit zu sprechen, in der er und seine Tante sich fast unversöhnlich zerstritten hatten. „Solange wir uns über die Tatsache im Klaren sind, dass ich nach diesen beiden Wochen ebenso alleinstehend sein werde wie jetzt, werde ich deinen Versuch der Einmischung akzeptieren. Ich kann mir ohnehin nicht vorstellen, jemals eine Frau zu treffen, die mich länger als zwei Wochen interessiert, geschweige denn für den Rest meiner Tage." Die Worte *außer Bea* blieben ungesagt, aber sie wussten beide, dass er sie gedacht hatte.

„Es gibt dort draußen jemanden, der dir gefallen wird. Wenn selbst dein Vater eine anständige Frau finden konnte, die seine Unvernunft ertrug, wirst auch du eine finden, die dich anbetet."

„Ich vermute, das ist ein Kompliment, aber ich bin mir nicht sicher." Richard schüttelte den Kopf.

„Würdest du deiner Mutter nicht so sehr ähneln, würde ich dich definitiv als meinen beanspruchen." Marie lächelte ihn an. „Du bist mir in deiner Persönlichkeit und deinen Ansichten ähnlicher als jedes andere Familienmitglied, das mir bislang begegnet ist."

„Dann nehme ich an, ich darf mich auf ein hohes Alter freuen, in dem ich die Jüngeren mit meiner schrulligen Art befehlige, ob sie es wollen oder nicht." Richard trat von ihr zurück, um einer Backpfeife zu entgehen.

„Ich denke, ich werde dich als Claudes Vormund einsetzen."

„Er ist dreiunddreißig!" Richard lachte.

„Er würde es glauben, wenn es in meinem Testament stehen würde."

„Vielleicht sollte ich dich ermorden, nur für den Fall, dass du es ernst meinst."

„Das würde die Hausgesellschaft sicherlich interessant machen."

Kapitel 2

„Ich wünschte, Sophia und Caroline würden uns begleiten", sagte Isabelle Carrington, während die Kutsche durch die Landschaft von Hampshire polterte. „Mir ist lieber, wenn wir alle zusammen sind."

„Du wirst dich mit uns beiden begnügen müssen", tröstete Amelia Beckett sie. „Sei lieber vorsichtig, sonst denken Patricia und ich, dass du über unsere Gesellschaft unglücklich bist."

„Ich könnte eine ganze Woche über diese Beleidigung weinen", sagte Patricia Leaver zu ihrer Freundin und versuchte, einen ernsten Gesichtsausdruck aufrechtzuerhalten.

„Ach, hört doch auf. Ihr wisst, was ich meine. Es macht Spaß, wenn wir alle zusammen sind. Ich mag es nicht, wenn jemand von uns nicht dabei sein kann."

„Nur weil dann auf den Bänken der Mauerblümchen weniger Personen sitzen, mit denen du dich unterhalten kannst", stichelte Amelia.

„Ich nehme an, eine solche Bank wird es auf dieser Veranstaltung nicht geben, aber das Ergebnis wird dasselbe sein. Ich frage mich wirklich, warum wir eingeladen wurden", sinnierte Isabelle.

„Marie Greenwood ist eine gute Freundin von mir", sagte Mrs. Enid Leaver, Patricias Großmutter. „Sie ist die Tante des Earls und erzählte mir, dass sie sowohl ihren Sohn als auch den Earl verheiratet sehen möchte. Offensichtlich sieht sie keine von euch als Mauerblümchen an, ansonsten hätte sie euch nicht eingeladen. Marie ist eine kluge Frau und würde niemanden einladen, den sie nicht für würdig hält, in ihre Familie aufgenommen zu werden."

„Ich frage noch einmal: Warum wurden wir eingeladen?" Aber Isabelle lachte bei diesen Worten. „Ich habe den Earl of Douglas bereits gesehen und er ist umwerfend. Vielleicht sichere ich mir doch noch einen Ehemann, wenn seine Tante ihn unbedingt verheiraten will. Es gibt definitiv schlechtere Ehemänner."

Amelia runzelte die Stirn. „Ich glaube nicht, dass ich ihn je gesehen habe."

„Er tritt in der Gesellschaft nicht allzu sehr in Erscheinung, aber wo er hingeht, fällt er auf. Er hat dunkles Haar und eisblaue Augen, aber ein unnahbares Wesen, wie der Held eines Schauerromans. Du würdest dich bestimmt an ihn erinnern", sagte Isabelle.

„Du solltest Bücher oder Gedichte schreiben, so wie du mit Worten umgehen kannst", erwiderter Amelia.

„Vor allem, wenn sie viel zu großzügig mit ihnen ist", sagte Patricia.

„Ach, wirklich? Bitte sag mir, dass er wie ein Wasserspeier aussieht!", flehte Amelia.

Patricia lachte über Isabelles schockierten Gesichtsausdruck und schüttelte den Kopf. „Es tut mir leid, dich enttäuschen zu müssen. Er ist tatsächlich äußerst attraktiv, aber er verbringt die meiste Zeit damit, durch seine riesige Lorgnette auf alle herabzusehen."

Sie ahmte Richard nach und brachte die anderen damit zum Lachen.

„Das klingt nach einem Mann, den wir meiden sollten. Allerdings bezweifle ich ohnehin, dass er uns ansehen wird", sagte Amelia.

Isabelle verzog das Gesicht. „Was man von dem Sohn der Gastgeberin nicht behaupten kann."

„Mr. Greenwood", stöhnte Patricia.

„Oh nein!", rief Amelia. „Kein Wunder, dass ihr mir vor unserer Abreise so wenig von dieser Hausgesellschaft erzählt habt", sagte sie. „Wenn ich gewusst hätte, dass er dort sein würde, hätte ich der Reise nicht so voreilig zugestimmt."

„Du hättest uns im Stich gelassen?", fragte Patricia mit gespielter Entrüstung.

„Wahrscheinlich nicht, aber ich bekomme schon eine Gänsehaut, wenn ich ihn sehe. Ich würde nur ungern mit ihm tanzen, und das sagt eine Frau, die auf den Mauerblümchenbänken sitzt und normalerweise für jeden Tanz dankbar ist!"

„Ganz genau!", stimmte Isabelle zu. „Wir müssen uns verbünden, damit keine von uns je allein in Mr. Greenwoods Nähe ist."

„Unbedingt." Amelia erschauderte. „Ich habe Mitleid mit jeder, auf die er seine Aufmerksamkeit richtet."

„Er ist etwas gewöhnungsbedürftig", sagte Enid. „Aber er ist selbst ein wohlhabender Mann und wird noch wohlhabender werden, wenn er nach Maries Tod erbt, obwohl ich hoffe, dass das erst in vielen Jahren der Fall sein wird."

„Großmutter, du würdest eine von uns mit ihm verheiratet sehen wollen? *Mich*?", rief Patricia.

„Natürlich nicht, und Marie wird sich dessen bewusst sein. Sie war stets ehrlich, was seine Schwächen angeht. Ich bin zuversichtlich, dass der Earl heiraten möchte, und da er ungefähr in eurem Alter ist, wäre es passend, wenn eine von euch ihn für sich gewinnen könnte. Ich weiß, dass Marie sehr viel von ihm hält, mehr als von ihrem Sohn, wenn sie ehrlich ist."

„Du hoffst, dass eine von uns ihn sich sichert?", fragte Patricia.

„Warum nicht? Marie duldet keine Dummheiten und spricht immer voller Zuneigung von ihm."

„Er ist ein Earl, allein der Titel verleiht ihm das Recht, dass man gut über ihn spricht", sagte Amelia.

„Nicht in Maries Fall. Nicht einmal wenn er ein Duke wäre, würde sie mit ihrer Meinung hinter dem Berg halten. Ihr solltet hören, was sie über ihren Sohn sagt. Sie ist wirklich bissig."

„Sie scheint eine interessante Persönlichkeit zu sein", sagte Amelia.

„Sie klingt furchteinflößend", entgegnete Isabelle.

„Sie ist beides." Enid lächelte die Mädchen an. „Aber sie mag Esprit. Ich bin sicher, dass sie euch mögen wird."

Als sie in das Anwesen von Greenwood House einbogen, schauten sie gespannt aus dem Fenster. Als sich die Bäume lichteten und den Wendekreis vor dem roten Backsteinhaus freigaben, lächelte Amelia ihre Freundinnen an.

„Eines ist gewiss: Wenn es nach dem Äußeren geht, werden wir in den nächsten zwei Wochen äußerst komfortabel wohnen."

***

In der großen quadratischen Eingangshalle herrschte reges Treiben. Amelia sah sich um und bewunderte den schwarz-weißen Marmorfußboden, den cremefarbenen Marmorkamin und die sorgfältig platzierten Vasen und Statuen, die das Gesamtbild unterstrichen.

„Das ist ein wunderschönes Haus", sagte sie, während sie einem Diener Haube, Handschuhe und Schal reichte.

„Vielen Dank. Ich bin stolz darauf, die besten Gestalter beauftragt zu haben, ich kann Vulgarität oder zu viel Prunk nicht ausstehen. Ich ziehe es vor, dass das Haus elegant und nicht überladen wirkt", sagte Marie, als sie in die Halle trat und die Gäste begrüßte. „Enid, es ist schön, dich wiederzusehen. Ich freue mich, dass du es geschafft hast."

„Ich würde mir nie eine Gelegenheit entgehen lassen, deine Machenschaften zu beobachten", erwiderte Enid, als sie ihre Freundin umarmte.

„Du Biest", lachte Marie.

„Du erinnerst dich an Patricia?", fragte Enid.

„Das tue ich. Sie sind das Ebenbild Ihrer Mutter. Sie wäre erfreut zu sehen, dass Sie ihr so ähnlich sind", sagte Marie zu Patricia.

„Mrs. Greenwood." Patricia knickste höflich. „Bitte erlauben Sie mir, Ihnen meine Freundinnen vorzustellen, Miss Isabelle Carrington und Miss Amelia Beckett."

„Ich hoffe, die anderen beweisen einen ebenso guten Geschmack wie Miss Beckett", sagte Marie mit einem Nicken in Richtung Amelia.

„Ich interessiere mich sehr für Häuser, sowohl das Interieur als auch das Gebäude selbst. Ich befürchte, das macht mich nicht zur besten Dinnergesellschaft, aber ich verspreche, dass ich Ihre Gäste nicht zu Tode langweilen werde", sagte Amelia.

Marie lächelte. „Das freut mich zu hören. Kommen Sie, ich übergebe Sie an meine Haushälterin, damit Sie Ihre Zimmer beziehen können. Anschließend werde ich Sie den Gästen vorstellen, die bereits eingetroffen sind."

Nachdem sie sich erfrischt und sich ihrer Reisekleider entledigt hatten, trafen die drei Enid auf der Treppe, bevor sie in den Salon hinuntergingen.

„Ich bin froh, dass wir drei uns ein Zimmer teilen", sagte Patricia auf dem Weg die Eichentreppe hinunter. „Dann bin ich weniger eingeschüchtert von dem ganzen Prunk."

Amelia schüttelte den Kopf. „Patricia, eines Tages wirst du deinen wahren Wert zu schätzen wissen. Keine von uns ist weniger wert als die anderen Gäste in diesem Haus. Außerdem stehen wir unter dem

Schutz deiner Großmutter, die in der Lage ist, jeden einzuschüchtern."

„In der Tat", stimmte Enid zu.

„Wir verfügen nicht über das nötige Vermögen oder das junge Alter, um uns zu empfehlen", verteidigte sich Patricia.

„Nein, aber wir sind auch keine armen Schlucker. Ich weigere mich, mich dafür zu entschuldigen, dass ich nicht reich oder attraktiv genug bin, um von der Elite der Gesellschaft akzeptiert zu werden", sagte Amelia. „Wenn das alles ist, was bei der Wahl einer Ehefrau zählt, dann bin ich glücklich darüber, eine alte Jungfer zu sein." Sie war nicht ganz ehrlich zu ihren Freundinnen und das war diesen bewusst. Es gab einen weiteren Grund, weshalb Amelia niemals heiraten wollte, aber den kannten nur diejenigen, die ihr besonders nahestanden, und aus Respekt ihr gegenüber wurde er nie angesprochen.

„Du solltest so etwas nicht sagen. Vielleicht verliebst du dich ja unsterblich in Lord Douglas", entgegnete Isabelle grinsend.

„Nach deiner Beschreibung bezweifle ich das sehr", sagte Amelia. „Ich würde ihm am Ende nur seine Lorgnette aus der Hand schlagen, weil er mich ständig damit anstarrt. Was für eine lächerliche Angewohnheit, und herablassend obendrein."

„Ich stelle mir gerade vor, wie du darauf herumtrampelst, damit er sie auch ja nie mehr benutzen kann", sagte Patricia.

„Man soll seine Aufgaben stets gründlich erledigen", sagte Amelia hochmütig, aber mit einem Lachen in der Stimme.

Die drei wurden in den Salon geführt, wobei ihre Belustigung ihre Gesichter erhellte und ihren Augen ein zusätzliches Funkeln verlieh, sodass die wenigen Männer, die sich bereits im Raum befanden, mehr als erfreut waren, ihre Bekanntschaft zu machen, ob sie nun Mauerblümchen waren oder nicht.

***

Als die Tür zum Salon geschlossen wurde, traten Richard und sein Kammerdiener unbemerkt aus dem Türrahmen, in dem sie gestanden hatten. Sie waren aus der Bibliothek gekommen, hatten sich jedoch zurückgezogen, als sie Stimmen hörten.

Richard sah seinen Kammerdiener mit hochgezogenen Augenbrauen an und brach das Schweigen. „Anscheinend stimmt es, was man sagt: Der Horcher an der Wand hört seine eigene Schand'."

„Das ist nur das Gerede von dummen, jungen Mädchen", sagte der Kammerdiener.

„Sie klangen weder dumm noch jung", sagte Richard. „Zumindest muss ich mich nicht bemühen, ihnen gegenüber freundlich zu sein."

„Sie haben es Ihrer Tante versprochen", mahnte der Kammerdiener, der genau wusste, was Marie gesagt hatte. Richard hatte den größten Teil ihrer Unterhaltung für ihn wiederholt.

„Sam, Sie wissen so gut wie ich, dass ich nur versprochen habe, für die Möglichkeit offen zu sein, mehr nicht. Da ich nicht riskieren kann, dass mir regelmäßig die Lorgnette aus der Hand geschlagen wird, werde ich diese drei Damen gleich auf ihre Plätze verweisen." Richard war nicht übermäßig beleidigt über diese Bemerkung. Wenn er sich erlauben würde, über den Kontext nachzudenken, in dem sie gesagt wurde, wäre er sogar amüsiert. Dennoch hatte sie geschmerzt und der belustigte Unterton wurde von dem Mann, der sich in vielerlei Hinsicht für wertlos hielt, nicht gewürdigt. „Es wird mir eine Freude sein, ihnen einen meiner Blicke zu schenken."

Sam stöhnte, beschloss aber zu schweigen. War die Laune des Herrn verdorben, war es besser, ihn in Ruhe zu lassen, bis er wieder der Alte war. Er sah es als gelegentliches Ereignis an, wenn der Geist des früheren Herrn den des neuen heimsuchte. Es kam nicht oft vor, aber es war jedes Mal beunruhigend, denn den Albträumen nach zu urteilen, hatte der junge Lord schon hinreichend gelitten.

Richard betrat den Salon, die Lorgnette fest in der Hand, und hielt inne, um die versammelten Gäste zu betrachten. Der Raum war genauso prächtig und exquisit eingerichtet wie der Rest des Hauses, mit einem Marmorkamin an der Hauptwand. Vier große, vom Boden bis zur Decke reichende Fenster gaben den Blick auf eine weitläufige Rasenfläche frei. Die Möbel waren von hoher Qualität, aber jedes Stück diente nicht nur der Dekoration, sondern auch einem Zweck. Bei dieser Gelegenheit galt Richards Aufmerksamkeit jedoch nicht den Vorzügen des Zimmers. Er musterte die versammelten Gäste, einige sahen ihn offen an, andere blickten verstohlen in seine Richtung. Er fragte sich, welche Frau seine Tante ihm zugedacht hatte. Sie hatte es zwar nicht gesagt, vermutlich um ihn nicht zu verschrecken, aber wenn sie eine speziell für Claude ausgesucht hatte, hätte sie dasselbe für ihn getan.

Er zählte sechs Mütter mit ihren Ehemännern und Töchtern, die allesamt scheinbar eben erst die Kinderstube verlassen hatten. Richard konnte sich nur mit Mühe eine Grimasse verkneifen. Seine Tante kannte ihn überhaupt nicht, wenn sie dachte, dass er ein Mädchen heiraten würde, das kaum mehr als ein Kind war. Neben ihnen kam er sich steinalt vor.

Zwei weitere junge Damen gehörten offenbar zu einer einzelnen Frau, die neben drei Gentlemen stand, von denen einer sein Cousin Claude war. Na großartig, Claude hatte zwei Freunde mitgebracht. Die Gesellschaft wurde immer besser. Richard fluchte innerlich. Schließlich waren da noch die Mauerblümchen, die unverkennbar etwas abseitsstanden, selbstbewusster als die jüngeren Frauen, und kaum einen Blick in seine Richtung warfen, als hätten sie bereits akzeptiert, dass sie nur eingeladen worden waren, um die Zahl der Gäste auszugleichen.

Aber zumindest bei dieser Gesellschaft war das nicht der Fall. Er fragte sich, ob die Freundin seiner Tante, die die drei begleitete, in den Plan eingeweiht war, eine von ihnen mit Claude zu verheiraten.

Falls er befürchtet hatte, die drei würden um seine Aufmerksamkeit buhlen, war seine Sorge unbegründet. Er war eindeutig nicht die attraktive Versuchung gewesen, die sie zu der Hausgesellschaft gelockt hatte. Das war ungewöhnlich, immerhin war er es gewohnt, umschwärmt zu werden, wenn eine ledige Frau auf der Suche nach einem Ehemann war.

Sein Cousin lenkte Richards Aufmerksamkeit von den Mauerblümchen ab. Claude war laut und kleidete sich ähnlich wie der Regent, indem er bunte, helle Kleider trug, die sich nur mit Mühe über seinen üppigen Bauch spannten. Seine Schneider wiesen ihn zwar darauf hin, dass er eine größere Größe benötigte, aber Claude spottete stets, dass sie ihr Handwerk nicht verstünden, und verlangte, dass sie seine Kleidung in seiner üblichen Größe anfertigten. Mit den Jahren wurde der Stoff über die Maße gedehnt und das verzerrte die Muster zu grotesken Formen, was nichts an dem Aussehen änderte, das Claude seiner Meinung nach erzielte. Richard seufzte. Er hatte seinem Cousin nie nahegestanden, obwohl sie einige Jahre unter demselben Dach gelebt hatten. Selbst in seiner öffentlichen Rolle hatte er wenig mit Claude gemein.

Er nickte seiner Tante zu und folgte ihr, um den Gästen vorgestellt zu werden, wobei er die Lorgnette für den Moment wegsteckte. Seine Aufmerksamkeit wanderte immer wieder zu den Mauerblümchen, während er sich durch den Raum bewegte. Als er sie ansah, fragte er sich, wer wohl diejenige war, die es auf seine Lorgnette abgesehen hatte.

War es die zierliche Blondine mit den blauen Augen und der Brille? So wie sie errötete, als eine der anderen ihr etwas zuflüsterte, eher nicht. Es könnte die Größere der drei sein, die stumpfes braunes Haar und braune Augen hatte. Sie schien sich sehr wohlzufühlen, nickte seiner Tante zu und lächelte, als sich ihre Blicke trafen. Er vermutete, dass sie die Enkelin der Freundin seiner Tante war; es bestand eine gewisse Ähnlichkeit zwischen ihnen.

Das letzte Mauerblümchen stand mit dem Rücken zu ihm. Alles, was er sehen konnte, war ihr volles kastanienbraunes Haar, das cremefarbene Blumen zierten. Ihre Statur war schlank und elegant, wenn auch nicht groß; Richard wusste, dass sie es gewesen sein musste, deren Worte er gehört hatte. Es interessierte sie offensichtlich nicht, dass er den Raum betreten hatte; stattdessen unterhielt sie sich mit ihren Freundinnen. Er war versucht, sie in die Schranken zu weisen, sobald er die Gelegenheit dazu hatte. Kein großmütiger Gedanke, aber er konnte sich nicht eingestehen, dass sie ihn mit ihren Bemerkungen getroffen hatte.

Während er den Gästen vorgestellt wurde, wurde ihm klar, dass es ein Fehler war, dass er dieser Gesellschaft beiwohnte. Die meisten der jungen Frauen versuchten, ihn für sich einzunehmen. Das war schade für Claude, aber es war nicht Eitelkeit, die Richard zu diesem Schluss kommen ließ. Claude war in Gesellschaft häufig negativ aufgefallen, da er selbstgefällig, anspruchsvoll und laut war. Richard hatte im Laufe der Jahre versucht, Claude zu helfen, aber aufgrund seiner unglücklichen Kindheit und seiner inneren Verletzlichkeit hatte sich Claude immer für überlegen gehalten und nie auf die Hinweise oder Ratschläge gehört, die Richard ihm gegeben hatte.

„Schön, dich zu sehen, Cousin", rief Claude. „Willst du die Reste sehen, die ich für dich übrig lasse?"

Richard erschauderte angesichts der vulgären Aussage, die auch noch derart offen ausgesprochen wurde. „Ich bin gekommen, um einige Wochen bei meiner Tante zu verbringen", antwortete er kühl.

„Er war immer schon ein Langweiler", sagte Claude zu seinen Freunden. „Ich gedenke, mich in vollen Zügen zu amüsieren, und wer kann es mir verdenken, wenn ich von so vielen hübschen Fohlen umgeben bin?" Claude hob sein Glas und einige Gäste sahen ihn misstrauisch an. Offenbar hatten ihn noch nicht alle vorher kennengelernt. Wahrscheinlich bereuten sie in diesem Moment ihre Entscheidung, die Hausgesellschaft besucht zu haben, egal, ob die Saison ausklang oder nicht.

Richard starrte seinen Cousin an. „Du wirst deiner Mutter die Höflichkeit erweisen, dich wie ein gut erzogener Mensch zu verhalten, wenn sie Gäste hat", zischte er.

„Und seit wann bist du der Verwalter meiner Mutter?", entgegnete Claude.

„Seit ich bemerkt habe, dass du kaum mehr als ein Landstreicher bist", sagte Marie. „Wenn auch ein reicher."

Claude warf seiner Mutter einen bösen Blick zu. „Einer, der nicht auf sein gesamtes Vermögen zugreifen kann, also spielt es keine Rolle, wie reich ich bin."

„Ja, und glaube nicht, dass sich nach meinem Tod etwas daran ändern wird. Dein Cousin wird dann dein Vermögen verwalten und er hat die strikte Anweisung, weniger nachsichtig zu sein als ich", sagte Marie.

„Ich bin volljährig, Mutter!", zischte Claude Marie zu. Aber jeder hatte es vernommen, denn Claude neigte zum Schreien, vor allem, wenn er aufgeregt war. Da konnten die Gäste noch so sehr vorgeben, es nicht zu hören.

„Sobald du anfängst, dich wie ein Erwachsener zu benehmen, wirst du auch wie einer behandelt. Komm, Richard, ich möchte dir die Enkelin einer guten Freundin vorstellen", sagte Marie und ignorierte dabei völlig, dass ihr Sohn vor Wut kochte.

„Du solltest umsichtiger sein, wenn du ihn verheiraten willst. Er muss in einem guten Licht erscheinen", sagte Richard leise, während sie sich den Mauerblümchen näherten.

„Seine Zukünftige soll keinen Zweifel daran haben, auf wen oder was sie sich einlässt, denn sie muss stark sein", antwortete Marie.

„Warum lädst du dann so viele junge Damen ein?", fragte Richard.

„Um Claude vorzugaukeln, er hätte die Wahl, und um dich in Versuchung zu führen, natürlich."

Richard empfand plötzlich Mitleid mit den Mauerblümchen. Es war klar, dass seine Tante tatsächlich eine von ihnen ausgewählt hatte, um Claude zu heiraten. Als sie sich bei seiner Annäherung umdrehten, griff er nach seiner Lorgnette, hielt aber mit der Hand in der Westentasche inne. Er hatte die Frau mit dem kastanienbraunen Haar angesehen, als sie sich umdrehte, und war von den unwiderstehlichen blaugrauen Augen in ihren Bann gezogen worden. Mauerblümchen sollten doch schlicht sein! Dennoch war er überrascht. Nicht von ihrer Schönheit, denn sie konnte höchstens als hübsch bezeichnet werden, sondern von dem Selbstbewusstsein und der Anmut, die sie umgab. Sie war nicht die verwelkende, alte Jungfer, die er erwartet hatte, und er verspürte das Bedürfnis, nein, das Verlangen, sie besser kennenzulernen. Völlig verblüfft von einer solchen Reaktion auf eine Fremde, geriet er ins Stocken.

Richard bemerkte, wie ihre Augen seiner Hand zur Westentasche folgten. Sie sah aus, als würde sie jeden Moment in Gelächter ausbrechen. Die Unsicherheit, die er normalerweise hinter seinem kühlen, unnahbaren Äußeren verbarg, entfachte sich an ihrem Gesichtsausdruck. Vermutlich lag es daran, dass noch nie eine Person so unbekümmert gewirkt hatte, während sie Richard vorgestellt wurde, geschweige denn die Frechheit besaß, über ihn zu lachen.

Das machte seine Reaktion auf sie noch verwirrender. Es war nicht die Arroganz, die ihn eine Art von Ehrerbietung erwarten ließ, sondern schlicht und einfach das übliche Verhalten der Menschen. Aber es war das erste Mal, dass er sich dieses Verhalten wünschte. Er ließ die Hand zur Seite fallen und spürte, wie ihm die Hitze in den Nacken kroch. Er durfte sich auf keinen Fall anmerken lassen, dass er die Fassung verloren hatte.

Marie stellte die Gäste vor, alle verbeugten sich und knicksten, aber Richard konnte seinen Blick kaum von Amelia abwenden. Ihre Belustigung hatte sich in einen neugierigen Blick verwandelt, den er nicht als Interesse interpretieren würde. Vielmehr schien sie sich zu fragen, was er als Nächstes tun würde. Machte er in ihrem Blick auch ein wenig Enttäuschung darüber aus, dass er sich nicht wie gewünscht verhalten hatte? Hoffentlich hatte er sie überrascht, denn sie hatte ihn gewiss beeindruckt.

„Ich glaube, ich bin mit Ihrem älteren Bruder bekannt, Miss Beckett", sagte er in dem Versuch, die Situation unter Kontrolle zu bringen. Allerdings klang seine Stimme etwas angestrengter als üblich.

„Ach wirklich? Gehörten Sie zu der Gruppe, die während des letzten Semesters in Oxford der Einrichtung verwiesen wurde?", fragte Amelia.

„Nein. Ich habe zwar von den Ereignissen gehört, die zu dem Ausschluss geführt haben, war jedoch mit der Gruppe nicht näher bekannt."

„Ah, ich hatte gehofft, Sie könnten etwas Licht in die Sache mit dem Fahnenmast bringen, denn Vater hat Jacob verboten, darüber zu sprechen. Meistens hält sich mein Bruder auch daran."

„Meistens?", fragte Richard.

„Jacob ist sehr stolz auf was immer er getan hat, und hat immer wieder Hinweise darauf fallen lassen. Das macht es fast noch schlimmer. Jetzt kenne ich nur

Bruchstücke der Geschichte. Aber er weiß, dass Vater wütend wird, wenn er sich zu sehr mit seinen Taten brüstet."

Der fragliche Vorfall drehte sich um die Unterwäsche der Ehefrau eines Lehrers, die an den Fahnenmast gehängt worden war. Viele hatten sich darüber empört, andere waren begeistert gewesen. Richard hätte erwartet, dass ein solcher Streich die meisten jungen Damen schockieren würde. Sein Gesichtsausdruck musste etwas von seiner Überraschung darüber verraten haben, dass sie so offen über eine solche Tat sprach, denn ihre Augen leuchteten amüsiert auf.

„Ich bitte um Verzeihung, falls ich Sie schockiert habe, Mylord." Sie lächelte sanft und meinte offensichtlich kein einziges Wort, das sie sagte.

„Ganz und gar nicht. Es überrascht mich nur, dass Ihr Bruder in Ihrer Gegenwart nicht vorsichtiger ist, das ist alles." Richards Tonfall entsprach dem eines missbilligenden Älteren, obwohl der Altersunterschied zwischen ihnen kaum vorhanden war.

„Manchmal ist er das auch", sagte Amelia, woraufhin Patricia ein hüstelndes Lachen ausstieß. „Also schön. Er ist völlig unverschämt und genießt es, hinterher von seinen Heldentaten zu erzählen."

„Wenn ich das nächste Mal in London bin, muss ich Ihren Bruder aufsuchen. Er klingt, als würde er jeden langweiligen Abend aufhellen", sagte Marie.

„Oh, das tut er."

„Komm, Richard, lass uns die Misses Jones begrüßen. Sie sind meine besonderen Lieblinge", sagte

Marie mit einem Nicken und einem Lächeln zu den Mauerblümchen.

Richard folgte seiner Tante und wünschte, er hätte Amelia gegenüber seinen Unmut deutlicher zum Ausdruck bringen können. Das hätte ihr gezeigt, dass sie vorsichtiger sein sollte, wenn sie mit Fremden sprach. Das sagte er sich, während er den Salon durchquerte, aber gleichzeitig fühlte er sich von ihr genötigt und intrigiert. Nie zuvor hatte es jemand gewagt, während einer ersten Unterhaltung mit ihm einen so gewagten Streich zu erwähnen.

Er fragte sich, ob sie ihn absichtlich schockieren wollte, aber dann musste er zugeben, dass er die Sprache auf den Bruder gebracht hatte, nicht sie.

Er wurde von seiner Tante aus seinen verwirrenden Gedanken gerissen.

„Was hältst du von ihr?", fragte Marie.

„Von wem?" Er fürchtete schon, seine Tante hätte seine Reaktion auf Amelia bemerkt.

„Miss Beckett, natürlich", antwortete Marie. „Sie ist die perfekte Frau für Claude, dessen bin ich mir sicher. Sie ist willensstark, intelligent und hat keine Angst davor, ihre Meinung zu sagen oder für sich einzustehen. Als Enid mir von ihr erzählte, wusste ich, dass sie die perfekte Wahl ist."

Richard blieb auf der Stelle stehen. „Sag mir, dass du dich über mich lustig machst?"

„Warum in aller Welt sollte ich das tun?"

„Sie ist überhaupt nicht die Richtige für Claude. Sie würde deinen Vorschlag niemals annehmen."

Warum kam es ihm vor, als wollte er sich ebenso überzeugen wie seine Tante? Er hatte die Frau gerade erst kennengelernt, und sie hatte nichts getan, um sich bei ihm beliebt zu machen. Doch bei dem Gedanken, sie wäre mit Claude liiert, zog sich sein Magen zusammen.

„Jede Frau hat ihren Preis. Ihre Familie benötigt Geld und sie hat zwei jüngere Schwestern, die ebenso wie sie praktisch über keine nennenswerte Mitgift verfügen. Schließlich gibt es keine anderen Verehrer, die um ihre Hand konkurrieren", sagte Marie so kalt und sachlich, dass Richard daran erinnert wurde, dass seine Tante mit seinem Vater blutsverwandt war.

„Tante, in diesem Fall liegst du falsch. Du kannst sie nicht zu einem Leben mit Claude verurteilen."

Marie sah ihren Neffen mit zusammengekniffenen Augen an. „Hat sie dir etwa den Kopf verdreht?"

„Nein! Natürlich nicht."

„Gut. Ihr Esprit ist durchaus anziehend, das wird ihr bei Claude helfen, aber für dich wäre sie völlig ungeeignet. Sie würde dich herausfordern und obwohl du das anfangs vielleicht unterhaltsam finden magst, würdest du es am Ende hassen. Bea war viel zu flatterhaft und energisch, du brauchst eine gefügige Frau. Glaub mir, ich habe gründlich darüber nachgedacht, welche Art von Ehefrau ihr jeweils benötigt. Und jetzt komm und unterhalte dich mit den Misses Jones."

Zum ersten Mal in seinem Leben wusste er, dass seine Tante mit ihren Annahmen völlig falschlag, und dieses unangenehme Gefühl in seinem Magen ließ sich nicht so einfach vertreiben. Er schob es auf die Tatsache, dass Marie ihn mit einem Kind verkuppeln wollte, aber wenn er ehrlich war, war es die Befürchtung, dass Amelia in der Tat das Angebot annehmen könnte, das seine Tante ihr unterbreiten wollte. Mühevoll unterdrückte er den Drang, von seiner Tante zu verlangen, von ihrem Plan abzusehen. Er kannte sie zu gut. Wenn sie sich einmal zu etwas entschlossen hatte, war sie nicht mehr umzustimmen.

Er musste seine sonderbare und etwas beunruhigende Reaktion auf Amelia beiseiteschieben und sie damit begründen, dass ihr Verhalten ungewöhnlich und erfrischend gewesen war. Mehr als das war nicht möglich.

Als Amelia über eine Bemerkung ihrer Freundinnen lachte, zog sich sein Magen zusammen. Warum verspürte er den überwältigenden Drang, die Pläne seiner Tante zu vereiteln?

Sie durfte Claude nicht heiraten, er würde sie völlig brechen. Dass sie ihn erst eine halbe Stunde zuvor beleidigt hatte, spielte keine Rolle. Als er seine Motive hinterfragte, kam er zu dem Schluss, dass er lediglich ein Lamm beschützen wollte, das geschlachtet werden sollte.

Er lachte fast darüber, wie wenig überzeugend das selbst für ihn klang.

Kapitel 3

Zu Amelias Glück ahnte sie nichts von den Plänen, die Marie für sie geschmiedet hatte, und genoss ihren ersten Abend.

Marie war nicht so offensichtlich, als dass sie Amelia gleich neben Claude gesetzt hätte, daher war es trotz der unausgewogenen Zahl der Geschlechter ein unterhaltsamer Abend geworden. Amelia war zu Bett gegangen und hatte eine ruhige Nacht verbracht. Am Morgen stand sie frisch und munter auf, ohne zu wissen, welche Überlegungen für ihre Zukunft angestellt worden waren.

Als sich die Frühaufsteher um den Frühstückstisch versammelten, wurde ein Ausritt für den Vormittag arrangiert, aber Amelia lehnte ab. Die jüngere der Evans-Schwestern hatte die Angewohnheit, sich selbst stets im besten Licht zu zeigen, und nutzte die Gelegenheit, um Amelia auszustechen.

„Es ist ein so herrlicher Vormittag und die Landschaft ist wunderschön. Haben Sie keine Lust, die Gegend zu erkunden?", fragte Sarah.

„Ich würde gern die Gegend erkunden, jedoch nicht auf dem Pferd", sagte Amelia und aß Eier und dicke Scheiben Schinken.

„Besitzen Sie kein eigenes Pferd? Wir haben unsere mitgebracht, aber ich bin sicher, Mrs. Greenwood kann Ihnen eines ausleihen."

Amelia lächelte. „Ich habe kein eigenes, aus dem einfachen Grund, dass ich ungern reite."

Die ältere Miss Evans beugte sich zu ihr und flüsterte für alle hörbar: „Wenn Sie eine miserable Reiterin sind, begrüße ich Ihr Zögern. Niemand von uns möchte dem Earl gegenüber im Nachteil erscheinen, wenn so viele um seine Aufmerksamkeit buhlen." Dass Richard ebenfalls am Tisch saß, schien kein Hinweis darauf zu sein, dass sie vorsichtiger sein sollte.

„Miss Beckett ist eine ausgezeichnete Reiterin", sagte Patricia säuerlich.

„Warum sollte sie dann nicht die Gelegenheit nutzen, ihre Fähigkeiten zu demonstrieren?", fragte Miss Evans mit ehrlicher Verblüffung.

Amelia seufzte. Sie wollte ihre Geschichte nicht vor Fremden ausbreiten, aber sie wusste auch, dass sie dieses Thema beenden musste, zumal Richard jedes Wort hören konnte. Sie wusste nicht, was schlimmer war: die Tatsache, dass er sie für arm hielt, oder er herausfinden würde, dass sie entstellt war. Ohne zu wissen, warum es sie störte, dass er eine schlechte Meinung über sie haben könnte, denn sie war noch nie eitel gewesen, entschied sie, dass sie ihm nur einen weiteren Anlass dafür bieten würde, ihr diesen verächtlichen Blick zuzuwerfen.

„Vor einigen Jahren wurde ich von einem Pferd schwer gebissen. Es war eine lange und schmerzhafte Genesung und ich trage noch immer die Narben, die mich an meine Dummheit erinnern. Ich möchte diese Erfahrung nicht wiederholen, daher fahre ich lieber in der Kutsche, als mich einem Tier zu nähern."

„Oh, Sie sind also entstellt?", fragte Sarah. Amelia hoffte, dass die Worte teilnahmsvoll gesprochen waren und nicht so schadenfroh, wie sie klangen. „Ich verstehe jetzt, warum Sie so viel Angst haben."

„Ich würde nicht sagen, dass ich Angst habe. Ich bin nur darauf bedacht, mich zu schützen, und möchte so etwas nicht noch einmal durchmachen müssen", sagte Amelia.

„Ich bin sicher, die Mütter freuen sich über Ihre Gesellschaft. Sie stehen ihnen altersmäßig ohnehin näher als uns", sagte Sarah mit einem Seitenblick auf Richard.

Amelia entwich ein Lachen. „Das bin ich gewiss", sagte sie. Isabelle und Patricia wirkten verärgert über die offensichtliche Beleidigung, aber Amelia war es völlig gleichgültig.

Sie bemerkte, dass Richard niemandem besondere Beachtung schenkte, und fragte sich, wem sein düsterer Blick galt. Er empörte sich wohl darüber, dass die Gesellschaft nicht mit Frauen der höchsten Güte besetzt war. Sie war hart zu ihm, das wusste sie, aber dieses Gespräch und nun Richards finsterer Blick erinnerten sie daran, dass jeder Mann sie zurückweisen würde, sobald er die Wahrheit über ihren Zustand erfuhr. Das war der Grund, weshalb sie sich mit ihrem Schicksal als alte Jungfer abgefunden hatte. Sie sah die Realität ihrer Narben jeden Tag im Spiegel. Sie konnte sich nur vorstellen, wie ein Mann in der

Hochzeitsnacht reagieren würde, falls sie überhaupt je einer Heirat zustimmen würde.

Sie hielt sich nicht mit Selbstmitleid auf und konzentrierte sich auf Richards Neigung, dermaßen oft die Stirn zu runzeln. Seine Gesichtszüge wären eigentlich attraktiv und er fiel in der Tat auf. Sein rabenschwarzes Haar und seine eisblauen Augen waren zweifellos markant, aber abgesehen davon, dass er attraktiv war, lag in seinen Augen ein Hinweis darauf, dass in ihm mehr verborgen lag, als seine strenge Erscheinung es vermuten ließ. Das weckte ihre Neugier – und noch etwas anderes. Sie musste unbedingt wissen, was sich hinter der Fassade verbarg, denn obwohl sie ihn gerade erst kennengelernt hatte, war sie überzeugt, dass er nicht alles war, was er darstellte. Es war beinahe so, als hätte ihre eigene aufgewühlte Seele eine andere entdeckt.

Nach dem Frühstück trennte sich die Gruppe und Amelia genoss einen Spaziergang durch die Gärten. Es war offensichtlich, dass Marie auch die besten Gärtner beschäftigte, denn die Anlage war ebenso exquisit wie das Haus. Jeder Bereich war sorgfältig angelegt, und die Bepflanzung harmonierte perfekt mit den Dekorelementen, Statuen und Grotten.

Nachdem sie eine angenehme Stunde lang die Gärten erkundet und dabei lächerlich viele Gedanken an den Earl verschwendet hatte, kehrte sie zum Haus zurück.

Als sie den Senkgarten in der Nähe des Hauses erreichte, bemerkte sie eine Bank mit Blick auf einen der Flügel. Sie konnte der Versuchung nicht widerstehen und so setzte sie sich und nahm ihren Skizzenblock zur Hand. Sie zeichnete das Gebäude und achtete darauf, jedes noch so kleine Detail zu berücksichtigen.

Erst als sie einige Zeit in ihre Aufgabe vertieft gewesen war, bemerkte sie ein Gespräch, das an einem offenen Fenster hinter ihr geführt wurde.

Claudes Stimme war laut und deutlich zu hören. Es überraschte sie, denn sie hatte angenommen, er habe sich dem Ausritt angeschlossen.

„Ich werde diese Einmischung in mein Leben nicht dulden!", brüllte Claude. Amelia sah ihn hinter dem feinen Vorhang nicht, der durch das offene Fenster wehte, aber sie konnte ihn hören, als stünde er direkt neben ihr.

„Du wirst tun, was ich dir sage. Schließlich habe ich alles in bester Absicht arrangiert, du Narr." Marie klang noch wütender als ihr Sohn.

„Soll ich dir etwa dankbar dafür sein, dass ich eine verdorrte Jungfer heiraten soll?", entgegnete Claude. „Soll die Blutlinie etwa aussterben?"

„Wenn ich mir dich so ansehe, beschleicht mich manchmal das Gefühl, dass das gar nicht so schlecht wäre."

Amelia schickte sich an, etwas Abstand zwischen sich und den Streit zu bringen, aber bei diesen Worten blieb sie stehen. Die beiden konnten nur über ihre Freundinnen und sie sprechen. Die anderen Damen waren viel zu jung, um als alte Jungfer eingestuft zu werden. Vor Empörung erstarrt, setzte sie sich erneut.

„Du enthältst mir mein Erbe vor." Claude ging offensichtlich auf und ab, er war mal lauter, mal leiser zu hören. „Ich werde mein Recht einklagen."

„Und wie beabsichtigst du, das Geld dafür aufzubringen? Was passiert, wenn du das nächste Mal deine Zuwendung verprasst und Schulden zurückzahlen musst?", spottete Marie.

„Wenn ich meinen Erbteil hätte, bräuchte ich nicht zu betteln. Aber du genießt es, über mich bestimmen zu können."

„Du Narr! Ich sorge lediglich dafür, dass wir nicht beide verarmen! Zweitausend Pfund im Jahr sollten mehr als genug sein, wenn du keine anderen Verpflichtungen hast, als an dein eigenes Vergnügen zu denken. Aber nein, du kannst nichts anderes, als dein Geld zum Fenster hinauswerfen. Du wirst heiraten und deine Frau wird fortführen, was ich begonnen habe."

„Es gibt andere Wege, sich zu nehmen, was einem gehört", sagte Claude.

„Willst du mir drohen, Junge?"

„Grundgütiger, nein! Hältst du mich für dazu etwa fähig?" Amelia konnte aufrichtiges Entsetzen in Claudes Stimme hören und musste ihm zugestehen, dass er genauso schockiert über Maries Worte war wie sie.

„Bei dir, Claude, würde mich nichts überraschen", antwortete Marie, die älter und niedergeschlagener klang als sonst.

„Meinen einzigen verbliebenen Elternteil zu töten, ist nicht mein Stil, Mutter, sosehr ich dich im

Moment auch verachte. Du kannst also ruhig schlafen. Ich verspreche dir aber, dass ich mir nehmen werde, was mir gehört, also solltest du dich damit abfinden."

„Du sprichst in Rätseln, aber eines solltest du wissen: Am Ende dieser Hausgesellschaft wirst du deine Verlobung bekannt geben."

Claude schnaubte. „Nur wenn ich zuerst die Freuden ihres Fleisches probiert habe. Solange ich gezwungen bin, mich auf dieser verfluchten Gesellschaft aufzuhalten, kann ich mich genauso gut amüsieren. Wenn du sie mir unter die Decke steckst, sag ihr besser, sie soll sich vorbereiten. Ich lasse mir bestimmt keine ans Bein ketten, die mich nicht reizt."

„Du bist ekelhaft."

„Betrachte es als meine Antwort auf deinen Kontrollzwang. Wenigstens kannst du mich in dieser Hinsicht nicht daran hindern, zu tun, was ich will."

Amelia hatte genug gehört. Ihr wurde übel und sie eilte ins Haus, bevor einer der beiden den Raum verlassen konnte. Sie huschte in den Salon und gesellte sich zu den Müttern, die sich dort versammelt hatten. Sie durfte sich nirgendwo ungeschützt aufhalten. Als ihre Freundinnen sich in der Kutsche darauf geeinigt hatten, zusammenzubleiben, um Claude aus dem Weg zu gehen, war das zwar mit einigem Ernst, aber ohne wirklichen Anlass gesagt worden. Doch nun bestand die reale Gefahr, dass Claude eine von ihnen ruinieren könnte. Sie befanden sich plötzlich in einer sehr prekären Situation.

Verärgert über die selbstherrliche Art, mit der Marie ihren Plan verfolgte, versuchte Amelia, sich auf die Gespräche um sie herum zu konzentrieren. Zum Glück betrachteten die Frauen sie immer noch als Konkurrentin um die Gunst des Earls, und sprachen sie nicht an. Sie hatte lächeln wollen bei dem Gedanken, dass keine der Frauen jemals Claude als möglichen Ehemann für ihre Töchter erwähnte, und nach allem, was sie gehört hatte, konnte sie ihnen das nicht einmal verübeln.

Als die Reiter zurückkehrten, begab sich Amelia zu Isabelle und Patricia in ihre Kammer und erzählte ihnen, was sie gehört hatte. Die beiden waren ebenso entsetzt wie sie.

„Warum sollte sie eine von uns auswählen?", fragte Isabelle ungläubig.

„Sie wird denken, dass wir über die nötige Charakterstärke verfügen, um ihren Sohn unter Kontrolle zu halten", sagte Amelia, die damit Maries Beweggründe richtig erraten hatte.

„Dann muss ich es sein", sagte Patricia. „Ich sage das nicht, weil ich die Auserwählte sein will, aber vor dieser Gesellschaft kannte sie keine von euch. Wie kann sie meiner Großmutter die Freundschaft erwidern, indem sie mich mit *ihm* verheiraten will?"

„Niemand von uns wird ihn heiraten", sagte Amelia. „Ich weigere mich, uns zu opfern, nur weil er als Kind zu sehr verwöhnt wurde und jetzt ein verzogener, trotziger Mann ist. Ich konnte es kaum glauben, als sie sagte, dass er trotz zweitausend Pfund im Jahr noch Schulden mache."

„So viel Geld", seufzte Patricia.

„Eine Versuchung?", fragte Amelia lächelnd.

„Nein!" Patricia unterdrückte ein Stöhnen.
„Wenn meine einzige Option Mr. Greenwood ist, werde ich auf keinen Fall heiraten, egal, wie viel Geld er hat."

„Wir sollten abreisen, bevor sie ihren Plan in die Tat umsetzen kann. Sie könnte eine kompromittierende Situation arrangieren, wenn er sich weigert, ihren Wünschen nachzukommen", sagte Isabelle.

„Aus seinen Worten schließe ich, dass eher er uns kompromittiert und dann im Stich lässt. Wobei ich mich lieber verstoßen lasse, als in eine Ehe mit ihm gezwungen zu werden", sagte Amelia. „Wir sollten abreisen."

„Und eine der gefürchtetsten Matronen der Gesellschaft brüskieren? Auf gar keinen Fall!", sagte Patricia.

„Die wir bis zu diesem Wochenende nicht kannten", sagte Isabelle.

„Sie hat euch auf der Einladung namentlich genannt. Ihr mögt nicht mit ihr bekannt gewesen sein, aber sie wusste von euch."

„Oje, sie würde uns wirklich das Leben zur Hölle machen, nicht wahr?"

„Ja." Patricia kannte Marie am längsten und wusste ohne jeden Zweifel, dass es Konsequenzen nach sich ziehen würde, wenn sie ein Aufheben machten und abreisten.

„Wir werden bleiben, solange es nicht zu unangenehm ist. Patricia hat gewiss recht, aber ich werde mir nicht alles gefallen lassen, nur um unsere Gastgeberin nicht zu verärgern", sagte Amelia. „Wir müssen sehr vorsichtig sein und zusammenbleiben.

Seine Worte haben mir eine regelrechte Gänsehaut beschert."

„Einverstanden", sagte Patricia. „Falls es zu ungemütlich wird, bin ich bereit, nach Hause zu fahren."

„Denkst du, deine Großmutter weiß von Mrs. Greenwoods Plan?"

„Ich hoffe nicht", sagte Patricia. „Ich werde sie fragen."

„Sag vorerst nichts. Wir wissen nicht, wie Mrs. Greenwood reagiert, wenn sie erfährt, dass wir ihre Pläne kennen. Wir können unser Wissen zu unserem Vorteil nutzen, zumindest für den Moment."

„Ich werde nicht erfreut sein, falls Großmutter davon weiß und nicht daran gedacht hat, es uns zu sagen", sagte Patricia.

„Da wirst du nicht die Einzige sein", meinte Amelia.

***

Amelia unterdrückte ein Seufzen, als sie erfuhr, dass sie beim Abendessen neben Claude sitzen würde. Immerhin verschaffte es ihr eine kleine Genugtuung, dass Claude genauso angewidert aussah wie sie.

Was sie nicht wusste, war jedoch, dass auch Richard gesehen hatte, wem der Platz neben Claude zugewiesen war, und er es geschafft hatte, die Sitzordnung ein wenig umzustellen. Nach den Enthüllungen seiner Tante konnte er sie nicht guten Gewissens Claude überlassen. Er weigerte sich zuzugeben, dass er aus eigenem Antrieb heraus mit ihr sprechen wollte. Er ignorierte den Blick, den Marie ihm zuwarf und setzte sich neben Amelia.

„Guten Abend, Miss Beckett."

„Guten Abend, Mylord. Haben Sie den heutigen Ausritt genossen?", fragte Amelia und versuchte zu ignorieren, dass Richard ihr noch größer vorkam, wenn er in ihrer Nähe war.

Sein Bein hatte beim Setzen das ihre gestreift, was jeden Nerv zum Leben erweckte. Nun hatte sie das Gefühl, dass der Raum zwischen ihnen nicht ausreichte, doch sie wollte sich nicht von ihm entfernen. Seine Nähe durchströmte sie mit einem Gefühl der Wärme, das sie überraschte und ärgerte zugleich. Sie erinnerte sich daran, dass sie es sich nicht erlauben durfte, sich zu jemandem hingezogen zu fühlen. Zum ersten Mal seit ihrem Unfall machte sie der Gedanke, niemals die Liebe eines Mannes zu erfahren, traurig.

Bei ihrer ersten Begegnung hatte sie ihn zwar geneckt, aber jetzt war sie ihm näher, und er schien attraktiver denn je. Es war kein Wunder, dass viele Frauen hinter ihm her waren; auch ohne seinen Titel wäre er ein begehrter Ehemann. Der Gedanke, dass er heiraten würde, machte sie aus einem unerfindlichen Grund traurig. Normalerweise war sie so optimistisch. Es war ungewöhnlich, dass sie sich nach etwas sehnte, das nicht sein konnte. Doch als er sie ansah, zeigte sich in seinen Augen immer noch das kalte Eisblau eines erhabenen Aristokraten, was es ihr ermöglichte, sich zu beherrschen und zu sprechen, als hätte seine Anwesenheit keinerlei Wirkung auf sie.

„Es war eine Gelegenheit, mein Pferd zu trainieren", antwortete Richard ehrlich. Während des gesamten Ausrittes war er ständig von jungen Frauen belästigt worden; nur Patricia und Isabelle hatten ihn in Ruhe gelassen, wofür er ihnen sehr dankbar gewesen war. Es war unüblich, über einen Gast hinweg zu sprechen, aber Richard sprach Claude an, der überrascht wirkte, Richard an seinem Ende des Tisches zu sehen. Seine Mutter hielt ihn normalerweise dicht bei sich. „Warum hast du dich uns nicht angeschlossen? Hattest du Angst, meine Reitkünste würden dich beschämen?"

„Pah, als ob das ein Problem für mich wäre! Dein Fuchs ist ganz schön abgemagert. Ich weiß nicht, warum du ihn behältst. Es schadet deinem Ruf, dich mit einem so alten Pferd zu zeigen", spottete Claude.

„Ich entledige mich keiner Dinge, nur weil sie alt werden", antwortete Richard.

„Wie überaus galant von dir", spottete Claude.

„Wenn meine Fähigkeiten nicht der Grund dafür waren, warum hast du dich uns dann nicht angeschlossen?", beharrte Richard. Ihm war aufgefallen, dass seine Tante seit dem Ausritt aufgewühlt war, aber sie hatte all seine Fragen abgewehrt.

„Ich musste mit Mutter sprechen und sie war verdammt unvernünftig", erklärte Claude. „Ich werde die Dinge auf meine Weise regeln, ihr werdet schon sehen." Mit dieser Bemerkung kehrte er ihnen beinahe den Rücken zu und begann ein Gespräch mit einer Miss Simpson, die auf seiner anderen Seite saß. Sie war jung und hübsch und schien sich ein wenig vor Claude zu fürchten, aber offenbar war er entschlossen, sie zu bezaubern, anstatt sein übliches unausstehliches Wesen an den Tag zu legen. Somit fürchtete Richard nicht, dass sein Cousin unverschämt zu ihr sein würde, zumindest im Moment.

„Ich rühme mich damit, eine gute Beobachterin zu sein, aber selbst die Unaufmerksamsten unter uns werden bemerkt haben, dass Sie abgewiesen wurden, Mylord", sagte Amelia leise.

„Das wurde ich wirklich, nicht wahr?", antwortete Richard trocken. „Nun ja, ein Familienstreit gehört wirklich nicht zum guten Ton am Esstisch."

„Nein."

Es überraschte ihn, dass sie seinen Fauxpas nicht entschuldigte. Die meisten jungen Damen würden ihm alles durchgehen lassen, wenn sie dadurch vorteilhaft wirkten. Er hatte den deutlichen Eindruck, dass sie ihm niemals nach dem Mund reden würde, und ihm gefiel der Gedanke, dass jemand ehrlich mit ihm sprach. Mit einem Mal ärgerte es ihn kaum noch, dass sie seine Angewohnheit, andere Menschen mit seiner Lorgnette einzuschüchtern, abschätzig kommentiert hatte. Die Anziehungskraft, die von ihr ausging, ließ ihn alles andere vergessen.

„Aber es war unterhaltsam mitanzusehen", fuhr Amelia fort.

„Und was haben Sie davon, Menschen zu beobachten, Miss Beckett? Ich kann nicht behaupten, dass ich mich genug für die Gesellschaft interessiere, um das Gleiche zu tun."

Amelia lächelte. „Es vertreibt einem die Zeit und kann in manchen Fällen einen unterhaltsamen Ausgleich zu einem oftmals sehr tristen Abend bieten."

„Mich schaudert der Gedanke daran, welch schreckliche Einladungen Sie erhalten müssen, wenn Sie Ihre Abende als so langweilig empfinden, dass Sie gezwungen sind, den Menschen Aufmerksamkeit zu schenken. Ich dachte stets, junge Damen würden die Bälle und Vergnügungen genießen."

„Wenn Sie ständig tanzen, kann ein solcher Abend vergnüglich sein, aber wenn man auf die Bänke der Mauerblümchen beschränkt ist oder mit den Anstandsdamen beisammensitzt, muss man sich mit den begrenzten Möglichkeiten amüsieren."

„Dennoch besuchen Sie Bälle." Richard war neugierig. Warum war diese Frau ledig? Selbst der Jasminduft, der sie umgab, war betörend reichhaltig, fruchtig und sinnlich, eine Beschreibung, die Richard nie von einem Parfüm erwartet hätte. „Ich würde den Veranstaltungen lieber fernbleiben, wenn ich bereits vorher wüsste, dass der Abend langweilig wird", fuhr er fort und versuchte, das Gespräch in sichere Gefilde zu bringen. Gleichzeitig verspürte er den überwältigenden Drang, sie zu berühren. Er musste Mitleid mit dem Mädchen haben. Ja, das wird es sein, versuchte er sich selbst zu überzeugen, denn seine Gedanken und Impulse überraschten ihn.

Amelia lachte und nahm sich Zeit, um die Roastbeef-Scheiben auf den Teller zu legen.

„Und die Gastgeberinnen der feinen Gesellschaft beleidigen? Nein, Mylord. Ich mag unverblümter sein, als es sich geziemt, aber selbst ich bin nicht *so* dumm."

„Ah, Sie halten sich also doch an die Regeln der Gesellschaft? Nach ihren Bemerkungen während unseres ersten Gesprächs dachte ich, Sie wären von ähnlichem Charakter wie Ihr Bruder", sagte Richard mit hochgezogenen Augenbrauen.

Sie hielt in ihrer Bewegung inne und sah Richard amüsiert an. „Kommen Sie, Mylord. Wir sind beide nicht mehr in der Blüte unserer Jugend und wissen sehr genau, wie die Gesellschaft funktioniert. Im Gegensatz zu meinem Bruder prüfe ich normalerweise mein Publikum, bevor ich etwas Unangemessenes sage."

„Dennoch waren Sie rasch bereit, offen über ihn zu sprechen."

„Sie sagten, dass Sie ihn kennen. Ich gebe zu, dass ich annahm, dass Sie einander nähergestanden hätten. Wenn ich darüber nachdenke, würden Sie beide bestimmt nicht gut miteinander auskommen."

Richard erstarrte bei ihren Worten. „Und warum?"

„Ich kann mir nicht vorstellen, dass Sie in Schwierigkeiten geraten." Amelia sah ihn abschätzend an. „Nein, Ihr Sinn für Anstand würde das nicht zulassen. Aber sagen Sie es mir gern, falls ich mich irre."

„Sie scheinen sich schnell eine Meinung gebildet zu haben."

„Vielleicht, manchmal ist das notwendig." Amelia zuckte mit den Schultern. „Wollen Sie mir nicht sagen, dass ich falschliege? Dass Sie genauso eigensinnig sind wie mein Bruder?"

„Meine Ausschweifungen haben in der höflichen Gesellschaft nichts zu suchen." Richard war erfreut, das Aufflackern von Interesse in ihren Augen zu sehen und hatte den überwältigenden Drang, ihr von einigen Schandtaten zu erzählen, in die er verwickelt gewesen war. Doch da sie gewöhnlich mit Glücksspiel, Alkohol und verheirateten Frauen zu tun hatten, um sich von den Gedanken an Bea abzulenken, konnte er nicht mehr dazu sagen.

„Ich bin überrascht und vielleicht ein wenig ungläubig." Amelia lächelte ihn mit einem Blick an, den er mittlerweile als neckend verstand. Es war ein Blick, der zu ihr passte; der ihre Augen aufhellte und sie funkeln ließ.

„Sie scheinen die Person an diesem Tisch zu sein, die ich niemals beeindrucken könnte. Ihrer Meinung nach bin ich alt und langweilig."

Amelia lachte und legte eine Hand für einen Moment auf seinen Arm, bevor sie sich besann und sie wegnahm, ihre Gabel aufhob und hoffte, dass ihre geröteten Wangen nicht verrieten, welche Wirkung die Berührung auf sie gehabt hatte.

„Verdrehen Sie nicht meine Worte, ich bitte Sie! Ich habe nicht gesagt, dass Sie langweilig sind, nur, dass Sie eindeutig nicht zu den wilderen Cliquen in Oxford gehörten. Das ist ein Kompliment, das versichere ich Ihnen."

„Hm, ich sehe, Sie haben die Bemerkung über mein Alter nicht entschuldigt."

Richard hatte instinktiv eine Hand auf ihre gelegt, als sie ihn berührt hatte, und er spielte mit seinem Glas, um seine Bewegung zu verbergen. Er spürte noch den sanften Abdruck ihrer Hand auf seinem Arm. Er dachte für einen Moment, dass sie ihn als den Ihren gebrandmarkt hatte. Aber das war doch lächerlich. Er benahm sich wie ein verliebter Bock, und das war er ganz sicher nicht. Es war nur eine Reaktion auf eine hübsche Frau, die sich ein verbales Duell mit ihm lieferte. Er reagierte darauf, weil es ungewöhnlich und erfrischend war. Aus keinem anderen Grund.

„Da ich mein eigenes Alter in diese Bemerkung einbezogen habe, wäre es unaufrichtig, Sie davon überzeugen zu wollen, dass ich etwas anderes gemeint habe."

„Wenigstens weiß ich nun, an wen ich mich nicht wenden darf, wenn es mir schlecht geht", sagte Richard trocken. „Man könnte Ihnen niemals vorwerfen, dass Sie die Eitelkeit der höheren Ränge befriedigen."

„Ich respektiere den Rang, aber die Person muss sich meine gute Meinung erst verdienen." Amelia zuckte mit den Schultern.

„Ich verstehe." Diese Frau verunsicherte ihn mit jeder Bemerkung und obwohl er verächtlich darauf reagieren sollte, wollte er plötzlich alles über sie herausfinden. Niemand wäre von dieser Wendung der Ereignisse überraschter als er. Er versuchte, sich zu beherrschen und wechselte das Thema zu einem sichereren. „Haben Sie Ihre Zeit im Garten genossen?"

„Das habe ich. Ich bin gern in Gesellschaft, aber ich mag auch Zeit für mich. So konnte ich meiner Leidenschaft für das Zeichnen frönen."

„Was zeichnen Sie?"

Amelia verzog das Gesicht. „Ich gebe es nur ungern preis, denn es wirft kein gutes Licht auf mich, obwohl es dafür wahrscheinlich schon zu spät ist."

„Jetzt bin ich neugierig."

„Ich zeichne Häuser", gab Amelia zu.

„Wirklich? Das ist nicht die Antwort, die ich erwartet habe."

„Weil junge Damen nur Blumen malen dürfen?"

Richard lachte. „Nein, aber ich gebe zu, ich vermutete, dass es Landschaften seien."

Amelia wünschte sich, er würde mehr lächeln und gar lachen, aber dann beschloss sie, dass es für eine Frau, die es besser wissen sollte, gefährlich sein könnte, wenn diese blauen Augen vor Belustigung funkelten. „Ich versuche, meine Liebe für Gebäude zu verbergen. Vermutlich wäre mein Interesse dafür nie entfacht, wenn ich nicht so lange so eingeschränkt gewesen wäre."

„Nach Ihrem Unfall?"

„Oder was man als meine Dummheit bezeichnen könnte", sagte Amelia. „Die lange Zeit der Genesung hat mich nach Ablenkung suchen lassen, denn als ich jeden Tag auf dieselbe Aussicht starrte, brauchte ich etwas, das mich interessiert."

„Und Sie haben sich für Häuser entschieden?" Richard konnte sich die Belustigung in seiner Stimme nicht verkneifen und war erfreut über das Lächeln, das seine Worte auslösten.

„Ich hatte nur begrenzte Möglichkeiten, aber mein Vater ermutigte mich und stellte einen Architekten an, der mich lehrte, Häuser richtig zu erfassen und zu erschaffen."

„Häuser erschaffen? Das geht über das Zeichnen als Hobby hinaus."

„Ich habe nur meine Fantasie spielen lassen, obwohl ich einen Folly entworfen habe, den ich gern gebaut sehen würde. Und jetzt habe ich die wenig beneidenswerte Aufgabe, mich bei Ihrer Tante zu entschuldigen, denn ich habe versprochen, bei Tisch nicht über Häuser zu sprechen. Bereits während einer meiner ersten Mahlzeiten habe ich genau das getan."

„Ich bin froh darüber."

„Was? Sie haben nicht erwartet, dass ich über den Preis von Musselin oder das Wetter spreche oder zugebe, dass ich Blumen und Obstschalen gemalt habe?", stichelte Amelia.

„Bitte, nein! Es war eine angenehme Abwechslung, diese Themen zu vermeiden, glauben Sie mir. Auch wenn meine Tante unser lebhaftes Geplauder als Zeichen dafür ansehen wird, dass ich mich dieser Farce von einer Gesellschaft füge."

Amelia fragte sich, wie viel Richard von den Plänen seiner Tante wusste, aber sie gab ihm einen Vertrauensvorschuss. Angesichts seines Kompliments war es einfach, ihm gegenüber großmütig zu sein. Nach allem, was ihre Freundinnen ihr erzählt hatten, schien Richard kaum lebhafte Unterhaltungen mit

Fremden zu führen. Sie wollte nicht glauben, dass er in einen solch berechnenden Plan verwickelt war, konnte aber auch nicht verstehen, warum sie bei einer so kurzen Bekanntschaft gut über ihn denken wollte. „Ich nehme an, wir werden nicht das Vergnügen haben, Ihre Verlobung am Ende der Hausgesellschaft zu feiern?"

„Großer Gott, nein!", rief Richard.

Amelia lachte über den Ausbruch und konnte nicht anders, als ihn zu necken. „Ich könnte mich über diese Worte ärgern, aber da ich mit keiner anderen Absicht kam, als mich zu amüsieren, werde ich Ihnen vergeben."

„Ich bitte um Verzeihung. Ich wollte Sie nicht beleidigen", sagte Richard steif und stellte mit einiger Beschämung fest, welch Tölpel er gewesen war. Er war gedemütigt, zum einen, weil er nie so offen sprach, aber vor allem, weil diese verflixte Frau ihn ständig verunsicherte.

„Das haben sie nicht. Außerdem können wir so die Gesellschaft des anderen genießen, ohne dass die Gefahr von Missverständnissen besteht. Es ist ermüdend, wenn man jemandem Freundschaft anbietet und sie missverstanden wird. Schließlich ist nicht jeder Mann der gute Fang, für den er sich hält", sagte Amelia und griff nach einem Teller mit Lammkoteletts. Amelia konnte sehen, dass Richard über ihre Worte erstaunt war, aber sie lächelte ihn an. „Denken Sie nicht?"

„Doch, doch, genau das denke ich. Das ist es allerdings, was mich überrascht", antwortete Richard freimütig. Erst hatte er sie niedermachen wollen, dann hatte er das Gefühl gehabt, sie vor Claude retten zu müssen, und jetzt? Jetzt war er sich nicht sicher, was er fühlte. Erleichterung? Enttäuschung? Anziehung? Es bestand definitiv eine Anziehung, aber das Aussehen allein konnte es nicht sein, denn es gab weitaus schönere Frauen an diesem Tisch.

Etwas an Amelia zog ihn an, und jetzt, da sie erklärt hatte, dass sie kein Interesse an ihm hatte, konnte er mit ihr Zeit verbringen, ohne fürchten zu müssen, in eine Heiratsfalle zu tappen.

Vor seinem geistigen Auge sah er sich vor dem Altar stehen, doch er nahm einen großen Schluck Wein, um den Gedanken zu vertreiben. Das war nicht das, was er wollte, sagte er zu sich. Er war einmal ein verliebter Narr gewesen; das würde nie wieder geschehen. Nein, er würde Amelias Gesellschaft genießen, mehr nicht. Aber er konnte nicht leugnen, dass das Funkeln in ihren Augen, wenn er sie zum Lächeln brachte, eine gewisse Vorfreude auf die kommenden Tage auslöste. Die Hausgesellschaft wirkte mit einem Mal deutlich erträglicher.

Nach dem Essen wurde beschlossen, dass die Männer auf ihren Portwein und Gespräche im Billardzimmer verzichteten. Stattdessen führte Claude Miss Simpson in das Musikzimmer und gab seiner Mutter damit eindeutig zu verstehen, dass er nicht bereit war, ihrer Bitte nachzukommen. Richard bot Amelia seinen Arm an und sie nahm ihn bereitwillig.

„Werden Sie eine der jungen Damen sein, die uns heute Abend mit ihren musikalischen Talenten verzaubern?", fragte Richard, mehr als bereit, das Gespräch mit ihr fortzusetzen. Amelia hatte ihn die ganze Zeit über unterhalten und obwohl sie ein wenig kokettiert hatte, hatte sie danach gelacht und das Misstrauen genommen, das er normalerweise empfand. Mehr als einmal hatte er sich gefragt, warum sie ledig war, denn an ihr schien es keinen Makel zu geben. Ein seltsamer Gedanke für einen Mann, der seit der Zurückweisung durch Bea ein Experte darin war, an jeder Frau etwas auszusetzen.

„Ich nehme an, dass ich eines Tages an der Reihe sein werde. Allerdings werde ich mich mit meinen Freundinnen im Hintergrund halten, in der Hoffnung, dass die jüngeren Damen sich zuerst melden."

„Sind Ihre musikalischen Fähigkeiten derart miserabel?" Es überraschte Richard noch mehr, dass er sie genauso gern necken wollte, wie sie ihn. Er hatte sich schon lange nicht mehr erlaubt, sich in der Gesellschaft einer anderen Person so sehr zu entspannen.

„Das Pianoforte und ich sind keine besonderen Freunde, aber ich kann ein oder zwei Stücke auf der Harfe spielen."

„Wie gut, dass meine Tante eine wunderbare Harfe besitzt, die nur darauf wartet, gespielt zu werden."

„Es wäre ziemlich unhöflich, mich vorzuschlagen, wenn Sie wissen, dass ich lieber zuhöre."

„Ist es nicht das Bestreben aller unverheirateten jungen Damen, sich ständig in ein gutes Licht zu rücken?"

„Ich hoffe nicht, denn in diesem Fall würde ich stets scheitern", entgegnete Amelia.

Richard lachte. „Sie erzählen viele Unwahrheiten, Miss Beckett."

„Oh." Amelia hielt inne, als sie das Musikzimmer betraten.

„Ist etwas nicht in Ordnung?", fragte Richard und dachte zuerst, sie hätte sich an seinen Worten gestört, aber sie blickte stirnrunzelnd auf den Kamin.

„Nein", antwortete sie. „Es ist nur etwas umgestellt worden und das verändert die Symmetrie der Ornamente, das ist alles. Ich liebe Ordnung in den Dingen und es stört mich, wenn ich etwas Ungewöhnliches sehe. Obwohl ich zugeben muss, dass mich das seltsam wirken lässt."

„Ganz und gar nicht. Ich empfinde Ordnung als angenehm und bei Ihrer Liebe zur Architektur ist das nur verständlich."

Richard nahm nicht wahr, dass etwas fehlte, aber in ihrer Ablenkung hatte er Amelia direkt zur Harfe geführt. „Sie Rüpel", flüsterte sie ihm zu, setzte sich jedoch auf den Stuhl neben dem Instrument. Es wäre unhöflich gewesen, ihm offen zu widersprechen.

Marie warf Richard einen spitzen Blick zu, als er sich von Amelia entfernte. Es war ihm egal. Was auch immer seine Tante vorhatte, er wollte mit ihrem Plan nichts zu tun haben, schon gar nicht, nachdem er einige Zeit mit Amelia verbracht hatte. Er könnte es nicht ertragen, wenn sie von seinem Cousin unterdrückt würde. Mit diesen Gedanken sagte er sich, dass es ganz natürlich war, dass er sich schützend vor einen

Gast stellte. Ansonsten gab es keine besonderen Beweggründe für seine Sorge.

Amelia spielte drei Stücke, zu denen sie sang, und erhielt am Ende höflichen Beifall. Sie lächelte, als sie das Instrument verließ, und berührte es ehrfürchtig, bevor sie sich zum Publikum gesellte, während die nächste junge Frau ihren Platz einnahm.

„Es ist ein wunderschönes Instrument", sagte Amelia zu Marie, als sie an ihr vorbeikam und in Richtung des hinteren Teils des Sitzbereichs ging.

„Das ist es. Ich hatte auf Töchter gehofft, mit denen ich die Musik genießen kann, aber es hat nicht sein sollen", sagte Marie. „Sie können spielen, wann immer Sie wollen. Der Klang von Musik im Haus ist stets erfreulich."

„Vielen Dank."

„Ich glaube, Sie haben jüngere Schwestern. Sind sie bereits eingeführt worden?"

„Nein, sie sind einige Jahre jünger als ich." Amelia war sich nicht sicher, ob sie ihre Überraschung über einen solchen Themenwechsel verbergen konnte.

„Ich empfinde es als grausam, wenn die jüngeren Schwestern warten müssen, bis die älteren verheiratet sind", sagte Marie.

„Ich bin sicher, dass meine Eltern sie nicht lang zurückhalten werden. Es liegen etliche Jahre zwischen uns, sie verpassen nicht allzu viel."

„Das freut mich zu hören. Junge Mädchen sollten jede Gelegenheit haben, zu glänzen. Noch besser wäre es, wenn eine anständige Mitgift sie empfiehlt."

„Ich habe keinen Zweifel daran, dass meine Schwestern von der Gesellschaft geschätzt werden."

„Es ist nützlich, wenn ältere Geschwisterkinder eine gute Partie machen. Das erleichtert das Leben für die ganze Familie."

„Unsere Eltern üben in dieser Hinsicht keinen Druck auf uns aus. Sie möchten uns glücklich sehen."

„Ich finde, dass ein Leben mit Geld ein glücklicheres ist. Das Gegenteil ist nichts anderes als Not und Plackerei. Und wenn man anderen Familienmitgliedern zu Wohlstand verhelfen kann, umso besser. Daran sollte eine ältere Schwester stets denken."

„Vielleicht. Bitte entschuldigen Sie mich." Amelia entfernte sich, denn dieses Gespräch wollte sie nicht fortsetzen. Sie kehrte empört zu ihren Freundinnen zurück. „Von allen unverhohlenen Andeutungen, die ich je erhalten habe, muss das die schlimmste gewesen sein."

„Was hat sie gesagt?", fragte Patricia.

„Ohne es auszusprechen, meinte sie, ich müsse bald heiraten, damit meine Schwestern eingeführt werden könnten. Dass ich für Geld heiraten müsse, damit sie eine angemessene Mitgift erhalten, und ich ansonsten arm bliebe und egoistisch sei."

„Nein!", rief Isabelle.

„Als ob ich mich opfern und ihren abscheulichen Sohn heiraten würde! Da kann ich meine Familie noch so sehr lieben", sagte Amelia. „Ältere Töchter haben schon hinreichend Verantwortung, da muss sie mich nicht auch noch an die Schuld erinnern, die ich mit mir herumtrage."

„Deine Eltern haben nie versucht, dich in eine Ehe zu zwingen", sagte Patricia.

„Nein, aber jedes Mal, wenn eine Saison beginnt, sehen Caroline und Lucy mich hoffnungsvoll an, dass ich in diesem Jahr jemanden finde." Manchmal wünschte sie sich, ihre Eltern würden ihr glauben, dass sie wegen ihrer Narben niemals heiraten könnte. Sie hatte bei zahlreichen Gelegenheiten versucht, das Thema anzusprechen, aber ihre Worte waren als übliche Sorgen abgetan worden.

„Du hast deine ersten drei Saisonen wegen deiner Verletzung verpasst", sagte Isabelle. „Und dann konntest du nicht tanzen. Es ist wunderbar, dass das alles nun möglich ist."

„Ja, die Genesung hat länger gedauert, als ich es erwartet hatte. Wenigstens kann ich diese Verletzung mittlerweile größtenteils verbergen." Amelia verzog das Gesicht. „Niemand war über die lange Genesung frustrierter als ich."

Drei Saisonen zu verpassen, war nicht ideal gewesen, aber es hätte am Ende nichts geändert.

„Die Menschen sollten keine Vermutungen anstellen, wenn sie die Fakten nicht kennen", sagte Patricia.

„Aus Mrs. Greenwoods Worten schließe ich, dass sie mich als Opferlamm auserkoren hat", sagte Amelia.

„Dann kennt sie dich nicht!" Isabelle kicherte und brachte Amelia zum ersten Mal seit ihrer Begegnung mit Marie zum Lächeln.

„Nein. Das tut sie ganz sicher nicht."

Kapitel 4

Da das Wetter schön war, wurde ein Spielenachmittag organisiert. Auf der großen Rasenfläche wurde ein Baldachin für all jene errichtet, die nicht in der Sonne sitzen wollten, weitere Tische und Stühle wurden am Spielfeld verteilt.

Ein Kegelspiel mit zwei Mannschaften, angeführt von Claude und Richard, wurde begonnen.

Nur wenige Gäste wollten sich Claude anschließen, doch zum Leidwesen der jungen Damen war es Marie, die die Teams zusammenstellte. Patricia und Isabelle wurden Richards Team zugewiesen, während Amelia für Claudes Mannschaft nominiert wurde – was beiden nicht recht war.

Maries Verhalten bestärkte Amelia darin, dass sie diejenige war, die zu einer Heirat mit Claude überredet werden sollte. Aber sie sah nur achselzuckend zu ihren Freundinnen, es war nur ein Spiel. Eine Ehe wäre eine ganz andere Sache. Niemals wäre sie derart verzweifelt, selbst ohne ihre Narben.

Claude hatte seiner Mutter einen bösen Blick zugeworfen, aber immerhin gab es in seiner Mannschaft Damen, mit denen er zufriedener war. Die nächsten zehn Minuten verbrachte er damit, die Regeln des Spiels zu erklären, und zwar mit so viel

Körperkontakt zwischen ihm und der jeweils angeleiteten Dame, wie es ihm vor den Anstandsdamen möglich war.

Er drehte sich zu Amelia und sah sie verächtlich an. „Ich nehme an, Sie kennen das Spiel nicht? Sehen Sie uns einfach zu, dann werden Sie es schon verstehen."

Amelia versuchte, ein Lächeln zu unterdrücken, aber es gelang ihr nicht.

Sie sah, dass ihn ihre Reaktion verwirrte, aber sie sagte nichts und lehnte sich an eine kleine Mauer am Rande der Rasenfläche. Langes Stehen verursachte Schmerzen in ihren Beinen und sie vermutete, dass sie noch viel herumstehen würde, während Claude versuchte, die Damen zu beeindrucken.

Es dauerte nicht lange, bis Richard zu ihr herüberkam. „Ich hoffe, Sie sind bereit für eine Niederlage, Miss Beckett, denn ich nehme jeden Wettkampf, an dem ich teilnehme, sehr ernst."

Amelia konnte sich ein Lachen nicht verkneifen. „Sie sagen das mit einer gewissen Arroganz, Mylord, was ziemlich töricht ist, wenn Sie nichts über die Fähigkeiten Ihrer Gegnerin wissen."

„Ich habe viele Nachmittage auf diesem Rasen verbracht."

„Ich gestehe Ihnen in Bezug auf das Terrain einen Vorteil zu, aber was die persönlichen Fähigkeiten angeht, sollten Sie wissen, dass Kegelspiele eine jener Beschäftigungen waren, die ich in meinem Krankenstuhl ausüben konnte."

Es verblüffte Richard, dass ihre Verletzung offenbar so schwer gewesen war. Als sie den Vorfall mit dem Pferd erwähnt hatte, hatte sie ihn verharmlost, als wäre es nichts Besonderes, vielmehr als hätte sie sich vor dem Pferd gefürchtet. Es schien jedoch ein schwerwiegender Unfall gewesen zu sein. Er bewunderte, wie sie ihn mit Gleichmut behandelte, und er erwiderte es. „Dann wird es eine richtige Herausforderung werden. Ich freue mich darauf, Sie zu schlagen."

„Selbstbewusste Worte, die Sie womöglich bereuen werden, Mylord."

Amelia blickte Richard nach. Er übernahm die Führung seiner Mannschaft und erteilte bestimmte, aber freundliche Anweisungen. Im Gegensatz zu Claude, der sich in diesem Moment mit nur einem Mitglied seiner Mannschaft unterhielt, und Miss Wears Gesichtsausdruck nach gefiel ihr dieses Gespräch nicht. Amelia seufzte, als sie einen Blick auf die Eltern des Mädchens warf. Diese wirkten erfreut darüber, dass Claude ihre Tochter herausgepickt hatte. Amelias Meinung nach sollten sich Eltern anders verhalten, wenn sich ihre Tochter offensichtlich unwohl fühlte, aber es stand ihr nicht zu, das Verhalten zu kommentieren. Sie hatte Mitleid mit dem Mädchen.

Als sie an der Reihe war, wurde sie von Richard angesprochen. Er hatte die Wahrheit gesagt, er war tatsächlich sehr wettbewerbsorientiert. Stets stand er in der Nähe der Kegelspieler und kommentierte ihre Aktionen.

Lächelnd stellte sie sich neben ihn, sie war nicht im Geringsten eingeschüchtert, und ging in die Hocke, bereit, zu zielen und mit Präzision zu kegeln. Aber sie war tiefer gegangen, als es für ihre Beine angenehm war, und sobald sie die Kugel freigab, geriet sie beim Aufstehen ins Wanken.

Richard streckte sofort die Hand aus, um sie zu stützen, und Amelia lächelte ihn dankbar an. „Ich vergesse immer noch, dass ich meine Beine nicht voll benutzen kann. Es fällt mir erst auf, wenn ich eine Bewegung ausführen möchte, die sie zu sehr beansprucht. Danke, dass Sie mir Ihren Arm angeboten haben. Ich weiß es zu schätzen."

„Ist Ihnen unwohl? Wenn Sie Schmerzen haben, kann ich Ihnen ins Haus helfen."

Richard war sofort besorgt.

„Nein, danke. Ich versichere Ihnen, dass ich lediglich auf meine Grenzen vergessen habe. Mir ist etwas unbehaglich, aber das wird sich gleich legen", sagte Amelia, erwärmt von seiner Sorge.

„Als Sie das erste Mal Ihre Verletzung erwähnten, nach Miss Evans unsensibler Äußerung über Ihre Reitfähigkeiten, hatte ich angenommen, dass Sie vollständig genesen sind." Richard trat zurück, um der nächsten Spielerin nicht im Weg zu stehen, ließ Amelia aber dennoch seinen Arm festhalten.

„Ja. Es wird allgemein angenommen, dass ich aus mangelnden Mitteln kein eigenes Pferd halte", sagte Amelia trocken und wich der angedeuteten Frage aus. „Ich nehme an, sie wusste nicht, dass ich tatsächlich … wie drückte sie es aus? Entstellt bin."

„Es war eine ungünstige Wortwahl, und wie ich selbst hat sie Vermutungen angestellt, ohne die Fakten zu kennen, genau wie ich es in Bezug auf Ihre Kegelfähigkeiten getan habe. Jetzt, da ich die Peinlichkeit erleiden musste, dass Sie mich auf meinem Terrain schlugen, gebe ich mit Vergnügen zu, wie töricht sowohl Miss Evans als auch ich waren. Es war für keinen von uns von Vorteil, uns derart hochmütig zu zeigen."

Sie lächelte über seinen Großmut angesichts der Niederlage und freute sich, dass ihr sorgfältig geplanter Stoß ihn beeindruckt hatte. Sie konnte nicht anders, als ihre Augenbrauen hochzuziehen und das Gespräch von ihrer Verletzung abzulenken. „Kaum zu glauben, dass der große Earl of Douglas zugibt, dass er genauso fehlbar ist wie wir einfachen Leute."

Richard starrte sie an, bevor er antwortete. „Bin ich solch ein Flegel?"

„Nur wenn Sie sich für einen unschlagbaren Gegner halten", antwortete Amelia mit einem Lächeln auf das Gelächter, das ihre Worte auslösten.

Enid saß neben ihrer Freundin und beobachtete Richard und Amelia, die in diesem Moment zu den anderen zurückkehrten. „Du spielst ein gefährliches Spiel mit Amelia. Glaube ja nicht, ich wüsste nicht, was du vorhast. Du warst noch nie besonders subtil in deinen Absichten."

Marie kniff die Augen zusammen. „Ich biete ihr die beste Chance auf eine gute Partie. Sie wird fürstlich dafür belohnt, dass sie es mit Claude aufnimmt."

„Du unterschätzt die junge Generation, Marie. Die Jungen erwarten Liebe, kein Geld."

„Pah! Von Liebe kann man nicht leben. Nach allem, was du mir über ihre Umstände erzählt hast, ist sie die perfekte Wahl für mein Vorhaben. Sie kann mit dem Geld, das ich ihr anbiete, ihre Familie unterstützen und es bleibt ihr genug, um es zu verprassen."

„Als du dich bei mir nach ihr erkundigt hast, wusste ich nichts von deinen Plänen." Enid war erzürnt, dass ihre Freundin ihr das Motiv für die Einladung verschwiegen hatte.

„Was dachtest du denn, warum ich die drei einlade?"

„Ich hoffte, sie könnten einen Ehemann finden. Mir war nicht bewusst, wie wenige Gentlemen teilnehmen. Obwohl Amelia und seine Lordschaft sich gut zu verstehen scheinen."

„Ich wollte Patricias Freundinnen sehen, bevor ich meine endgültige Entscheidung treffe. Schade, dass zwei von ihnen nicht kommen konnten. Aber schon aufgrund deiner Erzählungen wusste ich, dass Amelia die perfekte Frau für Claude ist, und unser Kennenlernen hat das nur bestätigt", sagte Marie.

„Die beiden passen überhaupt nicht zusammen", entgegnete Enid.

„Du denkst, sie würde besser zu Richard passen? Ich habe dieses Lächeln gesehen, mit dem du die beiden beobachtet hast. Aber du irrst dich. Er würde sie niemals heiraten. Er mag ihre Gesellschaft für ein oder zwei Tage genießen, aber er würde sie nur aus Pflichtgefühl heiraten. Ganz sicher wird er sich nicht in sie verlieben, falls sie darauf hofft. Er wurde schon einmal verletzt und in dieser Hinsicht ist sein Herz so kalt wie das seines Vaters."

Enid erzürnte sich stellvertretend für Amelia. „Falls er eine Heirat des Status wegen einer aus Liebe vorzieht, dann ist es sein Schaden. Ich beziehe mich auch gar nicht auf Amelia, ich sage lediglich, dass du das falsche Mädchen für deinen Sohn ausgesucht hast. Sieh dich unter den Jüngeren um, es ist offensichtlich, dass Claude sie bevorzugt."

„Weil er genau weiß, dass er sie einschüchtern kann", sagte Marie.

„Dann lass ihn gar nicht erst heiraten."

„Er muss sesshaft werden. Die richtige Frau biegt ihn schon zurecht. Warum können das weder du noch Richard glauben? Ich kenne meinen Sohn und weiß, was er braucht."

„Du magst Claude kennen, aber ich wage zu behaupten, dass dein Vorhaben scheitert, denn du kennst Amelia nicht."

„Wirst du ihr davon erzählen?"

Enid seufzte. Sie war zwiegespalten, denn sie war überzeugt, dass keine Frau einen Mann wie Claude heiraten sollte, schon gar keine, die sie gern hatte.

Er hatte eine gehässige Seite an sich, die ihr missfiel. „Ich habe die Mädchen hier hergebracht, um zwei angenehme Wochen unter deinem Dach zu verbringen, und ja, ich dachte, eine von ihnen könnte einen der vielen Gentlemen bezaubern, die ich hier vermutet habe, denn sie alle sind intelligente Mädchen. Ich hatte keine Ahnung, dass uns eine solch unausgewogene Gesellschaft erwartet. Ich werde ihnen nicht verraten, dass du dir eine Verbindung zwischen Amelia und Claude wünschst, aber solltest du etwas Ungehöriges unternehmen, werde ich ehrlich zu ihr sein."

„Ich könnte dir böse sein, weil du meinen Sohn für keine gute Partie hältst", brummte Marie.

„Jetzt übertreibst du aber!" Enid lachte. „Du willst eine junge Frau bestechen, damit sie ihn heiratet. So hoch schätzt du ihn ein. Schimpf nicht mit mir, weil ich deiner niedrigen Meinung von ihm zustimme."

Marie funkelte sie an. „Wenn ich dich nicht so gernhätte, würde ich dich für deine Ehrlichkeit aus dem Haus jagen."

„Jemand muss ja versuchen, dich unter Kontrolle zu halten."

Während Enid bereits Großmutter war, hatte Marie spät geheiratet, doch zwischen ihnen beiden lagen nur wenige Jahre. Sie hatten beide etwa zur gleichen Zeit ihre Ehemänner verloren, das hatte ein Band zwischen ihnen gebildet, das fester war als andere Freundschaften von längerer Dauer.

Die beiden verfolgten das Kegelspiel weiterhin mit Interesse und bemerkten, wie Claude Amelia zurechtwies, wenn sie nicht tief genug in die Hocke ging, um die Kugel mit der von ihm gewünschten Präzision zu werfen.

„Was hat er denn jetzt wieder auszusetzen? Es soll eine Chance für sie sein, einander kennenzulernen", beklagte sich Marie.

„Vielleicht sollte er darauf achten, was um ihn herum geschieht", antwortete Enid. „Eine frühere Verletzung bereitet ihr Probleme und schränkt sie in ihren Bewegungen ein. Es war offensichtlich, als seine Lordschaft ihr zu Hilfe kam. Claude sollte bemerkt haben, dass Amelia sich nicht mit der üblichen Leichtigkeit bücken kann."

„Oh, verflucht sei dieser Junge!", rief Marie, als Amelia sich zu Claude umdrehte und die Hände in die Hüften stemmte. „Was wird jetzt passieren?"

Amelia war im Laufe des Spiels beschimpft, angeschrien und verspottet worden. Zu allem Überfluss pochten ihre Beine, seit sie sich das erste Mal gebückt hatte. Sie hätte sich gern hingesetzt, aber sie wollte das Spiel nicht verderben. Nachdem sie Claudes Bemerkungen, Zurechtweisungen und Beschimpfungen mit Anmut ertragen hatte, ja sogar versucht hatte, sich noch weiter zu bücken, verspürte sie nun ernsthafte Schmerzen und hatte genug. „Wenn Sie es besser können, spielen Sie die Kugel selbst", fuhr sie Claude an.

„Sie müssen sich nur tiefer beugen!", rief Claude. „Genau so." Er packte Amelia an den Schultern und drückte sie nach unten, ohne sich darum zu kümmern, dass sie aus einer solchen Position heraus ohnehin keine Kugel werfen konnte.

Schmerz durchströmte Amelia, als sie zu Boden gedrückt wurde. Sie versuchte, sich an Claude festzuhalten, aber er war zu stark und hatte das Überraschungsmoment auf seiner Seite. Sie schrie auf, sank zu Boden und krümmte sich vor Schmerzen.

„Oh, stehen Sie auf!", entgegnete Claude.
„Genug der Dramatik!" Claude wurde mit voller Wucht
aus dem Weg gestoßen, verlor das Gleichgewicht und
fiel unter lautem Protest unsanft auf sein Hinterteil.
Seine beiden Freunde eilten ihm zu Hilfe, aber Richard
bekam nichts davon mit, sondern hockte sich an
Amelias Seite.

„Miss Beckett, was ist los? Sind es Ihre Beine?"

Amelia war blass im Gesicht und schluckte
krampfhaft. „Ja", flüsterte sie mühevoll.

Patricia und Isabelle kam gleich darauf zu ihr.
„Sie kann ihr Bein nicht ohne Schmerzen beugen. Sie
hat viele Narben", erklärte Patricia leise. „Die abrupte
Bewegung könnte sie schwer verletzt haben."

„Nein, mir geht es gut", sagte Amelia, doch dann
wurde ihr übel. „Ach herrje."

Sie drehte sich zur Seite und übergab sich,
sodass alle Umstehenden, mit Ausnahme von Richard,
Patricia und Isabelle angewidert zurücksprangen.

Enid näherte sich der Gruppe. „Benötigt sie
einen Arzt?"

„Ja", sagte Richard, der nicht aufblickte, sondern
Amelias Rücken streichelte, während sie sich übergab.

Amelia hatte versucht, den Kopf zu schütteln,
aber Isabelle legte ihr eine Hand auf die Schulter. „Du
musst untersucht werden. Wir haben dich schon lange
nicht mehr mit solchen Schmerzen gesehen."

„Ich wusste nicht, dass sie deformiert ist!",
jammerte Claude hinter der Gruppe. „Woher sollte ich
das wissen?"

„Claude, geh aus dem Weg und mach nicht alles noch schlimmer!", fuhr Marie ihren Sohn an. „Ich habe einen Diener nach dem Arzt geschickt. Sie muss in ihre Kammer getragen und bequem eingerichtet werden."

Zwei Diener hoben Amelia vom Boden auf. Die Bewegung ließ sie stöhnen, bevor sie in eine tiefe Ohnmacht fiel. Richard drehte sich um, wütend über die Etikette, die ihn zwang, danebenzustehen und den Dienern zuzusehen, wie sie Amelia ins Haus trugen. Der Drang, sich selbst um sie zu kümmern, raubte ihm fast den Atem. Also lenkte Richard seinen Frust und seinen Zorn auf die Person, die Amelia so viel Schmerz zugefügt hatte.

Er stürmte auf seinen Vetter zu, der ausnahmsweise dem Rat seiner Mutter gefolgt war und sich entfernt hatte, und verpasste ihm einen Faustschlag, bevor Claude überhaupt reagieren konnte.

„Du Tölpel! Du warst dabei, als sie die Verletzung an ihrem Bein erwähnte. Es ist allerhöchste Zeit, dass du dich um etwas anderes kümmerst als deine eigenen egoistischen Bedürfnisse. Du widerst mich an", fuhr Richard ihn an.

Ohne auf eine Antwort von Claude zu warten, der aufgeschrien hatte und sich nun ein Taschentuch vor die blutige Nase hielt, stapfte Richard über den Rasen, um die Gruppe um Amelia einzuholen.

„Das wird er mir büßen!", näselte Claude aufgrund der Verletzung.

„Welch schockierende Vorstellung", sagte Mrs. Evans und kam über den Rasen zu Claude herüber, wobei ihre Töchter sie auf beiden Seiten flankierten.

„Sie als der Hausherr. Dem Earl mangelt es offensichtlich an Respekt, ich bin entsetzt von seinem Verhalten. Wie Sie schon sagten, woher sollten Sie es wissen? Miss Beckett erwähnte eine Verletzung, aber wer hört schon auf solch grobe Themen, wenn sie am Frühstückstisch besprochen werden?"

„Ganz genau", antwortete Claude mürrisch. „Richard war schon immer so. Er dachte, er hätte aufgrund seines Titels mehr Autorität als ich, aber sein Vater hat ihn verstoßen, und ohne Mutter und mich, wäre er ohne Obdach gewesen. Aber das scheint er zu vergessen. Er bringt mir keinerlei Respekt dafür entgegen, was ich für ihn getan habe."

„So dankt er Ihnen Ihre Freundlichkeit. Dieses brutale Verhalten ist eine Schande", fuhr Mrs. Evans fort. „Möchten Sie, dass wir Sie zum Haus begleiten? Wir könnten Ihnen etwas Eis und vielleicht einen kleinen Brandy besorgen, um die Schmerzen zu lindern? Ich würde Sie wirklich ungern allein lassen, denn obwohl Sie ein starker junger Mann sind, war das doch ein äußerst brutaler Angriff."

Da Marie ihren Sohn zusammen mit den anderen verlassen hatte, neigte Claude den Kopf, als würde er den Damen ein großes Privileg zuteilwerden lassen. „Das wäre äußerst freundlich von Ihnen. Ich hätte ihm ja eine gehörige Abreibung verpasst, wenn er sich nicht so schnell verzogen hätte. Er hat sich in keiner Weise wie ein Gentleman verhalten."

„In der Tat. Ich muss gestehen, ich bin schockiert, dass der Earl mit einer derartigen

Selbstherrlichkeit davonkommt. Doch Ihre Mutter wirkt nicht betroffen. Kommen Sie, wir kümmern uns anständig um Sie. Laura, Sarah, nehmt Mr. Greenwoods Arme. Er ist ein fähiger junger Mann, aber da ich neige zur Sorge, wenn mir jemand am Herzen liegt. Daher wäre es mir lieber, wenn er sich bei Bedarf bei euch abstützen kann", erklärte Mrs. Evans und ging voraus zum Haus, sichtlich erfreut über die neuesten Entwicklungen.

Die übrigen Familien, die alles mitangesehen hatten, aber weder dem Tross um Amelia noch Claude gefolgt waren, zerstreuten sich und gingen langsam zurück zum Haus. Einige wirkten verstört und hektische Gespräche zwischen Müttern und Töchtern wurden auf dem Rückweg geführt.

***

Amelia erwachte mit einem kühlen Tuch auf der Stirn und den schlimmsten Kopfschmerzen, die sie seit Langem erlebt hatte. Durch das Pochen in ihrem Bein wurde ihr erneut mulmig zumute, aber ihr Magen war leer, also schluckte sie das Gefühl der Übelkeit hinunter und hielt die Augen geschlossen.

„Der Arzt sollte bald hier sein", flüsterte Patricia und tätschelte Amelias Hand.

Amelia nickte leicht, kniff aber die Augen zusammen, als die Bewegung ein Schwindelgefühl auslöste.

„Bleib ganz ruhig. Sobald der Arzt dir Laudanum gegeben hat und du deine Beine ausruhen konntest, wird es dir besser gehen", sagte Isabelle und legte ein frisches Tuch an ihre Stirn.

Ein Klopfen an der Tür kündigte die Ankunft des Arztes an und nachdem Patricia ihm von Amelias Vorgeschichte erzählt hatte, untersuchte er die Verletzung. Amelia hatte gezuckt, aber weder die Augen geöffnet noch ein Wort gesagt, während der Arzt ihre Beine abtastete. Schließlich deckte er sie vorsichtig zu.

„Nach allem, was Sie sagen, sollte der Schmerz recht schnell nachlassen, aber ich werde Ihnen für die nächsten Tage etwas Laudanum geben. Sie wissen wahrscheinlich besser als ich, wie ein Rückschlag wie dieser behandelt gehört und wie lange Sie Erholung benötigen. Allem Anschein nach wurde kein dauerhafter Schaden angerichtet."

„Das ist gut zu wissen", sagte Patricia mit einem Seufzer der Erleichterung. „Wenn sie die Schmerzen der ersten Jahre erneut durchmachen müsste ..."

„Ich kann mir nur vorstellen, wie langwierig die Genesung war. Ich nehme an, Sie hatten Glück, einen solchen Angriff zu überleben", sagte der Arzt zu Amelia.

Amelia nickte leicht mit dem Kopf.

„Verabreichen Sie ihr diese Dosis sofort und eine weitere, sobald sie aufwacht. Bevor Sie ihr die dritte Dosis geben, lassen Sie sie ein wenig zu sich kommen und schauen Sie, ob der Schmerz auf ein erträgliches Maß nachgelassen hat. Falls es immer noch zu schmerzhaft ist, verabreichen Sie ihr die letzte Dosis und rufen mich." Nachdem er seine Anweisungen gegeben und gesehen hatte, wie Amelia die erste Dosis

Flüssigkeit einnahm, verabschiedete er sich und verließ das Zimmer.

„Die arme Amelia", sagte Patricia, als Amelia eingeschlafen war. „Eine solch grobe Behandlung hat sie nicht verdient."

„Es ist ungeheuerlich, was er getan hat", sagte Isabelle.

„Ich werde diesem Ekel von einem Mann nicht länger aus dem Weg gehen. Wenn ich ihn sehe, wird er erfahren, was ich von ihm halte. Ich kann meine Wut gar nicht richtig zum Ausdruck bringen. Warum zum Teufel hat Mrs. Greenwood uns nicht in der Mannschaft ihres Sohnes zugeteilt?"

„Weil sie will, dass er Amelia heiratet."

„Das wird niemals passieren. Das hätte sie bereits nach dem Gespräch mit Amelia verstehen müssen. Ich hoffe, sie akzeptiert es nun", sagte Patricia. „Sonst wird es nicht nur der Sohn sein, den ich zum Teufel schicke."

„Du klingst wie Amelia." Isabelle lächelte.

„Eine von uns muss ihren Platz übernehmen, solange sie unpässlich ist."

„Ach herrje!" Isabelle stöhnte.

Kapitel 5

Richard schritt in der Bibliothek umher. Er hatte noch nie so viel Wut verspürt wie in dem Moment, als Claude Amelia gepackt und zu Boden gedrückt hatte. Nichtsahnend, dass Claude sie dermaßen verletzen würde, hatte sich Richard bereits auf ihn zubewegt, um seinem rüpelhaften Benehmen ein Ende zu setzen. Amelias Schmerzensschrei hatte ihn jedoch zutiefst erschüttert. Es wäre absurd zu behaupten, dass er ihren Schmerz gespürt hatte, aber er hatte sehr wohl verstanden, dass Claude sie schwer verletzt hatte, und das hatte seine Wut gesteigert.

Der grobe Schubser seines Cousins hätte ihm eine gewisse Genugtuung verschafft, wenn er sich umgedreht und Claude wie einen Käfer auf dem Rücken zappeln gesehen hätte.

Doch Richard hatte sich nur auf Amelia konzentriert und darauf, ihr irgendwie zu helfen.

Jetzt lief er allein durch dieses Zimmer, während sich alle anderen um sie kümmern durften und obwohl er sich dessen bewusst war, dass er kein Recht darauf hatte, wünschte er sich an ihre Seite.

Fluchend drehte er sich noch einmal um und schritt auf die andere Seite des Kamins. Sie war nervig, rechthaberisch und offensichtlich genauso wild wie ihr

Bruder, aber sie hatte etwas an sich, das er nicht ignorieren konnte. Warum wollte er an ihrer Seite sein und verlangen, dass der Arzt ihr die Schmerzen nahm? Er hatte sich noch nie um jemanden so gesorgt, dabei kannte er sie kaum.

Er hielt inne und wurde von einem Gedanken heimgesucht. Hatte er sich je Sorgen um Bea gemacht? Er hatte gewollt, dass sie sich stets wohlfühlte, aber hatte er sich danach gesehnt, an ihrer Seite zu sein? Er schüttelte angewidert den Kopf und setzte seinen Weg fort. Bea war nie krank gewesen, aber wenn sie es gewesen wäre, hätte er sich natürlich noch mehr Sorgen um sie gemacht. Amelia war ihm praktisch fremd, es war nur eine natürliche Sorge um ihr Wohlergehen, das war alles. Er schloss für einen Moment die Augen und sagte sich im Stillen, dass sie ein Gast seiner Tante war und ihm nichts bedeutete.

Enid unterbrach seine Schritte und betrat die Bibliothek. „Ich bin auf der Suche nach Marie", sagte sie in ernstem Ton.

„Ich dachte, sie wäre bei Miss Beckett?"

„Nein."

„Wenn das so ist, hoffe ich, dass sie meinem Cousin einen gehörigen Rüffel verpasst."

„Da wird sie nicht die Einzige sein. Wenn Sie sie sehen, richten Sie ihr bitte aus, dass drei Familien abreisen, sobald deren Truhen gepackt sind."

„Wie geht es Miss Beckett? Sie ist gegenwärtig die Einzige, die mich interessiert. Es ist mir völlig egal, wer bleibt und wer geht. Wenn alle abreisen, wäre diese Farce immerhin zu Ende."

„Sie schläft jetzt. Der Arzt meinte, dass einige Tage völliger Ruhe den Schmerz lindern werden. In den nächsten Tagen wird sich zeigen, ob sie bleibende Schäden davontragen wird, aber der Arzt hofft, dass das nicht der Fall ist."

Richard zuckte zusammen. „Ich könnte ihn umbringen."

„Da sind wir schon zwei", stimmte Enid ihm zu. „Sie hat so viel durchgemacht und hart dafür gekämpft, erneut laufen zu können. Ich weiß das nur, weil Patricia mir davon erzählt hat. Amelia selbst erwähnt es kaum, aber das Mädchen hat sehr gelitten. Wenn sie einen irreparablen Schaden … nun, warten wir es ab. Aber es wird Konsequenzen für Claude haben, falls dies der Fall ist."

„Was immer sie benötigt, soll für sie bereitstehen", sagte Richard. Der Gedanke, dass Amelia dauerhaft verletzt sein könnte, versetzte ihn in Panik. Nicht wie Claude, der davor zurückschreckte, mit Menschen zu verkehren, die mit solchen Makeln behaftet waren, sondern weil ihn der Gedanke verängstigte, dass eine Frau, in der so viel Leben steckte, in ihren Möglichkeiten eingeschränkt sein könnte. Die Vorstellung, dass er nie die Gelegenheit haben könnte, mit ihr zu tanzen, erfüllte ihn mit Bedauern und er knirschte mit den Zähnen. Welch egoistischer und unpassender Gedanke. „Sie erwähnte, dass sie zeitweilig auf einen Krankenstuhl angewiesen war. Denken Sie, sie wird einen solchen benötigen?"

„Das wissen wir erst, wenn sie Gelegenheit hatte, sich auszuruhen. Sie konnte zwei Jahre lang nicht gehen und ein weiteres Jahr lang nur mit Unterstützung. Es wäre unerträglich, sie erneut in diesem Zustand zu sehen. Die Ärzte sagten ihr, sie würde nie mehr laufen können, aber sie war fest entschlossen, ihnen das Gegenteil zu beweisen", sagte Enid.

Richards Lippen zuckten. „Das überrascht mich nicht."

„Nein, und auch niemanden, der sie wirklich kennt. Dennoch wird es Momente gegeben haben, in denen sie gezweifelt hat. Ihr Cousin hingegen wird keinen Zweifel daran haben, was ich von ihm halte."

„Ich habe beinahe Mitleid mit ihm, aber nur fast. Wenn Sie meine Hilfe benötigen, lassen Sie es mich wissen, und ich werde dafür sorgen, dass es ihm wirklich leidtut."

„Machen Sie sich keine Sorgen. Wenn ich mit ihm fertig bin, wird er die Tirade seiner Mutter für eine sanfte Ermahnung halten."

Enid verließ den Raum und Richard ging erneut ziellos umher. Amelia hatte so viel gelitten und das machte diesen Vorfall noch entsetzlicher. Er hielt noch einmal in Gedanken inne. In seiner Jugend war er zu hilflos gewesen, um etwas an seiner Situation ändern zu können. Es hatte seiner Tante bedurft, um sein unglückliches Leben in Ordnung zu bringen. Dann, nach Beas Verrat, hatte sich das Gefühl der Einsamkeit in ihm noch verstärkt. Wieder einmal war er hilflos und wusste nicht, was er tun sollte. Er war ebenso unfähig wie der vernachlässigte Bub und der verliebte junge Mann es damals gewesen waren.

Er legte seine Hände auf den Kaminsims, ließ den Kopf hängen und knurrte frustriert. Sie musste gesund werden. Das musste sie einfach.

***

Am dritten Tag ging es Amelia gut genug, um Besucher zu empfangen. Zumindest hatte sie das gedacht. Nach einem Besuch von Miss Wear und deren Eltern, die das schockierende Ereignis in allen Einzelheiten besprechen wollten, und einem weiteren von Miss King samt deren Familie, die genau dasselbe tun wollten, stöhnte Amelia, als ihr gesagt wurde, dass Claudes Freunde, Albert und Freddie, vor der Tür standen.

„Muss ich die beiden empfangen? Ich kenne sie kaum und liege im Bett", flüsterte Amelia ihren Freundinnen zu.

„Ich werde sie fortschicken." Patricia ging zur Tür ihrer gemeinsamen Kammer.

Amelia war erleichtert, durch die geöffnete Tür die Beteuerungen der beiden Männer zu hören.

„Oh nein, wir möchten nicht eintreten!", entgegnete Freddie, nachdem Patricia erklärt hatte, dass Amelia müde sei. „Mir wird ganz mulmig, wenn ich ein Krankenzimmer besuchen muss. Das macht mich nervös. Wir waren im Dorf und haben Miss Beckett Kuchen und Bonbons gekauft. Wir dachten, es könnte ihr dabei helfen, den Vorfall zu vergessen."

„Ein schwieriger Tag, aber am besten vergessen wir ihn alle", fügte Albert eilig hinzu. „Claude war ein wenig überdreht. Ist doch nichts passiert, nicht wahr?"

Amelia beobachtete, wie sich Patricias Haltung versteifte, und sie sagte eilig und bevor ihre Freundin

83

antworten konnte: „Bitte danke den Gentlemen von mir; wir wissen die Süßigkeiten sehr zu schätzen."

Patricia drehte sich um, um Amelia anzustarren, aber sie nahm die beiden großen Schachteln entgegen, bedankte sich zähneknirschend und schloss die Tür. „Ich hätte ihnen sagen sollen ..."

Amelia lächelte. „Es ist nicht ihre Schuld und es war ihnen offensichtlich unangenehm."

„Das sollte es auch, denn sie haben sich einen fürchterlichen Freund ausgesucht."

„Wenigstens haben wir Süßigkeiten", sagte Amelia, bevor sie nach einem erneuten Klopfen an der Tür aufstöhnte.

Dieses Mal verschaffte sich Mrs. Evans mit ihren Töchtern Einlass. Sie waren spazieren gewesen und hatten Blumen gepflückt. „Ich finde Wildblumen viel schöner als die, die im Gewächshaus gezüchtet werden", sagte Mrs. Evans. „Soll ich sie für Sie hierher stellen?" Der Strauß war bereits in einer Vase und sie stellte ihn auf den Frisiertisch neben Isabelles Bett, wo Amelia ihn gut sehen konnte.

„Vielen Dank, das ist sehr freundlich von Ihnen", sagte Amelia. „Alle sind sehr fürsorglich."

„Habe ich euch Mädchen nicht gesagt, dass Miss Beckett großmütig sein und anders als Mrs. Greenwood davon absehen wird, schlecht über Mr. Greenwood zu sprechen?", fragte Mrs. Evans ihre Töchter. „Mr. Greenwood ist äußerst aufgebracht, denn seine Mutter sagt fürchterliche Dinge zu ihm, egal, wer in seiner Nähe ist. Er sagt, er werde nach London zurückkehren, wenn sie nicht damit aufhört."

„Ich kann Mrs. Greenwood verstehen, er hat sich fürchterlich benommen", sagte Isabelle und überraschte damit ihre Freundinnen. Ansonsten war sie stets diejenige, die Konflikte um jeden Preis vermied.

„Das Problem war, dass Miss Beckett ihre Abnormalität nicht deutlich zum Ausdruck gebracht hat. Jeder von uns hätte sie verletzen können, nachdem sie zu diesem Thema geschwiegen hat", sagte Mrs. Evans.

„Abnormalität?" Amelia verschluckte sich.

„Hätten Sie es gern gesehen, wenn Mr. Greenwood eine Ihrer Töchter so grob behandelt hätte?", fragte Patricia.

„Keines meiner Mädchen hätte das Spiel so schlecht gespielt", antwortete Mrs. Evans.

„Ich fühle mich plötzlich sehr müde", sagte Amelia.

„Nur noch ein Besuch." Marie betrat das Zimmer, mit einem sehr mürrischen Claude auf den Fersen. Die Familie Evans trat vom Bett weg, aber obwohl Marie ihnen einen Blick zuwarf, verließen sie das Zimmer nicht.

„Es ist etwas eng hier drin", sagte Amelia trocken.

„Es wird nicht lange dauern", sagte Marie. „Claude!"

„Es tut mir leid, was ich getan habe, und ich hoffe, Sie erlauben mir, es wiedergutzumachen, sobald Sie aufstehen können." Hätte er die Worte von einem Blatt Papier abgelesen, hätten sie weniger gestelzt geklungen, und die drei Freundinnen bemühten sich, ihre Belustigung zu verbergen.

Amelia sah Marie an. „Womit haben Sie ihm gedroht, damit er mich um Vergebung bittet?"

Marie verengte ihre Augen. „Ich wusste, dass Sie perfekt sind."

Sowohl Claude als auch Amelia schrien bei ihren Worten auf, aber Claude war am lautesten. „Ich werde sie nicht heiraten! Ich treffe meine eigenen Entscheidungen im Leben!" Als er aus dem Zimmer stürmte, folgten ihm Mrs. Evans und ihre Töchter und murmelten ihre Entschuldigungen.

Amelia sah Marie an. „Ich werde Ihren Sohn nicht heiraten."

„Ich werde Ihnen ein Angebot machen, das Sie nicht ablehnen können", sagte Marie angriffslustig. „Sie brauchen Geld und ich kann Ihnen mehr geben, als Sie jemals ausgeben können."

„So verlockend das auch sein mag", sagte Amelia sarkastisch, „ich bin nicht bereit, mich zu verkaufen, um einen Mann zu heiraten, der mich offensichtlich nicht ausstehen kann."

„Er würde Sie lieben lernen."

Amelia lachte. „Das kann ich für mich nicht behaupten. Ich werde niemals einen Mann heiraten, dessen Gesellschaft ich nicht ertragen kann, ganz gleich, wie hoch der Anreiz sein mag. Es tut mir leid, wenn ich Sie mit meinen Worten beleidige. Ich werde selbstverständlich abreisen, sobald ich dazu in der Lage bin."

„Das ist nicht nötig", sagte Marie. „Sie werden erst gehen, wenn Sie reisefähig sind, auch wenn es länger dauert als zwei Wochen. Wenigstens diese eine

Sache werde ich richtig machen, nämlich Sie erst zurückschicken, wenn Sie sich vollständig erholt haben."

„Vielen Dank, aber ich werde meine Meinung nicht ändern, wenn es das ist, was Sie sich dadurch erhoffen."

„Selbst wenn ich Ihnen alles biete, Ihnen jeden Wunsch erfülle?"

„Sie wissen nichts über meine Wünsche", sagte Amelia. Sie verfluchte sich dafür, dass sie in diesem Moment an Richard dachte, denn er war seit dem Unfall nicht mehr in ihrer Nähe gewesen. Er war wahrscheinlich der gleichen Meinung wie Claude, angewidert von ihren Makeln. Der Gedanke deprimierte sie.

„Normalerweise wollen wir, dass unsere Familien glücklich sind", sagte Marie.

„Nicht um den Preis meines eigenen Glücks", entgegnete Amelia. „Meine Eltern würden niemals zustimmen, dass ich unter solchen Bedingungen heirate, wie Sie sie mir anbieten."

„Dann werden Sie eine Jungfer bleiben."

„Wahrscheinlich, aber das habe ich schon vor langer Zeit akzeptiert. Es ist ein Gedanke, der mich weniger beunruhigt, als Sie es vermuten möchten."

„Denken Sie an diese Worte, wenn Sie zwanzig Jahre älter sind und Ihre Familie Ihre Besuche fürchtet. Es ist eine Sache, seinen Prinzipien treu zu sein, wenn Sie jung sind und ein Zuhause haben, aber wenn Ihre Eltern einmal nicht mehr da sind, wird Ihr Leben nicht mehr so sicher sein", sagte Marie und seufzte angesichts der fassungslosen Blicke der drei Frauen. „Ich musste es versuchen. Ich werde das Thema nicht weiter ansprechen, aber ich habe es ernst gemeint, als ich sagte, dass Sie hier so lange willkommen sind, wie Sie es benötigen."

„Danke", sagte Amelia. Marie nickte, verließ den Raum und ließ die drei Freundinnen allein. „Ach du meine Güte! Was für ein Nachmittag! Ich bin völlig ausgelaugt!"

„So gern ich auch über die Ungeheuerlichkeit der einzelnen Besuche sprechen würde, ich denke, du solltest nun die Augen schließen und versuchen, ein wenig zu schlafen", sagte Patricia.

„Das wird mir nicht schwerfallen. Ich hoffe nur, dass mich keine Albträume plagen, in denen ich Claude heirate."

„Wir bleiben hier, um dich notfalls zu wecken", sagte Isabelle, die neben dem Bett saß.

„Danke", sagte Amelia, die ihre Augen bereits geschlossen hatte.

Kapitel 6

Vier Tage hatte gewartet, aber nun musste er sie unbedingt sehen. Nachdem er den Butler aufgehalten hatte, der zwei Spazierstöcke zu Amelias Zimmer trug, hatte er eine Ausrede, um an die Tür zu klopfen. Die Blumen, die er ihr geschickt hatte, hatten sein Bedürfnis, Zeit mit ihr zu verbringen, nicht gelindert. Er musste aus ihrem Mund hören, dass sie sich erholte und es ihr an nichts fehlte.

Als er an der Tür klopfte, wurde er von Patricia hereingebeten. „Ah, hier sind deine Gehhilfen, Amelia", sagte Patricia über ihre Schulter. „Ich werde sie Ihnen abnehmen, Mylord."

„Das ist nicht nötig. Ich werde Miss Beckett nach unten begleiten, falls sie sich stark genug fühlt, um mit allen zu Mittag zu essen", sagte Richard. Jetzt, wo er den Raum betreten hatte, konnte er durchatmen. Amelia sah frisch und munter aus. Ja, sie war blass, aber ihre Augen leuchteten, obwohl sie ihn mit einem seltsamen Ausdruck ansah, den er nicht ergründen konnte. Er dachte nur daran, dass sie deutlich besser aussah als bei ihrer Ankunft, und endlich wurde diese Kette gesprengt, die ihm seit Claudes wüster Tat die Brust zugeschnürt hatte. Erst jetzt wurde ihm bewusst, wie angespannt er gewesen war.

„Ich würde gern meine Kammer verlassen, obwohl ich natürlich die angenehmste Gesellschaft hatte." Amelia lächelte ihre Freundinnen an. „Ich muss Sie warnen, Mylord, es wird ein langwieriges Unterfangen sein."

„Ich stehe zu Ihrer Verfügung. Sie geben die Geschwindigkeit vor und ich werde mich kein einziges Mal beklagen."

Amelia lächelte. „Wenn dem so ist, könnten Sie in fünfzehn Minuten zurückkehren? Bis dahin sollte ich bereit sein."

Richard verbeugte sich und verließ das Zimmer. Anstatt sich nach unten zurückzuziehen, wartete er am oberen Ende der Treppe, bis Patricia die Tür öffnete, und obwohl sie ein wenig überrascht darüber wirkte, dass er geblieben war, deutete sie an, dass er sich noch einmal zu ihnen gesellen sollte.

„Sind Sie bereit, Miss Beckett?"

„Ja. Ich hätte nie gedacht, dass sich der Gang zum Speisesaal wie ein solches Abenteuer anfühlen würde. Ich liege schon viel zu lange herum."

„Ich denke, du hattest einen triftigen Grund dafür", sagte Isabelle.

„Das ändert nichts an der Tatsache, dass es sich wie vergeudete Zeit anfühlt." Amelia stand mit Richards Hilfe auf und lächelte ihn dankbar an, als er sie stützte, während sie sich mit den Gehstöcken einrichtete. „Wenn es Ihnen recht ist, bin ich bereit, Mylord."

Die beiden gingen vorsichtig aus dem Zimmer, wobei Richard sich ständig vergewisserte, dass es

Amelia so gut wie möglich ging. Nach der sechsten Rückfrage binnen etwa zehn Schritten blieb Amelia stehen.

„Ich habe so etwas bereits einmal durchgemacht", sagte sie amüsiert, aber dankbar für seine Sorge.

„Aber damals war nicht dieser Esel von meinem Cousin daran schuld", knurrte Richard.

„Stimmt, aber zumindest sollte ich diesmal schneller genesen."

„Hat es nach der ersten Verletzung lange gedauert?"

Amelia seufzte. „Meine erste Saison stand bevor und ich hielt mich für unbesiegbar, als ich mich einem Pferd näherte, das mein Vater eben erst erworben hatte. Es war bekanntermaßen ein schwieriges Tier, aber ich war zu arrogant, um auf die Warnungen zu hören. Meine Selbstüberschätzung habe ich bitter bereut."

„In jungen Jahren denken wir alle, wir wüssten es besser."

„Das klingt für mich nach einem Geständnis." Amelia lächelte, aber sie fuhr fort, bevor er antworten konnte. „Das war bei mir definitiv der Fall. Man sagte mir, es wäre ein großes Glück gewesen, dass ich den Angriff überlebt habe. Ich kann mich kaum noch daran erinnern, aber anscheinend hat der Hengst mich unaufhörlich gebissen. Erst als zwei Stallknechte ihn mit Heugabeln angriffen, ließ er von mir ab und ich konnte fortgebracht werden."

„Das klingt schrecklich."

„Ja, ich bin froh, dass ich mich kaum daran erinnern kann." Sie waren am oberen Ende der Treppe angelangt und Amelia hielt inne. „Ich kann das Geländer und einen meiner Stöcke benutzen, um hinunterzukommen, wenn Sie so nett wären, den anderen zu tragen?"

„Ich würde es vorziehen, beide Stöcke zu halten, und Sie können sich auf meinen Arm und das Geländer stützen", sagte Richard. „Ich weiß, ich bin nur ein schwacher Dandy, aber ich denke, selbst ich kann Ihr Gewicht halten."

„Als ob ich es wagen würde, Sie einen Dandy zu nennen! Sie sind mindestens ein Sportsmann!" Amelia lachte, übergab ihm jedoch beide Gehstöcke.

„Ich prahle nicht gern", sagte Richard, während sie langsam den Abstieg begannen. „Wie lange dauerte Ihre Genesung?"

„Ich nehme an, ich bin immer noch nicht völlig genesen. Sie haben selbst gesehen, wie wackelig ich neulich auf den Beinen stand." Amelia verzog das Gesicht. „Aber es hat zwei Jahre gedauert, bis ich laufen konnte, dann ein weiteres, in dem ich alles neu lernen musste. Dann konnte ich anfangen, Tanzschritte zu erlernen, auch wenn ich nicht jeden Tanz mitmachen kann. Es kommt also gelegen, dass ich meine Zeit auf den Mauerblümchenbänken verbringe."

„Ihr Debüt hat sich um vier Jahre verzögert?"

„Mehr oder weniger. Nach dem dritten Jahr wurde ich eingeführt, konnte jedoch nur an ausgewählten Amüsements teilnehmen. Ich ermüdete weiterhin schnell."

„Es muss Sie frustriert haben, die Amüsements nicht voll auskosten zu können."

„Ich hätte gern mehr getanzt, denn ich tat es stets gern. Aber warum sollte ich murren, wenn ich daran ohnehin nichts ändern konnte? Ich musste realistisch sein. Bis ich in der Lage war, mehr an der Gesellschaft teilzunehmen, war meine Gelegenheit auf eine Ehe vorbei. Selbst die Optimistischsten unter uns wissen, dass drei oder vier Saisonen voller Debütantinnen die Chancen einer Erbin schmälern, ganz zu schweigen die einer Frau, die über eine bescheidene Mitgift verfügt und sich manchmal nur mit Mühe bewegen kann."

Richard bewunderte ihre Sachlichkeit. Er war sich nicht sicher, ob er es so gelassen hinnehmen könnte, wenn er um die besten Jahre seines Lebens und die Möglichkeit einer Ehe gebracht worden wäre. Das erklärte wahrscheinlich, warum er ihr nie begegnet war. Selbst Debütantinnen mit geringer Mitgift versuchten, in die Aristokratie eingeführt zu werden. Schweigend dachte er darüber nach, was sie durchgemacht haben musste, und bewunderte den Umstand, dass sie immer noch so temperamentvoll war. All die missgünstigen Gedanken nach ihrer Bemerkung über seine Lorgnette waren endgültig vergessen.

„Ah, es ist stets eine Erleichterung, wenn das Ende der Treppe erreicht ist", sagte Amelia. „Das Strecken der Beine ist noch recht schmerzhaft."

„Möchtest du dich ein wenig ausruhen?", fragte Patricia. Sowohl sie als auch Isabelle hatten den Abstieg verfolgt.

„Das wäre eine gute Idee", sagte Amelia und war dankbar, dass Richard sofort einen Diener beauftragte, einen Stuhl zu bringen. Als sie sich setzte, seufzte sie erleichtert. „Ich bin erbärmlich mitanzusehen."

„Sie sind einer der stärksten Menschen, die ich kenne", sagte Richard. Seine Hand lag schützend auf der Rückenlehne des Stuhls.

„Ich danke Ihnen. Ich bezweifle, dass ich mich stark fühle, wenn ich in den Speisesaal humple, während alle bereits sitzen." Sie hörten Stimmen hinter der geschlossenen Tür.

„Die Runde ist kleiner als sonst, Claude führt die Gentlemen zu einer Sportveranstaltung aus", sagte Richard.

„Ach ja? Es ist ein gewisser Trost, dass ich ihn nicht sehen werde. Doch sollten Sie nicht bei ihnen sein? Halte ich Sie auf?"

„Ganz und gar nicht. Ich bin im Moment nicht der beste Freund meines Cousins. Er behauptet, ich hätte sein gutes Aussehen für immer ruiniert. Ich habe ihn gefragt, ob er jemals in einen Spiegel geblickt hätte, und ihn darauf hingewiesen, dass mein Schlag die Sache nur verbessert haben konnte. Er sollte sich bei mir bedanken. Es überrascht mich, dass er meine Feststellung nicht besonders wohlwollend aufnahm. Mir ist noch nie aufgefallen, wie unschmeichelhaft mein Vetter aussieht, wenn er erzürnt ist."

Amelia lachte. „Ich nehme an, Sie haben Ihre Feststellung unter Einsatz Ihrer Lorgnette geäußert?"

„Selbstverständlich", antwortete Richard. „Man muss versuchen, Claude unter Kontrolle zu halten."

„Viel Glück dabei", murmelte Amelia, als sie sich erhob und Richard sofort an ihrer Seite war.

Richard half Amelia an ihren Platz im Esszimmer, der auf Maries Drängen hin rechts von seiner Tante war. Er wollte nicht von Amelias Seite weichen, war sich aber bewusst, dass ihn alle genau beobachten würden.

Aufmerksamkeit eines Gentlemans war akzeptabel, aber jedes Anzeichen von Zuneigung sollte vermieden werden. Sich um sie zu sorgen, war eine Sache, Spekulationen auszulösen, eine ganz andere. Es spielte keine Rolle, dass sie bereits ihre Absichten in Bezug auf eine Ehe geklärt hatten – denn andere würden davon nicht wissen.

Mrs. Evans saß neben Richard und verhielt sich ihm gegenüber kühl, was ihnen beiden gelegen kam. Richard dachte darüber nach, was Amelia ihm erzählt hatte. Er hatte sie bereits zuvor mehr bewundert, als er es sich normalerweise erlauben würde, aber jetzt wünschte er sich noch mehr, derjenige zu sein, der sie beschützte, sich um sie kümmerte und sie von den Problemen der Welt abschirmte. Das war eine gefährliche Situation und seine unangemessenen Gefühle verwirrten ihn. Er versuchte sich einzureden, dass es nichts weiter als Mitleid war. Er war zu einem Gentleman erzogen worden und es war der Anstand, der diese Gedanken in ihm auslöste.

Einerseits wünschte er sich, an ihrer Seite zu sein, andererseits wollte er möglichst weit weglaufen und Amelia nie wieder sehen. Ihm war bewusst, dass er ein echtes Problem hatte, und er fragte sich, was beängstigender war: sich zu jemandem hingezogen zu fühlen, nachdem er sich so endlos nach Bea gesehnt hatte, oder das Risiko, erneut abgewiesen zu werden?

Während der Mahlzeit beobachtete er, wie sie sich fröhlich mit seiner Tante unterhielt. Sie konnte sich wirklich in jede Gesellschaft einfügen; etwas, was ihm stets Probleme bereitete, ob er nun ein Gentleman war oder nicht. Als ihre Gabel auf halbem Weg zum Mund innehielt, wusste er sofort, dass etwas nicht stimmte. Ihre Haltung versteifte sich, ihr Blick wurde starr. Richard widerstand dem Drang, ihr zur Seite zu eilen, und beobachtete sie mit zunehmender Besorgnis. Der Blick, den Amelia in seine Richtung warf, erleichterte ihn nicht. Er wusste nicht, was seine Tante zu ihr gesagt hatte, aber er wusste ohne Zweifel, dass es ihm nicht gefallen würde.

***

Amelia hatte den ersten Teil der Mahlzeit genossen. Patricia und Isabelle waren in den vergangenen Tagen wunderbare Krankenschwestern gewesen, aber sie mochte es nicht, eingeschränkt zu sein. Deshalb setzte sie sich in freudiger Erwartung neben Marie und hoffte, von der unverblümten, bissigen Frau unterhalten zu werden.

96

Marie hatte sich anfangs entschuldigt, aber es dauerte nicht lange, bis sie ganz die Alte war. „Ich wollte alle Ihre Freundinnen zu dieser Gesellschaft einladen, aber Enid meinte, zwei von Ihnen seien verhindert."

„Das wären viele alleinstehende Frauen gewesen", sagte Amelia.

„Ja. Als Richard sich darüber beklagte, von Mauerblümchen umgeben zu sein, versicherte ich ihm, dass er keine Angst davor haben müsse, dass ich ihn mit einer von Ihnen verkuppeln würde. Er wirkte überzeugt, als ich ihm erklärte, dass ich eine von Ihnen für meinen Sohn auswählen wollte. Aber Claude sollte das Gefühl haben, seine Braut selbst zu wählen. Ich habe Richard versprochen, dass er aus genügend jungen Damen auswählen kann. Sie haben doch nichts dagegen, dass ich so offen mit Ihnen spreche? Jetzt, da Sie sich klar geäußert haben, gibt es keinen Grund mehr, so zu tun, als ob ich nicht alle aus einem bestimmten Grund hier versammelt hätte."

„Ich weiß Ihre Offenheit zu schätzen", sagte Amelia steif. „Es hilft mir zu sehen, wie die Dinge wirklich sind." Dass Richard sich abfällig über ihre Freundinnen und sie selbst geäußert hatte, ohne sie überhaupt zu kennen, versetzte ihr einen Stich. Das passte zu dem Mann, für den sie ihn gehalten hatte. Aber nicht zu dem, an den sie ständig denken musste.

„Das dachte ich mir", sagte Marie. „Ich würde Sie immer noch in der Familie willkommen heißen, falls Sie Ihre Meinung ändern sollten, aber mehr werde ich zu diesem Thema nicht sagen. Ich hatte gehofft, sowohl

Claude als auch Richard während dieser Gesellschaft verheiraten zu können, aber keiner von beiden zeigt sich kooperativ."

„Ich nehme an, die beiden haben ihre eigenen Vorstellungen davon, was sie sich von einer Frau wünschen und wollen das Gefühl haben, sie selbst ausgewählt zu haben. Ich bezweifle, dass mein Bruder eine Einmischung meiner Eltern begrüßen würde. Ich würde es definitiv nicht tun."

„Richard hat es mir von Anfang an gesagt, aber ich habe ihm versprochen, mich in seine Angelegenheit nicht zu sehr einzumischen. Es ist wahrscheinlicher, dass er eine gute Wahl trifft, wenn er seine Vergangenheit hinter sich lassen kann."

„Ach ja?"

„Es ist so, wie Enid sagte: Die jungen Leute wollen sich heutzutage verlieben, bevor sie heiraten. Papperlapapp! Er hat sich verliebt und sie hat ihn enttäuscht. Ich verstehe nicht, warum man unbedingt aus Liebe heiraten muss. Meine eigene Ehe war zunächst eine Vernunftehe, aber ich hätte meinen Mann nicht mehr geschätzt, wenn ich ihn selbst gewählt hätte."

„In dieser Hinsicht hatten Sie großes Glück."

„Die Liebe war ein zusätzlicher Vorteil, den ich auch nicht vermisst hätte", fuhr Marie fort, während sie die Vorgänge am anderen Ende der Tafel beobachtete.

„Auch dazu würde ich sagen, dass Sie Glück hatten, das Bedürfnis nach Liebe nicht zu verspüren."

Amelia war starr vor Ärger, am liebsten wäre sie aus dem Saal, gar aus dem Haus gelaufen, aber sie konnte es nicht. Sie verfluchte ihre Hilflosigkeit. Ohne Unterstützung konnte sie nicht einmal den Tisch verlassen und der Mann, der sie ihr als Erster anbieten würde, war der, dem sie entkommen wollte.

„Es überrascht mich, dass Sie eine Romantikerin sind."

„Sie scheinen sich eine starke Meinung über mich gebildet zu haben, ohne mich oder meine Wünsche wirklich zu kennen."

„Vielleicht hätte ich das nicht tun sollen. Aber Sie können mir nicht vorwerfen, dass ich zu dem Schluss gekommen bin, dass Sie wahrscheinlich die Einzige in diesem Raum sind, die perfekt zu Claude passen würde."

Amelia verkniff sich mit Mühe eine Grimasse, war aber nicht davon überzeugt, dass ihr das gelungen war, und so blickte sie ebenfalls über die Tafel. Sie hatte Richard bereits einen finsteren Blick zugeworfen, als seine Tante gestanden hatte, dass er sie und ihre Freundinnen verspottet hatte, aber sie schickte ihm zur Sicherheit einen weiteren.

Marie bemerkte die Richtung ihres Blickes. „Mein Neffe sieht Miss Evans oft an."

„Ach ja? Das erfreut sie bestimmt", sagte Amelia und nahm einen Schluck Wein, um den bitteren Geschmack in ihrer Kehle zu vertreiben.

„Oh, ich denke nicht, dass er sich mit ihr verbinden würde. Ich habe die drei nur eingeladen, um das Alter der Mädchen zu variieren. Ich hatte gehofft, er würde Miss Jones oder Miss Simpson heiraten. Ich bin mir völlig im Klaren darüber, dass er eine fügsame, sanftmütige Frau braucht; eine, bei der er darauf vertrauen kann, dass sie ihn nie wie Bea im Stich lassen würde. Eine von diesen beiden wäre perfekt gewesen. Ich hätte Claude zum Teufel jagen können, so viel Zeit wie er mit ihnen verbracht hat, und jetzt sind sie weg, ohne dass Richard auch nur ein Wort mit ihnen gesprochen hätte. Eine verpasste Gelegenheit."

„Ich bin sicher, er könnte ihnen nach London folgen oder wohin auch immer sie gereist sind", sagte Amelia. „Mrs. Greenwood, würden Sie mich entschuldigen? Ich fühle mich etwas müde. Wenn Sie nichts dagegen haben, würde ich gern in meine Kammer zurückkehren."

„Natürlich, was immer Ihnen guttut." Marie deutete einem Diener an, Amelia zu helfen, aber Richard erhob sich sofort und ging auf seine Tante und Amelia zu.

„Miss Beckett, bitte erlauben Sie mir, Sie zu begleiten", sagte er und bot seinen Arm an.

„Nein, danke, ich komme zurecht", fuhr Amelia ihn an.

Etwas verblüfft über den Tonfall, folgte Richard ihr aus dem Esszimmer. Erst als die Tür geschlossen war, sprach er, während Amelia den Arm des Dieners zur Unterstützung benutzte.

„Habe ich Sie verärgert, Miss Beckett? Es würde mir leidtun zu hören, dass ich mich in Ihrer Meinung über mich geirrt habe."

„Nein, ganz und gar nicht. Ich bin es, die sich geirrt hat", sagte Amelia mit eisigem Ton. „Bitte entschuldigen Sie mich, Mylord. Ich halte es für das

Beste, Sie kehren zu den Gästen zurück. Ihre Tante erzählte mir, wie sehr Sie die Gesellschaft von sanftmütigen, gefügigen Frauen schätzen. Ich bin überrascht, dass wir ein einziges Gespräch führen konnten, geschweige denn mehrere, vor allem in Anbetracht der Tatsache, wie verächtlich Sie auf die Einladung einiger Mauerblümchen zu dieser Gesellschaft reagiert haben."

Richard blieb stehen und rieb sich frustriert mit der Hand über das Gesicht. „Meine verfluchte Tante", murmelte er.

„Tadeln Sie sie nicht für ihre Worte. Wie sie schon sagte, es ist am besten, offen und ehrlich zu sein." Als sie die Treppe hinaufging, blickte sie sich nicht nach Richard um, sondern konzentrierte sich darauf, eine Stufe nach der anderen zu nehmen und wünschte sich, sie wäre in ihrer Kammer geblieben. Sie bemerkte nicht, wie sehr es Richard zu schaffen machte, dass sie sich an einen Fremden lehnte, während sie sich die Treppe hinauf quälte.

Sie war eine Närrin höchster Güte gewesen und sie verfluchte sich dafür, die Warnungen über ihn ignoriert zu haben. Stattdessen hatte sie geglaubt, dass er so viel besser war. Am meisten schmerzte sie jedoch, dass sie sich zu ihm hingezogen fühlte, wie sie es zuvor nicht getan hatte.

Es würde lange dauern, bis sie ihren Instinkten wieder vertraute, und es würde noch länger dauern, bis sie ihn mit Gleichmut betrachten konnte.

Kapitel 7

Das Mittagessen hatte Amelia emotional und körperlich erschöpft, sodass sie nicht log, als sie darum bat, dem Abendessen fernbleiben zu dürfen. Sie bestand darauf, dass Isabelle und Patricia sie schlafen ließen und sah zu, wie sie sich für das Abendessen bereit machten.

„Ich glaube, Großmutter bereut es, uns hergebracht zu haben", sagte Patricia und zog ihre Handschuhe an, nachdem das Dienstmädchen gegangen war. „Sie hat Mrs. Greenwood heute Nachmittag zum Teufel gejagt, als ich ihr erzählte, was sie zu dir gesagt hat."

„Ich glaube immer noch, dass es ihre Art war, dich vor ihrem Neffen zu warnen", sagte Isabelle und kramte auf dem Frisiertisch herum. „Es ist offensichtlich, dass er dir zugetan ist."

„Pah! Wahrscheinlich hat er Mitleid mit seinem Cousin, falls ich doch davon überzeugt werden könnte, ihn zu heiraten", antwortete Amelia. „Dann wäre er auf ewig mit einem Mauerblümchen verschwägert. Was für eine Schande!" Sie scherzte, aber in ihrem Tonfall lag eine Bitterkeit, die sie nicht verbergen konnte. Sie konnte sich ihre eigene Dummheit vor ihren Freundinnen nicht eingestehen.

„Ich würde ihn nicht verurteilen, ohne vorher mit ihm gesprochen zu haben", mahnte Isabelle.

„Zu spät." Amelia lächelte. „Isabelle, was machst du da?"

Isabelle hielt in ihrem Stöbern inne. „Ich finde meinen Armreif nicht. Ihr wisst schon, den blauen? Ich scheine ihn verlegt zu haben, dabei könnte ich schwören, ich hätte ihn hier hingelegt, als ich ihn am Abend vor dem Kegelspiel abnahm."

„Vielleicht hat Mary ihn in eine der Schubladen gelegt", schlug Patricia vor und ging hinüber, um bei der Suche zu helfen.

„Nein, ich habe sie danach gefragt und sie meinte, sie habe ihn nicht gesehen. Macht nichts, er taucht bestimmt bald auf. Ich sollte ihn wahrscheinlich ohnehin nicht tragen. Ich fummle daran herum, wenn ich nervös bin."

„Es gibt keinen Grund zur Nervosität." Amelia lächelte ihre Freundin an.

„Ich habe nur Angst, dass Mrs. Greenwood sich einer von uns zuwendet, nachdem du dich weigerst, dich ihren Wünschen zu beugen. Nicht, dass ich dich in eine Ehe gedrängt sehen wollte." Isabelle grinste und nahm ihren Fächer zur Hand.

„Das freut mich zu hören", sagte Amelia. „Ich denke nicht, dass ihr in Gefahr seid. So wie es sich anhört, will Mrs. Greenwood ein großmäuliges Fischweib zur Schwiegertochter. Im Gegensatz zu mir erfüllt ihr nicht ihre Anforderungen."

„In diesem Fall ruf uns einfach, solltest du etwas benötigen." Patricia grinste. „Wir werden dich bis ins Esszimmer hören."

„Raus mit euch!" Amelia lachte und als sie allein war, ließ sie sich seufzend in die Kissen zurückfallen. Er hatte sie beleidigt, verhielt sich ganz typisch für seinen Rang, und doch konnte sie nicht aufhören, an ihn zu denken. Zum Teufel mit ihm!

***

Richard war schlecht gelaunt. In dem Moment, in dem Patricia und Isabelle den Salon ohne Amelia betraten, wusste er, dass er die Worte seiner Tante, was immer sie zu ihr gesagt hatte, nicht wiedergutmachen konnte.

Er ging zu Patricia und Isabelle und verbeugte sich. „Fühlt sich Miss Beckett unwohl?"

„Sie ist müde von den Strapazen des Mittagessens", sagte Patricia kühl. „Sie muss sich ausruhen."

„Ich verstehe. Braucht sie etwas?"

„Nein, danke."

„Falls dem dennoch so wäre, lassen Sie es mich bitte sofort wissen." Es war klar, dass die beiden von dem Gespräch zwischen Amelia und seiner Tante erfahren hatten. Bislang waren beide Frauen höflich zu ihm gewesen, aber jetzt waren sie deutlich distanziert.

„Ich bin sicher, das ist nicht nötig", sagte Patricia.

„Sie liest gern", platzte es aus Isabelle heraus und sie errötete. Als sie sich unter Kontrolle hatte, fuhr sie fort: „Und wir hatten noch nicht die Gelegenheit, uns etwas aus der Bibliothek auszusuchen. Wenn Sie ihr etwas Passendes zum Lesen schicken könnten ..."

„Ich werde mich darum kümmern." Richard verbeugte und entfernte sich.

„Warum hast du das gesagt?", zischte Patricia ihr zu, während sie sich zu den Misses Evans gesellten.

„Ist dir denn entgangen, dass er keinen Diener mit der Aufgabe betraut hat?", fragte Isabelle. „Er ist verliebt und ich denke, Amelia ist es ebenfalls. Würde sie ihn nicht mögen, würde sie sich nicht so über seine unbedachten Worte aufregen. Aber jetzt war es ihr wichtig, dass er gut von ihr denkt."

„Er war unhöflich."

„Ja, aber das waren wir auch. Erinnerst du dich daran, wie wir über ihn und seine Lorgnette gelacht haben? Das war ebenfalls unhöflich."

„Du bist so vernünftig."

„Das ist keine Empfehlung, die ich begrüße. Sie suggeriert Langeweile", stöhnte Isabelle.

„Ganz und gar nicht. Du hast gesehen, was mir entgangen ist. Ich werde fortan aufmerksamer sein, das steht fest. Miss Evans, wie geht es Ihnen?", fragte Patricia und setzte sich auf das Sofa.

Richard war nach dem Gespräch mit Amelias Freundinnen zum Dekanter gegangen. Er verfluchte die Tatsache, dass er eine lange und ermüdende Mahlzeit über sich ergehen lassen musste, bevor er in die Bibliothek flüchten und einige Bücher für sie aussuchen konnte, und schenkte sich eine große Menge Brandy ein.

Von Claudes Freunden aus seinen Gedanken gerissen, verbarg er seinen üblichen verächtlichen Blick nicht, als Freddie ihn ansprach.

Freddie schien Richards abweisende Haltung nicht zu bemerken und schenkte sich selbst ein Glas ein. „Claude erfuhr von einem Preiskampf, der heute Abend im Nachbardorf stattfinden soll. Wir müssen früh von unseren geselligen Pflichten entbunden werden."

„Und warum sollte ich daran interessiert sein?", entgegnete Richard.

„Claude meinte, seine Mutter würde alles akzeptieren, wenn Sie uns entschuldigen. Das bedeutet natürlich, dass Sie auch eingeladen sind", fügte Freddie eilig hinzu.

„Ich bin froh, dass er trotz seiner schlechten Meinung über mich noch eine Verwendung für mich findet", sagte Richard und nippte an seinem Brandy.

„Werden Sie es tun?", fragte Albert eifrig. „Ich könnte einen Abend fernab dieser angespannten Atmosphäre gebrauchen. Es ist alles recht mühsam, aber Claude lässt uns nicht nach London zurückkehren."

Es überraschte Richard nicht, dass Claude seine Freunde kontrollierte. Er musste stets der Platzhirsch sein, auch wenn seine Mutter ihn oft ausbremste. Leute zu schikanieren war einfacher, als der Sohn zu sein, den Marie wollte. „Ich werde meiner Tante erklären, dass die Gentlemen einen sportlichen Abend benötigen, aber dass wir dafür morgen Abend mit den Damen tanzen werden."

„Oh." Albert ließ die Schultern hängen.

„So oder gar nicht, Gentlemen. Wir können die Damen nicht im Stich lassen, ohne es ein anderes Mal wiedergutzumachen. Dies ist schließlich eine Hausgesellschaft."

„Die Hälfte der Gäste ist abgereist", entgegnete Freddie.

„Deshalb müssen Sie besonders charmant zu den verbliebenen Gästen sein." Richard war bewusst, dass er Wasser predigte und Wein trank. Er hatte sich seit Amelias Unfall so weit wie möglich zurückgezogen. „Tanzen Sie morgen mit den Damen, dann werde ich Sie für heute entschuldigen."

„Also schön", räumte Albert ein.

„Heißt das, dass Sie sich uns anschließen werden?" Freddie blickte hinüber zu Claude, während er diese Worte sagte.

Richard unterdrückte ein Lächeln. „Ich hätte fast Lust, mich Ihnen anzuschließen, nur um meinen Cousin zu ärgern, aber ich habe dringende Angelegenheiten zu erledigen."

„Oh. Richtig. Gut."

Die Männer verbeugten sich und gingen. Richard beobachtete, wie sie mit Claude sprachen und ihm die guten Neuigkeiten überbrachten. Er fragte sich, ob sein Cousin die gute Tat anerkennen würde, beobachtete jedoch schmunzelnd, dass Claude mit den Schultern zuckte und absichtlich nicht in Richards Richtung blickte.

Es amüsierte Richard mehr, als dass es eine Beleidigung war. Er leerte sein Glas und ging zu seiner

Tante. Sie würde nicht erfreut sein, aber hoffentlich besänftigte sie das Versprechen eines Tanzabends.

***

Als es an ihrer Tür klopfte, bat Amelia den Gast herein, zog aber ihre Decke höher, als Richard die Tür öffnete.

„Mylord, ich habe Sie nicht erwartet", sagte sie kühl, und ihre Wangen erröteten bei dem Gedanken, dass er sie in ihrem Nachthemd und mit offenem Haar sah.

Richard taumelte ein wenig. Er wusste nicht, warum er nicht auf ihren Zustand geachtet hatte, aber beim Anblick ihres Gesichts, umrahmt von kastanienbraunen Locken, die sich von den weißen Rüschen ihres Nachthemdes abhoben, dachte er, noch nie in seinem Leben etwas so Schönes gesehen zu haben. Er hatte sie für hübsch gehalten, aber jetzt war sie in seinen Augen atemberaubend.

Er schluckte die Trockenheit in seinem Mund hinunter und neigte zur Begrüßung den Kopf. „Verzeihen Sie, wenn ich Sie störe, aber ich habe eine Auswahl an Büchern mitgebracht, von denen ich dachte, dass sie Ihnen gefallen könnten."

„Oh, ich danke Ihnen. Das ist sehr freundlich." Amelia war von der Geste und dem Zögern, das er an den Tag legte, überwältigt.

„Sie wurden heute Abend vermisst."

„Ach ja?"

„Ja."

Das Schweigen zwischen ihnen dehnte sich in die Länge. Erst jetzt bemerkte Amelia, dass seine Augen nicht wie üblich eisblau waren, sondern einen wärmeren Farbton angenommen hatten. Dass dies eindeutig auf ihren Anblick im Bett zurückzuführen war, löste ein aufgeregtes Kribbeln in ihr aus.

Schließlich konnte sie die Stille nicht länger ertragen. „Wenn Sie die Bücher bitte auf die Kommode legen könnten."

„Was? Oh ja, natürlich. Morgen Abend findet ein Tanzabend statt."

„Ich bezweifle, dass ich tanzen werde." Amelias Tonfall wurde erneut kühl. „Ich nehme an, ich soll für die Musik sorgen?"

„Nein, ähm ... vermutlich", sagte Richard zögerlich. „Ich dachte, Sie würden gern zusehen."

Amelia stieß ein scharfes Lachen aus. „Das mache ich regelmäßig auf den Bänken der *Mauerblümchen*, Mylord. Ich würde lieber hierbleiben und lesen."

„Habe ich Sie verärgert, Miss Beckett?" Richard war endlich zur Vernunft gekommen und verstand, dass etwas im Argen lag. Er hatte zwar ohnehin nicht mehr als höfliche Konversation erwartet, aber ihr Tonfall konnte bestenfalls als kühl beschrieben werden.

„Haben Sie das, Mylord? Ich bin überrascht, dass Sie sich überhaupt die Mühe machen, mich danach zu fragen."

„Ich verstehe nicht, was Sie meinen."

„Nein, wahrscheinlich nicht. ‚Er hat sich darüber beklagt, von Mauerblümchen umgeben zu sein, und freute sich über die Aussicht, dass sie nicht seinetwegen, sondern für seinen Vetter eingeladen wurden.' Das waren in etwa die Worte, mit denen Ihre Tante Ihre Reaktion auf ihre Besucher beschrieb."

Fühlte sie Genugtuung oder Enttäuschung, als er die Augen schloss und damit zugab, dass er tatsächlich etwas in der Art gesagt hatte? Amelia war sich unsicher. Aber das Blei auf ihrer Brust wurde schwerer, als er die Bemerkung nicht leugnete. Er war also wirklich die Art von Mann, die sie verachtete: arrogant und anmaßend.

„Die Worte wurden aus dem Zusammenhang gerissen."

„Ach ja? Wie können Ihre abfälligen Äußerungen über Menschen, die Sie nicht kennen, aus dem Zusammenhang gerissen sein?", fragte sie.

Richard hielt inne, dann funkelte er sie an. „Ausgerechnet Sie beschuldigen mich der Unhöflichkeit?"

„Ja, das tue ich." Plötzlich fühlte sich Amelia unwohl und griff nach ihrer Decke.

Jetzt war es an ihm, bitter zu lachen. „Sie, ein Ausbund an Tugend, der drohte, mir die Lorgnette aus der Hand zu schlagen und darauf herumzutrampeln, wenn ich mich recht erinnere. Dabei wussten Sie nicht, ob ich das Stielglas nur zum Spaß benutze oder weil ich schlecht sehe. Müssen Sie sich nicht vorwerfen, dass Sie sich ebenso abfällig über mich geäußert haben?"

Amelia war bei seinen Worten tiefrot angelaufen. „Sie haben meine Albernheiten gehört?", flüsterte sie beschämt.

„Ja, und mein Kammerdiener ebenfalls. Es ist sehr ernüchternd zu erfahren, dass man ausgelacht wird, bevor man überhaupt vorgestellt wurde. Denn mittlerweile ist klar, dass sich unsere Wege vor dieser Gesellschaft nie gekreuzt haben."

Richard war wütend, sowohl auf sie als auch auf sich selbst. Er konnte sehen, dass sie sich unwohl fühlte, auch wenn sie es sich verdient hatte. Er wollte sie um Verzeihung bitten, ihr ein Lächeln auf das Gesicht zaubern und diesen beschämten Blick fortwischen.

„Es war falsch von mir, diese Worte zu äußern, und die Tatsache, dass ich mich vor meinen Freundinnen dumm angestellt habe, ist keine Entschuldigung. Sie haben recht. Ich kann Sie nicht verurteilen, wenn ich selbst schuld daran bin, dass ich Sie beleidigt habe. Bitte verzeihen Sie."

„Ich danke Ihnen. Ich verabschiede mich nun, Miss Beckett. Ich denke, wir sollten beide überdenken, wie wir Menschen betrachten, die wir nicht kennen. Ich hoffe, es geht Ihnen bald besser." Richard verbeugte sich, trat aus der Tür, die er nicht verlassen hatte, und schob sie zu.

Er schloss für einen Moment die Augen und ging nach unten in die Bibliothek. Er benötigte einen starken Drink, um den Ausdruck auf Amelias Gesicht aus seinem Gedächtnis zu löschen. Noch nie hatte er sich so sehr gewünscht, jemanden zu trösten, während er gleichzeitig am liebsten weglaufen würde.

Er goss eine große Menge ein, sobald er die stets volle Karaffe erreichte, leerte das Glas und füllte es erneut. Was war nur los mit ihm?

Er träumte von der verflixten Frau, dachte an sie, wenn er wach war, und jetzt, da er sie zerzaust und beinahe unbekleidet gesehen hatte, würden die Träume mit Sicherheit noch lebhafter werden.

Als er das zweite Glas Brandy an seine Lippen führte, kam ihm ein Gedanke und er hielt inne: Er hatte schon eine Weile nicht mehr an Bea gedacht. Er hatte nicht von ihr geträumt, war nicht mehr von diesem hartnäckigen Albtraum geplagt worden, dass er am Altar stand und auf sie wartete. Er hatte sich nicht dabei ertappt, dass er eine Frau mit ihr verglich, und er hatte es auch nicht nötig gehabt, ihren Namen laut auszusprechen, als ob das seine Gefühle verschwinden lassen würde.

Stattdessen hatte er an die Frau gedacht, die die Dreistigkeit besaß, ihn zu beschuldigen, Fremde zu verunglimpfen, wenn sie selbst das Gleiche getan hatte. Ein Lächeln umspielte seine Lippen. Er hatte sich ein wenig schuldig gefühlt, weil er den Anschein erweckt hatte, als bräuchte er seine Lorgnette aufgrund mangelnder Sehkraft. Ihr entsetzter Blick wäre ihm fast zum Verhängnis geworden, aber er hatte dem Drang widerstanden, ihr die Wahrheit zu sagen, nämlich dass er ein Wichtigtuer war, der das Glas für seine Zwecke benutzte. Wenn sie klar gedacht hätte, hätte sie ihm zweifellos genau das vorgeworfen, und wenn sie herausfand, dass er mit ihr gespielt hatte, würde er wahrscheinlich eine weitere Schelte von ihr erhalten.

Er konnte es kaum erwarten.

Kapitel 8

Der Tanz fand wie geplant nach dem Abendessen statt.
Es war ein ruhiger Tag gewesen. Das einzig
Bemerkenswerte war, dass Mrs. Evans für Unruhe am
Esstisch sorgte, als sie mit dem Besteck klapperte. Das
hatte für einige verstohlene Blicke gesorgt, aber bald
hatten sich alle wieder ihren Tellern zugewandt und
sich beeilt, ihr Essen zu beenden. Die meisten Gäste
freuten sich auf den Tanzabend, hatten sie doch
geglaubt, die Hausgesellschaft würde ein Höhepunkt
zum Ende der Saison werden, und waren enttäuscht
worden. Amelia bot sich an, das Pianoforte zu spielen.
Wie sie Richard gestanden hatte, waren ihre
Fähigkeiten weniger ausgeprägt wie die anderer Gäste,
aber es reichte aus, um die Tänzer zu begleiten.

Albert und Freddie hatten sich Richards Worte
zu Herzen genommen und gingen gut gelaunt in den
Abend und tanzten jeden Tanz mit einer anderen
Dame. Claude ignorierte Patricia und Isabelle
zugunsten der jüngeren Damen und Richard tanzte
unter Qualen mit jeder, die keinen Partner hatte. Das
bedeutete, dass keine tanzwillige Dame aussetzen
musste, und es war der geselligste Abend seit Beginn
der Gesellschaft.

Als Amelias Finger von so viel ungewohnter Bewegung schmerzten, bat sie um eine Pause. Isabelle nahm ihren Platz ein und Amelia setzte sich neben Patricia, während über den nächsten Tanz entschieden wurde.

„Es ist ein schöner Abend", sagte Patricia.

„Danke, dass du dich geopfert hast."

„Es ist nicht wirklich ein Opfer, wenn ich nicht in der Lage gewesen wäre zu tanzen", sagte Amelia ohne jede Verbitterung.

„Sind die Schmerzen noch schlimm?"

„Nicht so sehr, eher ein Pochen, das mich daran erinnert, mich nicht zu schnell zu bewegen."

„Ich wünschte, es gäbe eine Lösung für dich."

„Die gibt es, Ruhe. Ich weigere mich, über etwas zu lamentieren, das ich nicht ändern kann. Hast du gesehen, dass Mr. Greenwood bereits zum zweiten Mal heute Abend mit Mrs. Evans tanzt?" Amelia senkte ihre Stimme, als die Tanzpaare sich aufstellten.

„Ich frage mich, welche Tugenden ihrer Töchter sie ihm anpreist?"

„Denkst du nicht, dass es eine gewisse Verbindung zwischen den beiden gibt?", fragte Amelia.

„Er spricht sicherlich viel mit ihr, aber sie ist alt genug, um seine Mutter zu sein!", flüsterte Patricia schockiert.

Amelia lachte. „Wohl kaum! Sie ist älter als er, ja, aber es können nicht mehr als zehn Jahre zwischen ihnen liegen."

Patricia sah entsetzt aus. „Er kann doch nicht ernsthaft in Erwägung ziehen ... Nein, du meinst, er könnte im Sinn haben, sie zu heiraten?"

Amelia grinste. „Oh, ich habe nie etwas von Heirat gesagt. Sie ist schließlich Witwe."

„Du wurdest zu sehr von deinem Bruder beeinflusst. Du versuchst, mich zu schockieren."

„Und es scheint zu funktionieren. Bitte sieh es mir nach. Aber er wäre nicht der Erste, der eine Tändelei mit einer Witwe beginnt, und er ist reich, also verstehe ich, weshalb sie sich zu ihm hingezogen fühlt."

„Ich nicht!"

Amelia musste über die Abscheu in Patricias Stimme lachen, was die Aufmerksamkeit einiger umstehender Gäste auf sie zog. Amelia schüttelte den Kopf und kicherte. „Du hältst dich mit deiner Meinung nicht zurück, Patricia."

Patricia lächelte und zuckte mit den Schultern. „Kein Geld der Welt ..."

„Ich sehe das wie du, aber wir sind keine Witwe mit zwei ledigen Töchtern."

„Wenn man auf diese Art von Lebensstil angewiesen ist. Ich hoffe, keine von uns wird jemals so verzweifelt sein. Aber ich erkenne an ihrem Gesichtsausdruck, dass Mrs. Greenwood die mögliche Verbindung zwischen den beiden ebenfalls bemerkt hat."

Sie sahen hinüber zu Marie, die neben Enid saß und ihren Sohn und Mrs. Evans anstarrte. Das Tanzpaar schien die Blicke nicht zu bemerken.

„Er tut das, um dich zu quälen", sagte Enid zu ihrer Freundin.

„Es funktioniert", antwortete Marie. „Warum kann der Junge nicht einmal etwas Vernünftiges tun?"

„Weil es ihm Spaß macht, dich zu ärgern. So wie es dir Spaß macht, die Fäden in der Hand zu halten."

Marie sah ihre Freundin an. „Du missbilligst meine Entscheidungen, nicht wahr?"

„Ich kann mich nicht dazu äußern, wie du deinen Sohn behandelst. Das ist deine Entscheidung. Aber ich erhebe Einspruch, wenn es um die Mädchen unter meiner Obhut geht."

„Ich habe bereits zugegeben, dass ich mich geirrt habe", entgegnete Marie. „Seitdem habe ich nichts mehr gesagt und auch nicht versucht, die beiden umzustimmen."

„Nimm meinen Rat an: Misch dich nicht in diese Sache mit Mrs. Evans ein, was immer es auch sein soll. Es könnte harmlos sein. Wahrscheinlich führt er sich nur deswegen wie ein Esel auf, um dich zu ärgern. Aber wenn du dich einmischst, könntest du ihn zu einer Handlung zwingen, die er nicht beabsichtigt hat."

„Mit anderen Worten, er lässt sich die gute Gelegenheit entgehen, sich eine Frau zu sichern?"

„Vielleicht hat er vor, eine ihrer Töchter zu heiraten und möchte sich bei ihr einschmeicheln."

„Und ich könnte die Königin von Saba sein", murmelte Marie unter Enids Lachen.

„Eure Majestät." Enid senkte den Kopf.

„Ach, sei still. Ich werde versuchen, meinen Mund zu halten."

„Es gibt für alles ein erstes Mal. Ich glaube, in diesem Fall würde es dir guttun."

„Wenn ich ein sensibler Mensch wäre, würde ich denken, dass du mich nicht magst."

„Gerade, weil ich dich so mag, bin ich ehrlich zu dir. Ich möchte dich nicht unglücklich sehen, meine Freundin."

„Mhm", murmelte Marie.

Sie wurden unterbrochen, als Freddie um einen Walzer als letzten Tanz bat. Er war gut gelaunt, seine Wangen waren gerötet und er wirkte äußerst fröhlich. „Miss Sarah wünscht es, als müssen wir es tun!"

Sarah errötete unter den Blicken, aber sie sah Freddie wie einen Helden an. Alle drehten sich zu Marie, um zu sehen, ob sie die Erlaubnis für den Tanz geben würde.

„Ach was, es ist doch nur ein Tanz." Marie winkte ab.

Freddie jubelte und wirbelte Sarah herum, bis sie in Position war. Claude forderte die ältere Miss Evans auf, wobei er Mrs. Evans einen sehnsüchtigen Blick zuwarf. Richard hatte sich mit einem Vater unterhalten, der mit seiner Frau und seiner Tochter geblieben war, ging jedoch bei der Ankündigung zu Amelia und Patricia hinüber.

„Miss Beckett, darf ich um diesen Tanz bitten?", fragte er mit einer Verbeugung.

Amelia sah ihn überrascht an. „Ich bin nicht in der Lage, zu tanzen."

„Ich dachte, der Walzer wäre vielleicht machbar. Er ist langsamer als die anderen Tänze und Sie haben heute Abend so lange gesessen, dass Sie sich gewiss bewegen möchten. Sie können das Schritttempo vorgeben." Richard spürte, dass sie zwiegespalten war, aber er kannte sie gut genug, um zu wissen, dass der Abend für sie äußerst langweilig gewesen war, und er wollte ihr eine Freude machen. Es hatte nichts mit der Tatsache zu tun, dass er sie in seinen Armen halten würde. Nun, womöglich versüßte das die Sache, aber vorrangig ging es ihm darum, ihr Vergnügen zu bereiten.

„Geh schon, Amelia. Es wird dir guttun. Du weißt doch, wie steif deine Beine sind, wenn du zu lange stillsitzt", drängte Patricia und lächelte unschuldig über den Blick, den Amelia ihr zuwarf.

„Natürlich, Mylord. Das Mauerblümchen dankt Ihnen für diesen Gefallen, es muss Ihnen äußerst schwerfallen, sich dazu herabzulassen", sagte Amelia und nahm Richards Arm entgegen.

„Amelia!" Patricia verschluckte sich, aber Richard lächelte nur.

„Ich danke Ihnen, Miss Beckett. Ihre Höflichkeit mir gegenüber muss Ihnen wie Sühne vorkommen."

„Ich bin froh, dass Sie mich verstehen", antwortete Amelia. Sie sah zu ihm auf, als seine Hand ihre Taille berührte und sie sich für den Tanz in Position brachten. Es fühlte sich intim an, und eigentlich sollte es ihr nicht gefallen, aber sie musste den Schauer der Freude unterdrücken, als sie seine Berührung erwiderte. Im Stillen verfluchte sie es, wie sehr sie seine Nähe genoss und dass sowohl ihr Verstand als auch ihr Körper gegen sie arbeiteten.

Richard hielt sich absichtlich an der Seite des Raumes, damit ihr langsames Vorankommen keines der Tanzpaare störte. Er hatte sich den ganzen Abend von Amelia ferngehalten. Oh, er hatte die finsteren Blicke gesehen, die sie ihm zugeworfen hatte, aber er hatte auch gesehen, wie sie ihn manchmal mit einem beinahe nachdenklichen Ausdruck bedachte. Er konnte sich irren, womöglich hatte sie sich auf die Musik konzentriert, aber er vertraute seinem Instinkt, der ihm sagte, dass sie nicht so immun gegen ihn war, wie sie dachte.

Sie bewegten sich langsam, es war mehr ein Schwanken oder Schlurfen als ein Tanz, und als Amelia an einer Stelle seinen Fuß erwischte, zog sie eine Grimasse. „Das ist doch albern."

„Sind Sie verletzt?"

„Nein, aber das ist kein Tanzen im Sinne des Wortes."

„Ach, ich weiß nicht. Haben Sie meine gestelzten Bewegungen an diesem Abend beobachtet?"

„Wenn ich ja sagen würde, würde das bedeuten, dass Sie interessant genug sind, um Sie zu beobachten", erwiderte Amelia. Ihr Magen flatterte, als Richard sie anlächelte und seine blauen Augen warm wurden.

„Bin ich das nicht?"

„Als ob ich etwas zugeben würde, was nur Ihrem überzogenen Selbstwertgefühl schmeicheln würde."

„Ich hoffe, dass diese starken Gefühle nicht daher rühren, dass ich unter einer schlechten Sehkraft leide."

Amelia machte den Fehler, ihm noch einmal in die Augen zu schauen, und als sie dort Schalk und Freude sah, konnte sie das Lächeln auf ihren eigenen Lippen nicht verhindern.

„Sie Halunke, mit Ihren Augen ist alles in Ordnung."

„Ich hielt meine Sehkraft immer für eine meiner stärksten Eigenschaften."

„Sind Sie sicher, dass Sie nicht insgeheim ein Dandy sein möchten?"

„Mich schaudert es bei dem Gedanken."

„Ich bin nach wie vor nicht überzeugt."

„Dann liegt es an mir, Ihnen zu beweisen, was für ein schönes, perfektes Exemplar ich bin." Richard genoss inzwischen jede Minute, in der er sie in den Armen hielt, neckte und zum Lächeln brachte.

„Einer, der Mauerblümchen geringschätzt." Amelia erinnerte ihn daran, dass ihm noch nicht verziehen wurde.

„Das war die Meinung eines Narren. Ich bin die neue, bessere Version meiner selbst, die Sie vor sich sehen."

„Ich bin froh, dass Sie nicht von perfekt gesprochen haben."

„Autsch, Miss Beckett. Was wird es mich kosten, mir Ihre Vergebung zu verdienen?"

Richard hoffte, dass der Tanz noch Stunden andauern würde.

„Ich hege eine Vorliebe für Bonbons."

„Ah, wussten Sie, dass ich eine besondere Vorliebe für rundliche Mauerblümchen hege?"

Amelia lachte. „Sie sind wirklich ein Fiesling und ich weigere mich, Ihnen zu vergeben."

„Es tut mir leid, was ich gesagt habe." Richard war es ernst, sie sollte wissen, dass er seine Worte bedauerte.

„Ich glaube Ihnen. Es frustriert mich nur, dass bei der Verwendung dieses abwertenden Begriffs so viele Vermutungen angestellt werden. Einige von uns sind mit ihrem Leben zufrieden."

„Das glaube ich nicht", sagte Richard. Der Tanz endete zum denkbar schlechtesten Zeitpunkt.

„Es gibt nichts, was ich tun kann, um Sie vom Gegenteil zu überzeugen", sagte Amelia steif. Sie knickste und wollte sich entfernen, aber Richard bot ihr seinen Arm an.

„Bitte erlauben Sie mir, Sie zu stützen. Wir stehen schon seit einiger Zeit."

„Wie ich sehe, sprechen Sie gar nicht erst von Tanzen."

„Vielleicht ist Schunkeln ein besserer Ausdruck als Stehen?"

„Vielleicht", sagte Amelia und setzte sich. „Ich danke Ihnen, Mylord."

„Miss Beckett, das Vergnügen war ganz meinerseits." Richard verbeugte sich und ging davon. Er vermisste bereits jetzt ihre Berührung und ihren Humor. Er konnte sich nicht erinnern, jemals so viel gelächelt zu haben.

Es war gut, dass das Ende der Gesellschaft in Sicht war, sonst bekäme er ernsthafte Probleme. Zum Glück konnte er danach in sein gewohntes Leben zurückkehren. Es war sicherer, sein Herz zu hüten. So lebte er besser.

Das hoffte er zumindest.

Kapitel 9

Am Morgen nach dem Tanz wurde die Ruhe durch Mrs. Evans' aufgeregte Schreie gestört. Amelia, Patricia und Isabelle waren zwar noch mit ihren Haaren beschäftigt, verließen jedoch ihre Kammer, um zu sehen, was die Unruhe verursacht hatte.

„Lüg mich nicht an! Du bist die Einzige, die es genommen haben kann! Ich verlange, dass du durchsucht wirst!" Mrs. Evans brüllte ein Hausmädchen an, das vor ihr kauerte.

„Was zum Teufel ist hier los?" Marie kam im Morgenmantel aus ihrer Kammer.

„Diese Diebin, die Sie eingestellt haben, hat mein Portemonnaie gestohlen! Das ganze Geld, das mir für dieses Vierteljahr zur Verfügung steht, ist fort!" Mrs. Evans weinte.

Das Dienstmädchen blickte ihre Herrin erschrocken an, Tränen liefen ihm über das Gesicht. „Das habe ich nicht, Herrin. Ich schwöre bei dem Leben meiner Mutter, dass ich nichts angerührt habe."

„Du hast dich in meiner Kammer versteckt!", schrie Mrs. Evans. „Ich will, dass sie durchsucht wird!"

Das Dienstmädchen hielt die Arme seitlich ausgestreckt und sah Marie auffordernd an.

„Bitte durchsuchen Sie mich. Ich schwöre, dass ich nie jemanden bestehlen würde."

„Natürlich nicht. Das ist doch absurd. Jones, überprüfen Sie Gracies Taschen", sagte sie zu ihrem Butler, bevor sie sich an Mrs. Evans wandte. „Ich gestatte die Durchsuchung, in der Hoffnung, dass Ihr Gekreische damit verstummt. Das Mädchen hat noch nie auch nur einen Krümel gestohlen und ich schätze es nicht, wenn meine Angestellten der Unehrlichkeit bezichtigt werden."

Mrs. Evans bäumte sich zu voller Größe auf. „Wollen Sie damit sagen, dass ich die Geschichte erfunden hätte? Dass ich eine Lügnerin sei?"

„Ich nehme an, Sie haben Ihr Portemonnaie verlegt. Sie können Ihr Zimmer auf den Kopf stellen, um es zu finden, aber um Himmels willen, sprechen Sie leiser!"

Mrs. Evans sah aus, als würde sie platzen, stapfte jedoch in ihr Zimmer. Claude starrte Marie an. „Auf ein Wort, Mutter."

Marie seufzte. „Wie du willst. Aber lass mich in meine Kammer zurückkehren, das ist mir so früh am Morgen entschieden zu viel Lärm."

„Madam, Gracie hat weder ein Portemonnaie noch Geld bei sich", sagte Jones.

„Natürlich nicht", sagte Marie und nickte dem jungen Mädchen zu, dem immer noch Tränen über das Gesicht liefen. „Lass dir von der Köchin etwas zur Aufmunterung geben, Gracie. Jones, geben Sie ihr den Vormittag frei und weisen Sie ihr neue Aufgaben zu, die sie von den Evans-Damen fernhalten." Der letzte Befehl wurde mit einem missbilligenden Blick in Richtung der beiden Misses Evans ausgesprochen. Sie hatten an der Tür ihrer eigenen Kammer gestanden und die Vorgänge mit geröteten Wangen und gedemütigtem Blick beobachtet.

„Könnten Sie auch nach meiner blauen Schnupftabakdose Ausschau halten? Die mit dem Muster?", fragte Freddie den Butler. „Ich scheine sie verlegt zu haben."

„Grace ist nicht für Ihr Zimmer zuständig", sagte Jones steif.

„Oh nein! Ich habe nichts dergleichen gedacht. Es ist wahrscheinlich mein eigenes Verschulden. Ich lasse die verflixten Dinger stets herumliegen", entgegnete Freddie. „Ich dachte nur, wenn nach einem Portemonnaie gesucht wird, wird sie vielleicht auch gefunden."

„Gewiss, Sir", antwortete Jones.

„Ich überlasse Ihnen das Feld, Jones, aber wenn es Probleme gibt, kommen Sie direkt zu mir", wies Marie ihn an.

Sie kehrte in ihre Kammer zurück, dicht gefolgt von Claude, der die Tür hinter sich zuschlug. Sofort waren laute Stimmen zu hören, obwohl die Worte nicht zu verstehen waren.

Alle entfernten sich und als Amelia sich umdrehte, entdeckte sie Richard, der am Rande der Gruppe gestanden hatte. Er sah aus, als ob er über etwas nachdachte, aber dann sah er Amelia an, und ihr stockte der Atem. Der Blick, der über sie glitt, verschlang sie geradezu. Er hatte sie in ihrer Kammer gesehen, doch da war sie zugedeckt gewesen. Obwohl sie nun bekleidet war, fühlte sie sich ihm gegenüber plötzlich entblößt. Sie wandte sich ab, ging in ihre Kammer und stieß einen Seufzer aus. Er konnte sie mit einem einzigen Blick dazu bringen, weder denken noch sprechen zu können? Sie steckte in ernsthaften Schwierigkeiten.

Sie verdrängte den Blick in Richards Augen oder versuchte es zumindest und dachte darüber nach, was geschehen war. Als Patricia ihr Haar zurechtrückte, lachte ihre Freundin sie aus.

„Du könntest wenigstens so tun, als würde es dir gefallen, wie ich deine Locken frisiere", sagte Patricia und zog an einer Strähne, um Amelias Aufmerksamkeit zu erregen.

„Au! Lass noch etwas an mir dran!", antwortete Amelia. „Ich habe nur nachgedacht."

„Was du nicht sagst."

„Findest du nicht auch, dass hier etwas nicht stimmt?"

„Dass dies ein seltsames Haus ist? Ja, das glaube ich", antwortete Patricia.

„Ich auch", sagte Isabelle und ließ sich auf den Stuhl neben Amelia plumpsen. „Aber was meinst du genau?"

„Denk nur daran, was seit unserer Ankunft geschehen ist", begann Amelia. „Ich weiß nicht, ob das früher auch schon so war, aber mir ist aufgefallen, dass Gegenstände bewegt wurden."

„Bewegt?"

„Im Sinne von verschwunden."

„Dienstmädchen stellen Dinge um", sagte Patricia. „Es könnte sogar auf Mrs. Greenwoods Anweisung hin geschehen sein."

„Nein, das ist es gewiss nicht", entgegnete Amelia. „Mrs. Greenwood mag die Dinge genau so, wie sie sind. Das ist mir sofort aufgefallen, als ich das Haus betrat, und im Garten ist es ebenso offensichtlich. Alles ist symmetrisch, perfekt aufeinander abgestimmt und sorgfältig durchdacht. Als Erstes fehlte ein silberner Kerzenständer auf dem Kaminsims im Musikzimmer."

„Es ist keine Überraschung, dass Kerzenständer umgestellt werden", unterbrach Patricia sie.

„Aber warum ist er nie zurückgekehrt?", fragte Amelia. „Auf der Fensterbank auf dem Treppenabsatz standen Vasen, aber zwei davon sind verschwunden."

„Ich weiß nicht, ob es mir mehr Angst machen soll, dass ein Dieb unter uns weilen könnte, oder du tatsächlich bemerkt hast, dass diese unbedeutenden Ornamente fehlen!", rief Patricia.

Amelia schüttelte den Kopf und wandte sich an Isabelle. „Hast du deinen Armreif gefunden?"

„Nein, dabei habe ich überall danach gesucht und sogar die Dienstmädchen gebeten, die Augen offenzuhalten."

„Aber er war noch da, bevor wir Besuch hatten", sagte Amelia süffisant.

„Das beweist nicht, dass es kein Dienstmädchen war", sagte Isabelle. „Obwohl Mrs. Greenwood überzeugt war, dass Gracie nichts gestohlen hat."

„Sie hätte sich schon allein aus Trotz gegen Mrs. Evans gestellt. Es gefällt ihr offensichtlich nicht, wie viel Zeit ihr Sohn mit ihr verbringt", sagte Patricia.

„Ich erinnere mich an die fehlende Schnupftabakdose. Sie sah wertvoll aus", sagte Isabelle.

„Offenbar sind einige Gegenstände verschwunden und nicht mehr aufgetaucht", sagte Patricia.

„Ich glaube, wir haben einen Dieb in unserer Mitte, und ich denke, ich weiß, wer es ist", sagte Amelia.

„Wer?"

„Mr. Greenwood, natürlich!"

„Das kann nicht dein Ernst sein?", rief Isabelle.

„Natürlich! Wisst ihr noch, was er sagte, als ich ihn belauscht habe? Er sprach davon, dass er sich nehmen würde, was ihm gehört", erklärte Amelia.

„Aber seine Mutter und ihre Gäste zu bestehlen?" Patricia drehte sich zu Amelia. „Diese Vorstellung grenzt doch an Lächerlichkeit."

„Vielleicht, aber etwas geht hier vor sich und wir sollten versuchen, herauszufinden, was es ist", sagte Amelia.

„Es wäre besser, wenn wir unsere Tür abschließen und vorsichtig mit unseren Besitztümern umgehen würden. Wenn Mrs. Greenwood wüsste, dass wir ihren Sohn verdächtigen, würde sie uns wahrscheinlich hinauswerfen!"

„Vielleicht, aber ich halte es für unsere Pflicht gegenüber jedem Dienstmädchen, das in Gefahr ist, beschuldigt zu werden, herauszufinden, was vor sich geht", entgegnete Amelia.

„Wenn wir alle genau beobachten, sollten wir herausfinden, wer der Dieb ist. Dann können wir versuchen, es zweifelsfrei zu beweisen. Wir können aber nicht davon ausgehen, dass es Mr. Greenwood ist, nur weil er in der Hitze des Gefechts eine Bemerkung geäußert hat", sagte Patricia.

„Wir können sein Zimmer also nicht durchsuchen?", fragte Amelia in gespielter Unschuld.

Isabelle und Patricia lachten. „Nein! Wir sind kultivierte junge Damen, die eine solche Unverschämtheit niemals in Erwägung ziehen würden."

„Das ist so mühsam", stöhnte Amelia, aber sie ließ das Thema fallen. Sie hatte nicht erwartet, dass ihre Freundinnen sie bei der Durchsuchung einer Schlafkammer unterstützen würden, denn es war ein törichter Plan. Aber als sie später am Nachmittag im Flur war und mit ihren Gehstöcken langsam vorankam, hielt sie vor Claudes Zimmer inne.

Während sie darüber nachdachte, ob sie einen kurzen Blick in das Zimmer werfen sollte, wurde sie durch Schritte hinter sich aufgeschreckt.

Sie drehte sich um und war erleichtert, dass es nicht Claude war, aber Richards misstrauischer Gesichtsausdruck hätte ihr beinahe ein Seufzen entlockt.

„Miss Beckett." Er nickte zur Begrüßung.

„Mylord", antwortete Amelia.

„Benötigen Sie Hilfe?"

„Nein, danke."

Das Schweigen zwischen ihnen wurde immer länger. Richard wippte auf seinen Fersen, die Hände auf dem Rücken, bevor er seufzte, als sei er gezwungen zu sprechen. „Warum lungern Sie vor der Kammer meines Cousins herum?"

„Langsames Gehen würde ich kaum als Herumlungern bezeichnen!", antwortete Amelia säuerlich.

„Aber wir stehen jetzt schon seit einigen Augenblicken hier und Sie haben keinen Schritt getan."

„Ich dachte, wir würden uns unterhalten. Es wäre unhöflich von mir, ohne Weiteres wegzugehen."

Richard verdrehte die Augen. „Kommen Sie, Miss Beckett, halten Sie mich nicht für dumm. Was ist so faszinierend an Claudes Kammer?"

Seufzend lehnte sich Amelia gegen die Wand, um sich abzustützen. Es fiel ihr immer noch schwer, längere Zeit zu stehen, aber das wollte sie nicht zugeben. Sie machte sich auf eine harschere Reaktion gefasst als ein Augenrollen. „Ich glaube, Mr. Greenwood ist derjenige, der die Gegenstände stiehlt", stieß sie hervor. „Na los, sagen Sie mir, dass Sie mich für einen Schwachkopf halten."

Richard wirkte verblüfft. „Warum sollte ich deswegen an Ihrem Verstand zweifeln? Sie müssen es sich gut überlegt haben. Wie begründen Sie Ihren Verdacht?"

Die Erleichterung darüber, dass Richard sie nicht abkanzelte, machte Amelia beinahe sprachlos, aber sie bemühte sich, wortgewandt zu klingen, als sie wiederholte, was sie ihren Freundinnen erklärt hatte.

„Ich habe bemerkt, dass im Haus Dinge fehlen, und die Diener haben nach verloren gegangenen Gegenständen gesucht", gab Richard zu.

„Wirklich? Wie viele? Nicht, dass ich glücklich darüber wäre, dass die Besitztümer Ihrer Tante verschwinden, aber das gibt meiner haarsträubenden Theorie eine gewisse Berechtigung."

„Sie sind sich sicher in dem, was Sie gehört haben?"

„Da es scheinbar mich oder meine Freundinnen betraf, schäme ich mich, zuzugeben, dass ich ihn belauscht habe. Doch dabei sagte er, dass er sich nehmen würde, was ihm rechtmäßig zustehe."

„Das erklärt nicht, warum er Miss Carrington oder Mrs. Evans bestehlen sollte, und obwohl ich diesen Kerl nicht ausstehen kann, kann ich mir nicht vorstellen, dass er seinen Freund bestiehlt. Das wäre äußerst töricht", überlegte Richard.

„Das mag sein. Aber könnten Sie sich eine andere Erklärung für seine Worte vorstellen?"

„Bei Claude weiß nur der liebe Gott, was er sich denkt." Amelia lachte über diese Aussage, aber Richard zog seine Augenbrauen nach oben. „Ich verstehe Ihren Verdacht, aber das erklärt immer noch nicht, warum Sie sich hierher verirrt haben."

Amelia errötete. „Sie wissen ganz genau, was ich vorhatte."

„Ich hatte gehofft, dass meine Anwesenheit Sie davon abgehalten hätte."

„Haben Sie einen besseren Plan?"

„Als das Schlafgemach meines Cousins zu durchwühlen? Nein. Ich kann nicht behaupten, dass ich einen Gegenvorschlag habe, aber das macht Ihren Plan nicht besser."

„Dann gehen Sie, und niemand wird davon erfahren", zischte Amelia ihm zu. „Sie verschwenden meine Zeit."

„Und was ist, wenn Claude in sein Zimmer zurückkehrt?"

„Dann werde ich mich verstecken."

„Weil Sie sich so unauffällig bewegen können?"

Richards Tonfall war spöttisch und ließ Amelia mit den Zähnen knirschen. Er erfüllte sie nicht mehr mit Wärme und sie fand in diesem Moment, dass er ebenso unausstehlich war wie sein Vetter.

„Ach, gehen Sie! Ich verfluche Sie!"

Kopfschüttelnd trat Richard einen Schritt nach vorn. „Ich glaube, ich muss von uns beiden der Schwachkopf sein, Miss Beckett. Sie haben fünf Minuten. Ich werde an der Tür Wache stehen. Und Sie brauchen gar nicht erst so zu lächeln. Ich will damit nur verhindern, dass man Sie des Diebstahls beschuldigt. Betrachten Sie es als Schutz einer törichten Person, die es besser wissen sollte."

„Es ginge schneller, wenn Sie sich mir anschließen würden." Amelia sah ihn missmutig an, obwohl sie wusste, dass er recht hatte.

„So reizvoll das auch klingt, aber das denke ich nicht." Richard nahm seine Uhr aus der Westentasche und nickte ihr mit einem Blick darauf zu. „Fünf Minuten. Mehr nicht."

Amelia öffnete die Tür und da Claudes Kammerdiener nicht zu sehen war, betrat sie den Raum so schnell, wie es ihre Beine zuließen. Während sie sich umsah, fragte sie sich, wo sie anfangen sollte. Es gab einen Schreibtisch, einen Kleiderschrank und eine Kommode, in denen Gegenstände versteckt werden konnten. Sie humpelte zu der Kommode in der Nähe des Fensters.

Sie stützte sich mit ihren Gehstöcken ab und öffnete vorsichtig und langsam die Schubladen, damit der Kammerdiener, falls er im Nebenzimmer war, sie nicht hörte. Als sie in der ersten Schublade Claudes Unterwäsche fand, zuckte sie zusammen, aber sie zwang sich, die Kleidungsstücke zu bewegen und zu überprüfen, ob sich darin die vermissten Gegenstände befanden. Danach schüttelte sie ihre Hand, als ob sie verunreinigt wäre, schob die Schublade zu und öffnete die nächste. Sie atmete erleichtert auf, als Krawatten in dieser Schublade lagen, und bewegte die makellosen Tücher, um darunter nachzusehen, aber sie fand nichts.

„Miss Beckett!", zischte Richard ihr aus dem Türrahmen zu. „Ich kann Claude hören!"

Amelia drehte sich so hastig um, dass ihre Stöcke zu Boden fielen.

Als sie sich bückte, um nach ihnen zu greifen, wurde sie hochgehoben und hinter die Vorhänge neben der Kommode getragen.

Richard griff nach den Stöcken, legte den anderen Arm um Amelias Mitte und zog sie zu sich heran. Er schüttelte den Kopf und forderte sie flüsternd auf, nicht zu sprechen.

Claude betrat bald darauf den Raum und instinktiv drückte sich Amelia weiter an Richard, um sich vom Vorhang fernzuhalten. Richard atmete scharf ein, aber sie blickte ihn an, um ihn zum Schweigen zu bringen.

„Wilson! Ich muss mich umziehen! Ich verschwinde von hier. Ich halte es keinen Moment länger aus."

„Jawohl, Sir", antwortete Wilson und sowohl Richard als auch Amelia erkannten, dass der Kammerdiener ganz in der Nähe gewesen war. Sie sah einander mit aufgerissenen Augen an, blieben jedoch ruhig, obwohl beide mit den Empfindungen kämpften, die durch die Nähe zueinander ausgelöst wurden.

Es waren deutliche Ankleidegeräusche zu hören und die ganze Zeit über murmelte Claude etwas zu seinem Kammerdiener.

„Ich habe es satt, wie ein Kind behandelt zu werden", schimpfte er. „Egal, was ich tue, es ist nie gut genug für sie. Stattdessen preist sie die Tugenden meines verfluchten Cousins. Wenn ich nur mehr wie er sein könnte! Pah! Ich wäre lieber ein armer Schlucker als wie Richard. Nie erkennt er an, was ich für ihn getan habe. Ich habe ihn in meinem Haus aufgenommen, als er mir aufgedrängt wurde. Es war Mutter, die wie immer alles arrangiert hat. Was dachte sie denn, wie ich mich fühlen würde, wenn ich beiseitegeschoben wurde, während Mutter die ganze Zeit hinter Richard her war und stets ein Loblied auf ihn sang? Ich wurde bei keiner einzigen ihrer Entscheidungen je berücksichtigt."

„Ich weiß, Sir", murmelte der Kammerdiener, während er Claude ankleidete.

„Ich werde dieses Frauenzimmer nicht heiraten, das Mutter für mich ausgesucht hat. Da kann sie mir noch so sehr drohen, den Geldhahn zuzudrehen. Ich will eine richtige Frau, und ich werde meinen Willen durchsetzen. Wenn ich schon heiraten soll, dann zu meinen Bedingungen. Ich werde ganz sicher nicht tun, was Mutter mir vorschreibt. Zum Teufel mit ihr, sie hat mir eine Hausgesellschaft voller junger, attraktiver Frauen versprochen. Davon sehe ich nur eine. Freddie und Albert verbringen mehr Zeit im Wirtshaus als hier. Mein Ruf ist nach dieser Sache ruiniert."

„Jeder, der Sie kennt, weiß um Ihren wahren Wert", beruhigte Wilson ihn.

„Das hoffe ich sehr, denn wenn ich mein Erbe erhalte, werde ich reicher sein als die meisten von ihnen. Sie sollten mir den gebührenden Respekt erweisen."

„Das werden sie gewiss."

„Wo ist mein Stock? Der mit dem Diamantknauf. Dort. Hervorragend. Ich werde spät zurückkehren, aber Sie müssen auf mich warten", sagte Claude.

„Ja, Sir." Wilson klang enttäuscht über die Aufforderung, er solle bis zum Morgengrauen wach bleiben.

Als Claude den Raum verlassen hatte, sammelte Wilson die abgelegten Kleidungsstücke ein, bevor er durch die Tür in das Ankleidezimmer ging und diese hinter sich schloss.

Amelia und Richard verharrten einige Augenblicke, für den Fall, dass Claude oder Wilson zurückkehrten, und erst als die Stille anhielt, wagten sie es, einander anzusehen.

„Das war knapp", sagte Richard und atmete aus, aber sein Arm blieb um Amelia gelegt.

„Ich hätte diese Durchsuchung niemals vorschlagen sollen."

„Endlich kommen Sie zur Vernunft", kam die trockene Antwort.

Amelia hob ihre Hand und schlug Richard auf die Schulter. „Es besteht kein Anlass, mir zuzustimmen."

Richard lachte, sah dann aber Amelia an. „Miss Beckett, was ich gleich sagen werde, erstaunt mich selbst, aber ich habe es genossen, mich mit Ihnen in der Kammer meines Cousins zu verstecken. Sie scheinen einen fürchterlichen Einfluss auf mich zu haben."

„Es kann nur dazu beitragen, Ihren Ruf zu verbessern. Sie werden Jacob noch auf einer seiner Eskapaden begleiten."

„Mir wäre Ihre Gesellschaft lieber als die Ihres Bruders."

„Das hört sich nach einem Kompliment an. Sie sollten vorsichtig sein, sonst lassen Sie sich hinreißen."

„Das ist wirklich ein aufrichtiges Kompliment und würde es Sie sehr stören, wenn ich mich hinreißen lasse?" Er beugte sich zu ihr hinunter und berührte ihre

Stirn. „Miss Beckett, wenn Sie sich nicht sofort bewegen, fürchte ich, dass ich mich nicht davon abhalten kann, Sie zu küssen."

„Oh." Amelias Pupillen weiteten sich, als sein Atem auf ihren Lippen kitzelte. Er wusste, dass sie sich nicht von ihm zurückziehen würde und freute sich, dass sie sich warm und sicher in seinen Armen fühlte. Er hatte sich schon zu lange gewünscht, sie zu küssen. „Ich habe nicht vor, mich zu bewegen." Diese Worte klangen wie Musik in seinen Ohren. Sie gab ihm die Erlaubnis, hieß ihn willkommen, und er war entschlossen, sich ihres Vertrauens würdig zu erweisen.

„Das freut mich zu hören", keuchte Richard, bevor er seine Lippen auf ihre legte.

Die erste Berührung war zaghaft, als ob er ihr noch ermöglichen wollte, sich zurückzuziehen, falls sie ihre Meinung ändern sollte. Stattdessen schlang Amelia ihre Arme um seinen Hals, was Richard veranlasste, den Kuss zu intensivieren.

Der Duft von Jasmin umhüllte ihn, während er es genoss, sie zu erforschen, ihr Haar zu berühren und an den Spangen zu zerren, von denen einige auf dem Boden klapperten. Als er spürte, wie ihre dicken Locken durch seine Finger glitten, stöhnte er vor Vergnügen. Es war noch schöner, als er es sich vorgestellt hatte, dabei war seine Fantasie in Bezug auf Miss Beckett bereits äußerst lebhaft gewesen.

Als sie seufzte, verließ er ihre Lippen und küsste ihre Kieferpartie. Er genoss es, wie sie den Kopf in den

Nacken legte und ihm damit den Zugang zu ihrem Hals erleichterte.

Da er sich durch die Gehstöcke behindert fühlte, ließ er sie gegen das Fenster lehnen, legte seinen nun freien Arm um sie und ließ seine Hand über ihren Rücken wandern. Er ignorierte das Klappern der Stöcke, die anmutig auf den Holzboden glitten, und auch das Husten, das er hörte, ignorierte er zunächst.

Als ein zweites, lauteres Husten ertönte, kam Richard endlich zur Besinnung. Er hob den Kopf und verfluchte seine Schwäche, als er in das grinsende Gesicht seines Cousins sah.

„Sieh an, sieh an! Richard kompromittiert in meiner Kammer die Frau, die ich heiraten soll. Ist das nicht ein höchst interessanter Tag?"

Kapitel 10

„Sind Sie auf der Suche nach mir, Miss Beckett? Es täte mir leid, wenn dem so wäre und Sie stattdessen auf meinen Vetter trafen. Obwohl er anscheinend sein Bestes gab, um Sie zu unterhalten", sagte Claude.

„Claude, ich warne dich! Halt den Mund." Richard knurrte seinen Cousin an, hielt aber Amelia in seinen Armen. Sie hatte nach Claudes Anblick versucht, sich von ihm loszureißen, und er wollte nicht, dass sie stolperte. Aber vor allem wollte er sie beschützen und erst loslassen, wenn er die Situation geklärt hatte. Wie er das anstellen würde, wusste er nicht, aber er verspürte den unbändigen Drang, alles in Ordnung zu bringen. Darüber hinaus hatte er soeben einen Kuss erfahren, der seine Welt auf den Kopf gestellt hatte. Aber anstatt darüber nachdenken zu dürfen, ja gar überhaupt nachdenken zu können, stand er nun Claude gegenüber, der die Situation definitiv zu seinem Vorteil nutzen würde.

Claude lachte. „Oh nein, Vetter! Das ist unbezahlbar! Du kompromittierst eine Frau in meiner Kammer und erwartest, dass ich dazu schweige? Du musst von allen guten Geistern verlassen sein, wenn du glaubst, dass ich das nicht ausnutzen werde. Wie gut, dass ich einen Schmutzfleck auf meinem

Handschuh bemerkte, bevor ich das Haus verließ. Fortan wird es mein Glückshandschuh sein."

„Wir haben nach etwas gesucht", sagte Amelia.

„Ach wirklich? Das klingt noch viel interessanter. Was haben Sie erwartet, hinter einem Vorhang und in einer Umarmung zu finden? Oh, ich Dummerchen, Sie haben einen Ehemann gefunden!"

„Du bist lächerlich. Geh und lass uns in Ruhe", sagte Richard.

Die Worte ließen Claude nur noch lauter lachen, sodass Amelia zusammenzuckte und ihr Gesicht in Richards Gehrock vergrub.

„Ich wünsche euch beiden von ganzem Herzen Glück. Du hast mir einen großen Dienst erwiesen, Vetter, denn Mutter würde mich nie eine Frau heiraten lassen, die kompromittiert wurde. Ihre Ansprüche sind zum Glück hoch. Aber was dich betrifft, so ist es an der Zeit, dass du heiratest, und diese Dirne kann dir zumindest nicht davonlaufen wie die letzte."

Claude kam nicht mehr zu Wort, denn Richard schob Amelia zur Seite, damit sie sich an die Wand lehnen konnte. Der Schlag gegen den Kiefer traf Claude so hart, dass er auf den Boden geschleudert wurde.

„Du bist erneut zu weit gegangen", sagte Richard. „Dafür könnte ich dich umbringen."

Claude spuckte Blut auf den Boden und spottete: „Stattdessen wirst du vor den Traualtar gezerrt, während du immer noch der Frau nachtrauerst, die dich nicht genug geliebt hat. Genau wie alle anderen in deinem Leben. Diese Pein macht jeden

Schlag von dir mehr als wett. Ich kann es kaum erwarten, mitanzusehen, wenn du Bea mit deiner Frau am Arm triffst. Ich gehe davon aus, dass sie sich bald daran gewöhnen wird, hinter Bea in der zweiten Reihe zu stehen. Sie tut mir beinahe leid, aber nur fast."

Richard stellte sich über seinen Cousin, aber Amelia schaltete sich ein, bevor er reagieren konnte.

„Halt!"

Richard drehte sich zu ihr, bemerkte ihren entsetzten Blick und stockte.

„Ich werde niemanden heiraten."

„Sie haben keine Wahl", sagte Claude, der immer noch auf dem Boden lag.

Amelia geriet angesichts der Situation in Panik, aber keiner der beiden Männer würde den wahren Grund für ihre Verzweiflung verstehen. „Ich werde Sie nicht heiraten, Mylord, ob Sie in eine andere verliebt sind oder nicht." Sie sah Richard ängstlich an. „Es tut mir leid. Ich hätte Sie nicht in meinen törichten Plan hineinziehen dürfen." Sie humpelte aus dem Zimmer und drehte sich nicht um, sondern verschwand, so schnell sie konnte.

Claude rutschte von Richard weg, blieb aber auf dem Boden liegen. Er wollte nicht aufstehen, für den Fall, dass Richard sich noch einmal auf ihn stürzen würde. Aber Amelias Handeln hatte Richard beeinflusst, worauf Claude unbedingt hinweisen wollte. „Die Situation wird von Minute zu Minute interessanter. Ist sie wirklich hergekommen, um nach mir zu suchen? Hast du sie überfallen?"

„Mach dich nicht lächerlich."

„Sagt einer, der ein Frauenzimmer in meiner Kammer küsst. Warum wart ihr überhaupt hier? Du wirst mir darin zustimmen, dass das ein seltsamer Ort für ein heimliches Treffen ist."

„Wir waren auf der Suche nach den fehlenden Gegenständen." Richard gab den wahren Grund für ihre Anwesenheit nur ungern zu, aber er hoffte, dass es Claude von seiner Entschlossenheit, einen Skandal zu verursachen, ablenken würde.

„Was für Gegenstände? Ich habe nichts verloren." Claude war sichtlich verwirrt.

Seufzend über die Tatsache, dass Claude aufrichtig verwundert aussah, fuhr Richard fort. „Hier im Haus sind Gegenstände verschwunden. Wir haben nach ihnen gesucht."

Claude kniff die Augen zusammen. „Du dachtest, ich hätte Mrs. Evans' Portemonnaie genommen?"

„Nein. Vielleicht. Ich habe keine Ahnung, es war ein dummer Gedanke."

Claude setzte sich aufrechter hin. „Du hältst mich für einen Dieb? Ich wusste schon immer, dass du eifersüchtig auf mich bist, aber das ist ungeheuerlich! Du musst dem Wahnsinn anheimgefallen sein!"

„Du wolltest, was dir gehört." Richard zuckte mit den Schultern und versuchte, seine Verlegenheit zu verbergen, denn nach dem innigen Moment mit Amelia fühlte er sich ganz sicher nicht mehr wohl in seiner Haut.

„Und das werde ich mir nehmen. Aber das heißt nicht, dass ich eine Witwe bestehle und damit die einzige Person, die mir während ihres Aufenthalts Respekt und Rücksichtnahme entgegengebracht hat."

„Deine Mutter wird eine Heirat zwischen euch niemals akzeptieren", warnte Richard.

„Mutter kann sich um ihre eigenen Angelegenheiten kümmern", entgegnete Claude. „Und du ebenfalls. Ich bin entschlossen, mein Leben nach meinen Vorstellungen zu leben. Du hingegen hast dich um dringendere Angelegenheiten zu kümmern. Willst du nicht versuchen, sie davon zu überzeugen, dass eine Heirat mit dir die einzige Möglichkeit für sie ist, in der anständigen Gesellschaft zu bleiben? Denn ich werde ihr heute Abend beim Abendessen meine Glückwünsche aussprechen."

„Ich wusste schon immer, dass du ein wertloses Stück Dreck bist. Du wirst eines Tages einsam und ohne Freunde dastehen, wenn du dich nicht änderst." Richard wartete nicht auf eine Antwort, sondern verließ die Kammer.

„Aber ich werde nicht der Einzige sein, der leidet, liebster Vetter", murmelte Claude, stand schließlich auf und ging zu seinem Schreibtisch.

***

Amelia schloss die Tür zu ihrer Kammer und war überrascht, dass Patricia bereits dort war. Sie lehnte sich gegen die Tür und schloss die Augen. Sie hoffte, dass die Festigkeit des Holzes sie beruhigen würde, während sie versuchte, die Panik in ihrer Brust und die

Tränen, die hinter ihren Augenlidern brannten, zu unterdrücken.

„Amelia! Was ist geschehen?", fragte Patricia, die sofort an Amelias Seite war.

„Ich kann ihn nicht heiraten. Ich kann niemanden heiraten, aber ihn ganz besonders nicht."

„Mr. Greenwood? Ich dachte, Mrs. Greenwood hätte deine Antwort akzeptiert. Was hat sie getan?"

„Nein. Den Earl." Tränen liefen ihr über die Wangen.

„Oh, Amelia, was ist geschehen?", fragte Patricia. „Komm, setz dich und erzähl mir alles."

Amelia ließ sich an Patricias Arm zum Hocker vor dem Frisiertisch führen. Sie wischte sich über die Augen und lächelte ihre Freundin tränenreich an. „Ich bin wirklich dumm gewesen."

„Sag mir, was dich so aufgeregt hat", beruhigte Patricia sie.

Nachdem Amelia erzählt hatte, was geschehen war, schluchzte sie. „Selbst wenn er mich bitten würde, ihn zu heiraten, kann ich das nicht."

„Ich weiß, dass du diese Situation nicht absichtlich herbeigeführt hast, aber dass ihr euch geküsst habt, deutet doch auf eine gewisse Anziehung hin. Wir haben uns darüber lustig gemacht, wie oft er dich ansieht, und dass er stets das Gespräch mit dir sucht. Vielleicht hegt er Gefühle für dich, die er sich noch nicht eingestanden hat."

„Ein Kuss ist kein Antrag."

„Nein, aber es ist auf jeden Fall ein Anfang und ich fürchte, ich muss darauf hinweisen, dass Mr. Greenwood euch erwischt hat ..."

„Es war der wunderbarste Kuss, den ich mir vorstellen konnte." Amelia genoss die Erinnerung an die starken Arme, in denen sie sich so sicher und geborgen gefühlt hatte, in diesem Moment der unerwarteten, aber intensiven Leidenschaft.

„Warum ist dann der Gedanke, ihn zu heiraten, so unerträglich für dich?"

„Derentwegen hier!" Amelia schlug auf ihre Beine.

„Oh Amelia, nein", sagte Patricia.

„Wie könnte ich einen Mann heiraten, aber vor allem jemanden, der mich bereits für bedauernswert hält? Ich könnte seine Abscheu nicht ertragen, wenn er mich unbekleidet sieht. Seit dem Unfall habe ich mich damit abgefunden, dass ich niemals von einem Ehemann gesehen werden kann. Es war mir egal, wirklich! Und dann musste er mich küssen und mich nach Dingen verlangen lassen, die ich niemals haben kann!"

„Wenn er dich liebt, wäre das nicht wichtig", sagte Patricia.

„Er mag mich geküsst haben, aber er ist in eine andere verliebt."

„Woher willst du das wissen?"

„Seine Reaktion auf Mr. Greenwoods Bemerkungen war Erklärung genug. Seine Tante erwähnte neulich beim Mittagessen etwas Ähnliches. Eine Frau namens Bea hat ihn verlassen, doch er hängt noch sehr an ihr. Das klingt nicht nach einem Mann, der bereit ist, einer anderen einen Antrag zu machen."

„Aber man hat dich in einer kompromittierenden Situation gesehen. Wenn Mr. Greenwood das preisgibt ..." Patricia brauchte den Satz nicht zu beenden. Sie wussten beide, was passieren würde, falls Claude seine Entdeckung öffentlich machen würde.

„Ich weiß, dass ich ruiniert sein werde, aber ich kann nicht klar denken. Eine Ehe kann nicht unsere einzige Option sein. Der Earl will mich nicht heiraten und ich kann es ohnehin nicht tun. Bitte verzeih mir meine Feigheit, aber ich kann den anderen heute Abend am Esstisch nicht gegenübertreten. Ich muss meine Abreise vorbereiten."

„Amelia, du kannst nicht davor weglaufen."

„Ich weiß, und wie Mr. Greenwood schon sagte, habe ich meinen eigenen Untergang herbeigeführt. Dessen bin ich mir vollends bewusst. Ich brauche nur Zeit zum Nachdenken."

„Das kann ich verstehen und ich werde dich entschuldigen. Aber ich finde, du solltest eine Heirat mit seiner Lordschaft ernsthaft in Betracht ziehen."

„Vergessen wir nicht, dass er sich dafür noch nicht angeboten hat", sagte Amelia trocken.

„Aber das muss er!", antwortete Patricia.

„Ich hoffe, dass er das nicht tut, dann hätte ich ein schwieriges Gespräch weniger zu führen."

„Ich werde Isabelle erzählen, was vorgefallen ist. Wenigstens werden alle unsere Ausrede hinnehmen, dass du zu müde für das Abendessen bist. Aber ich denke, ich sollte Großmutter informieren."

„Noch nicht. Sag es ihr bald, aber nicht heute Abend", flehte Amelia.

„Gut, aber unter Protest", sagte Patricia und küsste Amelia auf die Wange. „Ich werde Isabelle suchen und dann der Haushälterin Bescheid geben, dass ein Tablett mit Essen in deine Kammer gebracht werden soll. Mach dir keine Sorgen."

„Danke, du bist eine großartige Freundin."

Als Patricia das Zimmer verlassen hatte, legte Amelia ihre Arme auf den Schminktisch und warf ihren Kopf darauf. Sie könnte es nicht ertragen, verheiratet zu sein und das Mitleid oder den Ekel auf dem Gesicht ihres Mannes zu sehen, wenn er die Narben an ihren Beinen sah. Aber da war ein Klumpen Sehnsucht in ihrem Magen, der nicht verschwinden wollte. Seine Küsse hatten etwas angefacht, das seit ihrer ersten Begegnung gewachsen war. Es war eine Sehnsucht nach etwas, das sich wie das Unmögliche anfühlte.

Jetzt, da sie sich geküsst hatten und Amelia erfahren hatte, wie schön es wäre, mit ihm zusammen zu sein, würde sie diese unerwiderte Sehnsucht für lange Zeit plagen. Als sie den Tränen freien Lauf ließ, sah sie nichts anderes als eine einsame Zukunft vor sich.

***

Die Stimmung beim Abendessen war angespannt. Richard hatte sich noch nie so nervös gefühlt wie in der

Erwartung, dass sein Cousin jeden Moment auftauchen und Ärger bereiten würde.

Enttäuscht, aber nicht überrascht hörte er, dass Amelia in ihrer Kammer bleiben würde. Er blieb angespannt, bis seine Tante berichtete, dass auch Claude dem Abendessen fernbleiben würde.

Zumindest würde Claude an diesem Abend keine Ankündigung machen. Als er bemerkte, dass Albert und Freddie über Claudes Abwesenheit nicht erfreut waren, erlaubte sich Richard zu hoffen, sein Vetter wäre durch den Zorn seiner Freunde ausreichend abgelenkt, um das Bedürfnis zu vergessen, sich über das Geschehene zu freuen. Es war eine vergebliche Hoffnung, aber die einzige, die er hatte.

Da er sich nur ungern an unsinnigen Gesprächen beteiligte, erwies sich sein wortkarger Ruf erneut als nützlich. Er sprach mit Miss Evans und seiner Tante, schaffte es jedoch, das Essen ohne große Anstrengung zu überstehen. Da seine Gedanken mit den Ereignissen des Nachmittags gefüllt waren, war das auch gut so.

Alles, woran er denken konnte, war das angenehme Gefühl, Amelia in seinen Armen zu halten. Doch seine Miene verfinsterte sich, als er sich daran erinnerte, dass die Aussicht, ihn zu heiraten, sie entsetzt hatte. Enttäuscht darüber, dass er wieder einmal nicht gut genug war, tröstete er sich mit dem Gedanken, dass er ohnehin nicht heiraten wollte. Schon gar nicht eine Frau, die ihn so offensichtlich nicht mochte.

Der Frust durchzog seinen Körper ebenso schnell wie die Erregung, die er verspürt hatte, als er Amelias Lippen, Hals und Wangen erkundet hatte. Zu seinem Erstaunen stellte er fest, dass der Gedanke, sie zu heiraten, ihn nicht so verunsicherte, wie er es sollte. Der Schmerz, den er bei ihrem entsetzten Gesichtsausdruck empfunden hatte, würde ihn verfolgen und ihn seine eigenen Gefühle verfluchen lassen. Es schien, als wäre er in Liebesdingen erneut im Nachteil.

Hätte er ihr einen Antrag gemacht, wenn sie im Zimmer geblieben wäre? Als Gentleman sollte er das tun, aber das hätte den Anschein erweckt, als würde er sich Claudes Willen beugen. Kein erfreulicher Gedanke, denn Claude würde ihn bis in alle Ewigkeit damit aufziehen. Da sein Vetter die Oberhand behalten hatte, war Amelia glücklicherweise gegangen. Aber nun mussten sie darüber sprechen, was geschehen war und was sie zu tun gedachten. Nicht zum ersten Mal stellte er sich vor, mit Amelia in seinen Armen aufzuwachen, und er verfluchte sich im Stillen für sein Bedürfnis, zu lieben und geliebt zu werden. Er hätte seine Lektion mit Bea lernen sollen. Er dachte, er wäre klüger geworden, doch dann war Amelia aufgetaucht. Es war ein verdammtes Chaos und er wusste nicht, wie er es lösen sollte.

Doch er musste nicht lange warten, um das herauszufinden.

Kapitel 11

Marie stürmte in den Frühstücksraum und knallte Richard die Zeitung vor die Nase. „Was hat das zu bedeuten?"

„Auch dir einen guten Morgen, Tante", antwortete Richard und versuchte, die Zeitung von seiner Kaffeetasse zu schieben.

„Du sollst mir keinen guten Morgen wünschen! Wie kannst du es wagen, dich meinen Wünschen zu widersetzen! Ich habe sie von Anfang an deutlich zum Ausdruck gebracht! Wie konntest du nur?", schimpfte Marie.

Enid betrat den Raum, gefolgt von Patricia, Isabelle und schließlich Amelia, die sich bei Richards Anblick unbehaglich fühlte, aber dennoch zum Tisch ging.

„Was ist los, Marie?", fragte Enid.

„Als ob du das nicht schon wüsstest!" Marie wandte sich an Amelia. „Ich habe Ihnen tatsächlich geglaubt, als Sie sagten, Sie hätten nicht vor zu heiraten. Sie müssen sich schelmisch gefreut haben, eine alte Frau so einfach getäuscht zu haben. Hatten Sie schon vor Ihrer Ankunft geplant, ihn zu erobern? Oder wollten Sie sich erst entscheiden, nachdem die Konkurrenz gesichtet war? Sie haben sich auf jeden

Fall gut geschlagen. Ich nehme an, Sie sind äußerst zufrieden mit sich."

„Ich weiß nicht, wovon Sie sprechen", sagte Amelia völlig verwirrt.

„Sie haben mich vielleicht einmal getäuscht, aber das wird Ihnen nicht noch einmal gelingen", entgegnete Marie.

Richard hustete und lenkte damit die Aufmerksamkeit aller von Maries Ärger ab. „Miss Beckett, ich denke, das sollten Sie sich ansehen", sagte er und hielt ihr das gefaltete Papier hin, wobei seine Hand ein wenig zitterte.

Amelia ging zu ihm hinüber und nahm die Zeitung entgegen, ohne ihm in die Augen zu sehen, und las. Es vergingen nur wenige Sekunden, bevor sie einen überraschten Laut von sich gab und Richard ansah. „Haben Sie das getan?"

„Nein." Richard bemerkte, dass ihr die Farbe aus den Wangen gewichen war. Ihm ging es vermutlich nicht besser.

„Meine Familie!" Amelia stolperte zum nächstgelegenen Stuhl und ließ sich auf ihn sinken. „Was werden sie nur denken?"

Enid hatte Amelia die Zeitung aus der Hand genommen und nachdem sie gelesen hatte, was sie so aufgeregt hatte, sah sie Richard an. „Wenn Sie das nicht veröffentlicht haben ..."

„Mein Cousin muss die Nachricht abgeschickt haben."

„Was redet ihr da?", entgegnete Marie, während Patricia und Isabelle den Artikel lasen. „Geben Sie das her! Warum sollte Claude so etwas tun? Das klingt überhaupt nicht nach ihm. *Der Earl of Douglas, Viscount of Edgewear, Mr. Richard Fox, möchte seine kürzlich geschlossene Ehe mit Miss Amelia Beckett bekannt geben. Das glückliche Paar befindet sich auf Hochzeitsreise und wird bald nach London zurückkehren, um die Glückwünsche von Freunden und Familie entgegenzunehmen.*"

Amelia sah entsetzt zu Patricia. „Er hat mich ruiniert."

„Sie benötigen eine Sondergenehmigung", sagte Enid zu Richard. „Amelia, schicken Sie einen Eilbrief an Ihre Eltern. Der Schaden kann begrenzt werden, wenn Sie rasch handeln."

„Sie werden mir das nie verzeihen", sagte Amelia.

„Natürlich werden sie das, vor allem, wenn du mit einem Ehemann zurückkehrst", sagte Patricia und hockte sich vor Amelia.

„Ich kann nicht ...", begann Amelia.

„Du musst", flüsterte Patricia ihrer Freundin zu, während sie Richard ansah. „Euch beiden bleibt keine andere Wahl."

Amelia sah Richard an. Er stand regungslos da, die Hände hinter dem Rücken, den Mund verkniffen und die Stirn in tiefe Falten gelegt. „Es tut mir leid", sagte sie.

„Mir auch, aber eine Sondergenehmigung ist die einzige Möglichkeit, die uns bleibt."

„Ich weiß", antwortete Amelia leise.

„Ich werde sie umgehend besorgen." Richard verbeugte sich und verließ den Raum.

Marie setzte sich gegenüber von Amelia. „Claude hat das getan? Warum?"

„Er hat uns bei einem Kuss erwischt", sagte Amelia und errötete dabei.

„Dann hatten Sie es tatsächlich auf Richard abgesehen?"

„Nein! Ganz und gar nicht! Ich wollte nie heiraten und will es immer noch nicht."

„Marie, du kannst Amelia nicht die Schuld für diese Situation geben. Du musst mit Claude sprechen", sagte Enid. „Selbst wenn er sie erwischt hat, warum sollte er etwas so Bösartiges tun, wie eine Nachricht an die *Times* zu schicken?"

„Finde meinen Sohn und sag ihm, dass ich ihn dringend sprechen muss", befahl Marie einem Diener, der sich während der Szene im Frühstücksraum aufgehalten hatte. Er nickte seiner Herrin zu, ging davon und kehrte erst nach einiger Zeit zurück. Niemand hatte in dieser Zeit etwas gegessen oder getrunken, der Appetit war allen vergangen.

Marie befahl nach zehn Minuten, dass der Tee aufgefüllt wurde, aber als Jones mit grimmiger Miene hereintrat, hielt sie inne.

„Was ist los? Wo ist Claude?", fragte sie ihren Butler.

„Er hat das Haus heute Morgen sehr früh verlassen", antwortete Jones. „Die Stallknechte wurden von der Kutsche geweckt, die bei Sonnenaufgang davonfuhr."

„Der Teufel soll ihn holen!", rief Marie. „Wehe ihm, wenn er zurückkommt!"

„Mrs. Greenwood, wenn ich Sie kurz unter vier Augen sprechen könnte", sagte Jones und wirkte dabei unbehaglich.

„Reden Sie schon! Jeder weiß, wie Claude ist. Sagen Sie es einfach geradeheraus."

„Der Safe im Arbeitszimmer steht offen und Mrs. Evans ist ebenfalls verschwunden", sagte Jones.

„Mein Safe? Wurde etwas entwendet?" Marie schoss auf.

„Falls sich darin Geld befunden hat, dann ja", sagte Jones.

Marie schien jeden Moment ohnmächtig zu werden. „Sind sie zusammen fortgegangen?"

„Es scheint so, aber wir wissen es nicht genau."

„Was ist mit Mrs. Evans Töchtern?", fragte Enid.

„Das Dienstmädchen sagte, dass sie in ihrer Kammer heiße Schokolade trinken. Sie scheinen noch nicht zu wissen, dass ihre Mutter fort ist."

„Was für ein Durcheinander", sagte Enid.

„Enid, geh und sprich mit ihnen. Ich kann nicht", sagte Marie. „Ich muss nachsehen, was fehlt."

Enid nickte und deutete an, dass Patricia ihr folgen sollte. Sie verließen den Raum, zusammen mit den Bediensteten und Marie.

Isabelle sah Amelia an. „Es wird alles gut werden, du wirst schon sehen."

Amelia wusste, dass es keinen Sinn hatte, ihrer Freundin zu widersprechen. Sie würde immer versuchen, die Sache so positiv wie möglich zu sehen.

Niemand konnte ihre Angst verstehen, sich vor einem Ehemann so verletzlich zu zeigen. Aber die anderen wussten auch nicht, was sie jedes Mal sah, wenn sie ihre Kleider ablegte. Bei dem Gedanken an Richards Abscheu wurde ihr mulmig zumute.

Amelia wurde erst durch die grimmigen Gesichter von Enid und Patricia aus ihren Grübeleien gerissen, die eine gute halbe Stunde später in den Frühstücksraum zurückkehrten. Enid bestellte Tee und setzte sich an den inzwischen abgeräumten Tisch.

„Das war schwieriger als erwartet", sagte sie.

„Sie wussten nicht, dass ihre Mutter fort ist?", fragte Isabelle.

„Nein, sie hat zwei hysterische junge Mädchen zurückgelassen", erklärte Patricia. „Zum Glück haben sie einander und es schien das Beste zu sein, ihnen etwas Zeit zu geben, um sich zu sammeln."

„Ich habe versprochen, dass wir sie bei ihrer Rückkehr nach Hause unterstützen, aber um ehrlich zu sein, möchte ich nicht daran denken, was ohne ihre Mutter aus ihnen wird", sagte Enid.

„Die armen Mädchen", sagte Isabelle.

„Es war herzzerreißend. Glücklicherweise wusste Großmutter besser als ich, mit ihnen umzugehen", gab Patricia zu. „Diese Gesellschaft wird von Minute zu Minute komplizierter."

„Es gibt keine Gesellschaft", sagte Marie und betrat den Raum, gefolgt von einem Diener mit einem schwer beladenen Teetablett. Sie blickte auf das Teegeschirr, als er es auf den Tisch stellte. „Hol mir einen Brandy. Tee wird uns in dieser Situation nicht helfen."

„Es ist kaum elf Uhr", sagte Enid zu ihrer Freundin.

„Nach diesem Vormittag ist es mir egal, wie spät es ist. Ich habe Jones beauftragt, Claudes Freunden und den anderen Gästen mitzuteilen, dass die Gesellschaft vorbei ist und sie umgehend abreisen sollen."

„Du kannst die Evans-Mädchen nicht fortschicken", entgegnete Enid.

„Und warum nicht?", fragte Marie.

„Sie wussten nichts und wurden von ihrer Mutter im Stich gelassen. Wir können sie nicht guten Gewissens ohne eine Form von Schutz gehen lassen."

„Ich werde kein Geld für sie ausgeben. Zumindest kann ich das im Moment nicht."

Marie wirkte um Jahre gealtert. Sie nahm die Karaffe mit dem Brandy und das Glas von dem Diener entgegen und scheuchte ihn weg. „Schließ die Tür hinter dir", befahl sie.

„Ist es so schlimm?", fragte Enid ihre Freundin.

„Ja. Er hat meinen Schmuck, das Geld und die Besitzurkunden des Anwesens mitgenommen. Das meiste fällt unter das Fideikommiss, aber es gibt Ländereien und Farmen, die er verkaufen kann. Er sagte vor einigen Tag, er würde sich nehmen, so viel er kann, und er hat sein Wort gehalten."

„Aber das ist Diebstahl!", rief Patricia. „Es ist immer noch Ihr Eigentum."

„Und er kennt mich gut genug, um zu wissen, dass ich ihn zwar verachte, aber kein Aufsehen erregen möchte und ihn gewiss nicht dafür an den Galgen bringe, dass er seine Mutter bestohlen hat. Ich könnte den Skandal nicht ertragen, und meine Muttergefühle, so begrenzt sie auch sein mögen, wünschen ihm keinen Ärger."

„Es tut mir leid, Marie", sagte Enid. „Wenn ich etwas für dich tun kann, sag es mir."

„Ich danke dir. Auch dafür, dass du nicht schadenfroh bist. Du hättest jedes Recht dazu. Du hast mich davor gewarnt, mich zu sehr einzumischen. Ich nehme an, ich werde ihn das nächste Mal sehen, wenn ihm das Geld ausgegangen ist. Nur werde ich dieses Mal nicht mehr die Möglichkeit haben, um ihm aus der Patsche zu helfen, denn er weiß so gut wie ich, dass ich keinen Zugriff auf meine Anlagen habe. Diese sind bis zu meinem Tod gebunden. Ich erhalte nur die Zinsen daraus. Allem Anschein nach haben Sie die richtige Wahl getroffen", sagte sie zu Amelia.

Amelia, Patricia und Isabelle war es unangenehm, bei diesem intimen Gespräch anwesend zu sein, aber Amelia ärgerte sich darüber, dass man ihr immer noch unterstellte, sie habe es auf Richard abgesehen.

„Ich habe nicht ...", begann sie, aber Marie unterbrach sie.

„Das spielt keine Rolle. Was geschehen ist, ist geschehen. Aber ich schlage vor, Sie schicken Ihren Eltern einen Eilbrief, wenn das, was Sie sagen, wahr ist. Sie werden inzwischen die Zeitung gelesen haben."

158

„Darf ich mich entschuldigen?", fragte Amelia Enid.

„Ja. Überdies würde ich mich auf die Rückkehr seiner Lordschaft vorbereiten", sagte Enid sanft. „Wir dürfen keine Zeit verlieren, um diese Angelegenheit zu regeln. Je länger Sie unverheiratet hier sind, desto größer ist die Gefahr eines Skandals, zumal alle aus dem Haus geworfen werden." Sie warf einen trockenen Blick auf Marie, die gerade einen großen Schluck Brandy trank.

Amelia verließ den Raum und wusste nicht, was sie mehr aufregte: dass sie heiraten sollte, obwohl sie so unvollkommen war, oder dass sie ihre Eltern und ihre Familie enttäuscht hatte. Sie konnte nur hoffen, dass dies nicht die Chancen ihrer Schwestern beeinträchtigte, eine gute Partie zu machen. Wenn sie wenigstens vermeiden konnte, dass sich der Skandal auf sie auswirkte, könnte sie ruhiger schlafen.

Ein Gedanke, der ihr nur wenig Trost spendete, während sie langsam die Treppe hinaufging.

Kapitel 12

Richard kehrte am späten Nachmittag zurück. Im Haus herrschte eine Stille, die ihm sofort sagte, dass noch mehr geschehen sein musste, seit er gegangen war, um die Vorkehrungen zu treffen.

Im ersten Moment fürchtete er panisch, Amelia sei fortgegangen, und verfluchte sich für seine Angst. Er betrat den Salon, wo er seine Tante zum Glück allein vorfand.

„Du bist zurückgekehrt. Für einen Moment nahm ich an, du würdest verschwinden. Aber dann erinnerte ich mich daran, dass du der Anständige bist und es mein verdammter Sohn ist, der sich aus dem Staub gemacht hat." Maries Worte waren bereits undeutlich zu verstehen.

„Tante, geht es dir gut?" Richard setzte sich neben sie und nahm ihre Hand.

„Ich bin betrunken." Marie lächelte ihn an. „Das lindert den Schmerz ein wenig."

Richard konnte an ihrem Blick erkennen, dass sie zutiefst erschüttert war. Er hatte sie noch nie so niedergeschlagen gesehen. „Bist du immer noch erbost, weil ich die Frau heirate, die du für Claude auserwählt hast?"

„Nein. Du tust ihr wahrscheinlich einen Gefallen", sagte Marie.

„Ich bezweifle, dass sie deine Meinung teilt. Ihrem Gesichtsausdruck nach empfände sie eine Reise nach Newgate als angenehmer als eine Ehe mit mir." Er versuchte gar nicht erst, die Bitterkeit aus seiner Stimme zu halten.

„Dann ist sie ebenso eine Närrin wie mein Sohn. Claude ist fort, er hat sämtliches Geld mitgenommen, das er finden konnte, dazu den Schmuck und die Urkunden", sagte Marie. „Er hat mich zwar nicht ruiniert, aber er hat so viel mitgenommen, wie er konnte."

„Grundgütiger! Er hat mich des Wahnsinns bezichtigt, aber ich fürchte, er ist es, der verrückt geworden ist! Was denkt er sich nur dabei?", rief Richard.

„Oh, und zu allem Überfluss hat er auch noch diese Evans mitgenommen."

„Dieser Narr!" Richard stand auf und schritt im Zimmer umher. „Ich kann mir nicht vorstellen, dass er sich mit ihr und ihren Töchtern niederlässt. Er wird sie als Mätresse einrichten, aber mit den Töchtern? Das ist in der Tat sehr seltsam."

„Sie haben die Mädchen zurückgelassen. Ungeschützt und mittellos."

Richard sank erstaunt auf ein Sofa. „Wie kann eine Mutter ihre Töchter im Stich lassen? Sie muss doch wissen, dass du ihnen wegen ihrer Liaison mit Claude nicht wohlgesonnen sein wirst."

„Ich gebe zu, ich wollte die Mädchen hinauswerfen, als ich hörte, was vorgefallen war. Aber Enid brachte mich zur Vernunft. Ich wurde von meinem eigenen Sohn beraubt und habe hier zwei Mädchen sitzen, mit denen ich nichts anfangen kann."

„Was wirst du mit ihnen machen? Ich nehme nicht an, dass du sie hierbehalten willst, bis ihre Mutter zurückkehrt?"

„Würdest du jemals zurückkehren, wenn du ihre Mutter wärst?", fragte Marie trocken.

„Nein", antwortete Richard. „Es muss doch einen Verwandten geben, der sie aufnehmen kann."

„Das vermute ich. Enid schlug jedoch vor, dass wir sie vorerst in Ruhe lassen. Anscheinend waren sie recht hysterisch, als ihnen berichtet wurde, was geschehen war." Marie bemerkte den Ausdruck auf Richards Gesicht. „Wirst du jetzt melancholisch und hast Mitleid mit denen, die verlassen wurden?"

Er lächelte schwach und nickte. „Wahrscheinlich."

„Ich nehme an, es ist alles arrangiert?"

„Ja, ich habe mit dem Geistlichen gesprochen. Er wird morgen um neun Uhr vormittags ins Haus kommen, um die Zeremonie durchzuführen", sagte Richard düster.

„Du musst sie heiraten."

„Ich weiß. Aber ich weiß auch, dass sie das nicht möchte."

„Sie hat dich geküsst. Unsere Handlungen haben Konsequenzen und sie hätte sie bedenken sollen, bevor sie ein solches Risiko einging", sagte Marie.

„Ich war es, der sie zuerst geküsst hat", verteidigte Richard sie.

„Das überrascht mich. War es eine spontane Eingebung oder hat Bea ihre Macht über dich verloren?"

„Ich habe schon seit Tagen nicht mehr an Bea gedacht. Na ja, nur wenn ich an sie erinnert wurde." Es hatte keinen Sinn, etwas vor seiner Tante zu verheimlichen. Er war stets ehrlich zu ihr gewesen.

Marie lächelte. „Dann hatte das alles ja etwas Gutes für dich. Ich wünsche dir viel Glück, mein Junge. Du hast es mehr als die meisten anderen verdient und sie wird dich auf Trab halten. Ich hoffe nur, dass du es nicht bereuen wirst. Ich finde immer noch, dass eine sanftmütige Frau besser zu dir passen würde."

Richard lachte. „Manchmal glaube ich wirklich, dass du mich nicht kennst. Eine sanftmütige Frau würde mich binnen weniger Tage langweilen. Wenigstens weiß ich, dass mein Leben mit Miss Beckett nicht langweilig sein wird. Auch wenn es wohl nicht die Liebe werden wird, die ich mir erhofft hatte."

„Wenn sie deinen Kuss erwidert hat, ist sie nicht immun gegen dich. Keine Frau küsst einen Mann, den sie nicht will."

Richard war nicht von der Aussage seiner Tante überzeugt, trotzdem erlaubte er sich einen Hoffnungsschimmer. Amelia hatte vor Vergnügen gestöhnt und auf ihn reagiert. Vielleicht mochte sie ihn doch ein wenig. Das war ein erbauender Gedanke.

***

Richards positive Gedanken überlebten den nächsten Vormittag nicht. Als er Amelia den Salon betreten sah, in dem die Zeremonie stattfinden sollte, stockte ihm der Atem. Sie sah in ihrem blassblauen Seidenkleid wunderschön aus. Es war das schönste Kleid, in dem er sie je gesehen hatte, sie wirkte wahrlich königlich. Ihr Haar war weicher, Locken fielen ihr um das Gesicht und in den Nacken, und sie trug einen Blumenstrauß.

Er hätte zur Begrüßung gelächelt und ihr den Arm gereicht, da sie immer noch ein wenig steif ging, aber ihre Augen ließen ihn erstarren. Sie hatte eindeutig geweint und der Gedanke, dass sie ihn nicht heiraten wollte, zerriss ihn innerlich. Wenn ihm eine Möglichkeit eingefallen wäre, ihren Ruf zu retten, ohne heiraten zu müssen, hätte er das Vorhaben gestoppt, aber dieser Gedanke war kein Trost für ihn.

Ihr übliches Lächeln war verschwunden und durch eine gequälte Miene ersetzt worden. Seine eigenen Mundwinkel wanderten daraufhin nach unten und er hielt seine Hände fest hinter seinem Rücken und richtete seinen Blick auf den Geistlichen. Er war nicht in der Lage, Amelia weiter anzusehen.

Richards Reaktion auf sie überzeugte Amelia wiederum davon, dass sie den größten Fehler ihres Lebens beging, jedoch nichts dagegen tun konnte. Sie war im Begriff, einen kalten, gefühllosen Mann zu heiraten, von dem sie fälschlicherweise dachte, dass sie ihn lieben könnte. Da sie den Schmerz in Richards

Gesicht nicht sah, deutete sie seinen Rückzug als den Wunsch, dieser erzwungenen Situation zu entkommen. Erneut stiegen ihr Tränen in die Augen.

Die Panik drohte sie zu übermannen, als der Geistliche zu sprechen begann, und sie daran dachte, was eine Heirat mit sich bringen würde. Aber abgesehen davon, dass sie ihre Hände festhielt, damit sie nicht zitterten, stand sie neben Richard und nickte, als der Geistliche den Gottesdienst fortsetzte. Sie konnte nur erahnen, was er von der Situation hielt, und versuchte, jeglichen Blickkontakt mit ihm zu vermeiden.

Die Aussicht auf die Abscheu ihres Mannes beschäftigte sie mehr als genug.

Die Trauung war zum Glück rasch vorüber und der Geistliche verabschiedete sich so schnell wie möglich. Nur Patricia, Isabelle und Enid hatten dem Gottesdienst beigewohnt, wobei zwei von ihnen als Zeuginnen den Trauschein unterzeichneten. Marie hatte es aufgrund der Nachwirkungen des Brandys vorgezogen, in ihrer Kammer zu bleiben. Sie hatte jedoch Richard vor dem Zubettgehen noch einen Kuss gegeben und ihm viel Glück gewünscht.

Es sollte keine Hochzeitsfeier geben, aber Richard hatte seiner Braut vor der Hochzeit eine Nachricht zukommen lassen und ihr mitgeteilt, dass er nach der Trauung einige Details mit ihr besprechen müsse. Als er Amelia bat, ihn in das Arbeitszimmer seiner Tante zu begleiten, nickte sie ergeben und folgte ihm.

Nachdem sie die Tür geschlossen hatten, standen sie sich schweigend gegenüber.

„Ich hoffe, wir finden einen Weg, miteinander auszukommen", sagte Richard schließlich und unterbrach damit die angespannte Situation.

„Das hoffe ich auch, aber ich kann nicht ... erwarten Sie ...?", stotterte Amelia.

„Bin ich derart abstoßend?", fragte Richard, bevor er angewidert über sich selbst den Kopf schüttelte. „Sie brauchen darauf nicht zu antworten, es ist mir egal, wie Ihre Antwort lautet. Ich werde nicht versuchen, die Ehe zu vollziehen, falls das Ihre Sorge ist." Er war noch enttäuschter, als er Amelias Seufzer der Erleichterung hörte, aber er fuhr fort: „Als meine Frau müssen Sie über meine Finanzen Bescheid wissen und darüber, was Sie bekommen werden."

„Ich möchte nichts. Ich werde weiterhin von meiner Zuwendung leben, die mir meine Großmutter hinterlassen hat", sagte Amelia schnell.

„Als meine Frau müssen Sie an einer Reihe von Veranstaltungen und Unterhaltungen teilnehmen und dabei die neueste Mode tragen. Ich werde vieles hinnehmen, was mir missfällt, aber ich weigere mich, mich als Knauser lächerlich zu machen."

„Ich verstehe. Ich bitte noch einmal um Verzeihung. Ich weiß, dass das nicht leicht für Sie sein wird."

„Nein. Wir waren beide schuld und haben mit den Konsequenzen zu leben", sagte Richard. Er versteckte sich wie so oft hinter seiner steifen, kühlen Fassade. Sie hatte ihm bislang gute Dienste erwiesen und so war es ganz natürlich, auf sie zurückzugreifen, wenn er verletzt war und sich verloren fühlte. Es war die einzige Möglichkeit, die er kannte, um sich zu schützen. Allerdings war er sich nicht mehr sicher, ob sie noch wirkte, denn dieser Klumpen Blei lag immer noch schwer in seinem Magen.

Amelia antwortete nicht. Ihre eigenen Gefühle waren durcheinander, sie stand vor einem Mann, der ihr völlig fremd war. War sie wirklich erst vor zwei Tagen in seinen Armen gelegen und hatte auf mehr dieser kostbaren Momente gehofft? Jetzt fühlte es sich an, als wäre das alles nur ein Traum gewesen – ein Albtraum, aus dem es kein Erwachen gab.

Während Richard ihr seine finanzielle Situation darlegte, gab es keine der üblichen Sticheleien zwischen ihnen. Amelia nickte lediglich, als Richard ihr erklärte, wie er die Dinge regeln würde. „Da es keine Kinder geben wird, muss ich keine Vorkehrungen für solche treffen", sagte er und stand erneut auf. Er musste aus diesem Zimmer und fort von der Frau, zu der er jede Verbindung verloren hatte, aber an die er für den Rest seines Lebens gebunden war.

Amelia hatte ihn bei diesen Worten angesehen und war noch blasser, was in der Tat ein Kunststück war. „Ich nehme an, ja", flüsterte sie.

Richard hielt inne. „Ich werde keine Kinder aus einer Ihrer Tändeleien anerkennen. Wir wurden in diese Situation gezwungen, aber ich werde die Bastarde eines anderen Mannes nicht billigend in meinem Haus aufnehmen."

Amelia zuckte bei diesen Worten zusammen, setzte sich aber aufrecht hin. „Ich würde Sie niemals um so etwas bitten und es beleidigt mich, dass Sie mir so etwas unterstellen."

„Sind Sie wirklich erstaunt? Ich dachte, ich kenne Sie, aber Sie überraschen mich immer wieder aufs Neue. Ich bin nur ehrlich, was unser Eheleben angeht, damit Sie verstehen, was ich davon halte."

„Das ist derzeit keine attraktive Aussicht", entgegnete Amelia, immer noch verärgert über die Andeutung, sie würde ihn mit einem anderen betrügen.

„Dann sind wir uns wenigstens in einem Punkt einig", sagte Richard und verließ den Raum.

Amelia knirschte mit den Zähnen. „Verflucht sei meine Dummheit!", schalt sie sich. „Warum habe ich geglaubt, dass ich das Geheimnis um die verschwundenen Gegenstände lösen kann? Amelia, dieses Mal hast du dich wirklich selbst übertroffen."

Sie stand auf, verließ das Zimmer und fragte sich, was die Zukunft wohl für sie bringen würde.

***

Richard klopfte an die Zimmertür seiner Tante und trat ein, als er ihren Ruf hörte. „Geht es dir gut genug für einen Besuch?", fragte er.

„Ich bin nicht krank, nur eine törichte alte Frau, die keinen Brandy trinken sollte", antwortete Marie.

„Du bist nicht alt." Richard setzte sich auf die Kante des Bettes.

„Ich fühle mich aber so und auf jeden Fall bin ich töricht. Ich weiß, wie engstirnig ich war. Ich habe nicht auf dich gehört und ich bezahle einen hohen Preis dafür", sagte Marie.

„Wir haben beide nicht aufeinander gehört", sagte Richard. „Ich habe mir wie ein Grünschnabel von einer Frau den Kopf verdrehen lassen. Sieh nur, was es mir gebracht hat."

„Du meintest, du würdest weniger an Bea denken. Das ist doch ein gutes Ergebnis."

„Ja, aber jetzt sieh mich an. Verheiratet mit einer Frau, die es nicht erträgt, in meiner Nähe zu sein. Eine Ehe mit Bea hätte mir wenigstens erlaubt, sie zu lieben."

„Sie hätte dich zerstört", sagte Marie. Sie ergriff Richards Hände und sah ihm in die Augen. „Gib Amelia eine Chance, vielleicht entwickelt sich etwas zwischen euch. Ich habe es zwar geleugnet, aber zwischen euch besteht definitiv eine Verbindung."

„Die Heirat scheint einen Sinneswandel bei ihr bewirkt zu haben", sagte Richard trocken. „Genug der Melancholie, das war nicht der Grund, weshalb ich mit dir sprechen wollte. Ich wollte wissen, was du mit den Evans-Töchtern vorhast."

Marie ließ sich in ihre Kissen zurückfallen. „Sie haben nichts falsch gemacht, aber verdammt, ich will sie aus meinem Haus haben."

Sie wurden unterbrochen, als Enid eintrat. Sie trug ein Teetablett, das Richard ihr abnahm.

„Haben meine Diener mich ebenso im Stich gelassen wie mein Sohn?", fragte Marie.

„Nein. Ich wollte ihnen nur die Aufgabe abnehmen", sagte Enid und rührte den Tee um. „Ich lasse euch allein, sobald ich eingeschenkt habe."

„Das ist nicht nötig, vielleicht kannst du uns sogar helfen. Richard hat gefragt, was mit den Evans-Mädchen passieren wird."

„Ich kann sie zurück in die Stadt bringen. Nachdem sie endlich aufgehört haben zu weinen, haben sie erzählt, dass es eine Großmutter väterlicherseits gibt, an die sie sich wenden könnten. Anscheinend mochte diese die Mutter nicht", sagte Enid, während sie den Tee einschenkte.

„Da ist sie nicht die Einzige", murmelte Marie.

„In der Tat. Ich werde die Mädchen zu ihr nach London bringen."

„Könntest du nicht hierbleiben?", fragte Marie und überraschte Richard und Enid mit ihrer Bitte.

„Natürlich, aber wäre es nicht besser, die Dinge mit Claude unter vier Augen zu klären?", fragte Enid.

„Ich bezweifle, dass er zurückkehren wird, und ich würde deinen Rat in diesem Schlamassel schätzen."

„Ich kann dir helfen, Tante", sagte Richard schnell.

„Nein. Du bist frisch verheiratet und musst deinen Schwiegereltern einen Besuch abstatten. Du hast schon genug mit diesem Chaos zu kämpfen, das Claude hinterlassen hat. Wenn Enid bei mir bleibt, würde mir das völlig reichen."

„Ich bin sicher, dass Patricia und Isabelle gern mit mir hierbleiben."

„Danke", sagte Marie. „Das würde ich aufrichtig zu schätzen wissen."

„Aber das löst das Problem mit den jungen Evans-Mädchen nicht", sagte Enid.

„Wir werden sie nach London bringen und dafür sorgen, dass sie sicher bei ihrer Großmutter ankommen", sagte Richard. „Womöglich hilft meine Anwesenheit, falls sich die Dame als schwieriger Charakter erweist."

„Danke, das beruhigt mich und entlastet uns zumindest von diesem Problem", sagte Enid zu den beiden. „Wann gedenken Sie abzureisen?"

„Wir können genauso gut gleich morgen früh aufbrechen", sagte Richard und stand auf. „Ich werde euch verlassen und meiner *Frau* von den Plänen berichten." Beide bemerkten die abschätzige Art, in der er das Wort Frau verwendete, reagierten jedoch nicht darauf.

„Ich werde bald aufstehen", sagte Marie. „Ich hasse Menschen, die den ganzen Tag herumliegen und jammern. Normalerweise bin ich nicht so schwach."

„Es war ein Schock für dich, Tante. Niemand würde dich dafür tadeln, dass du dich ausruhst." Richard küsste seine Tante und verließ das Zimmer.

„Ich weiß nicht, wer mir am meisten leidtut", sagte Enid, als Richard die Tür hinter sich geschlossen hatte. „Die beiden sehen einfach nicht, was für Außenstehende offensichtlich ist, und leiden darunter."

„Es gibt nichts, was wir für sie tun können. Wenn ich eine Sache aus all dem gelernt habe, dann, dass ich mich nie mehr in die Angelegenheiten anderer einmischen werde."

„Das will ich sehen." Enid grinste ihre Freundin an. „Und was machen wir jetzt mit deinem Sohn?"

Marie stöhnte. „Ich brauche mehr Brandy!" Auf Enids Lachen hin zog sie sich die Decke über den Kopf.

Kapitel 13

Die vier fuhren schweigend in der Kutsche.

Amelia saß neben Richard und blickte auf die beiden jungen Mädchen, die sich vor ihm fürchteten. Sie kokettierten nicht mehr und versuchten auch nicht mehr, sich bei jeder Gelegenheit ins rechte Licht zu rücken, wie sie es früher getan hatten. Stattdessen wirkten sie jung, verängstigt und traurig.

Als sie den Gasthof erreichten, in dem sie nächtigen wollten, hatte Amelia schreckliche Kopfschmerzen und konnte guten Gewissens sagen, dass sie noch nie eine schlimmere Reise erlebt hatte.

Die Kutsche war zwar gut gefedert und bequem, aber da Richard immerzu aus dem Fenster starrte und sie von Sarah und Laura nur einsilbige Antworten erhielt, wollte sie dem Fahrzeug dringend entkommen.

Die Hochzeitsnacht hatte sie mit Isabelle und Patricia in ihrem Zimmer verbracht und ihr war unmissverständlich mitgeteilt worden, dass sie ein Zimmer mit Sarah und Laura zu teilen habe, um den Mädchen einen gewissen Schutz zu bieten. Dass sie von Richards Kammerdiener und einem Dienstmädchen begleitet wurden, spielte keine Rolle. Amelia hatte sich vor der Abreise mehr als deutlich ausgedrückt und Richard hielt sich eisern an ihre Bitte, keinen Kontakt zwischen ihnen zuzulassen.

Amelia saß an der Bettkante, während sich die Mädchen auf zwei aufgestellten Klappbetten niederließen. Sie warf den Kopf in die Hände.

„Lady Douglas, geht es Ihnen nicht gut?", fragte Laura.

„Was? Oh nein." Amelia lächelte ein wenig. „Im ersten Moment habe ich mich nur gefragt, wer Lady Douglas ist."

„Ich nehme an, es ist gewöhnungsbedürftig, aber sind Sie sicher, dass alles in Ordnung ist? Sie haben sich gerade erst von Ihrem Unfall erholt und wirken recht durcheinander."

„Ich bin etwas steif, weil ich mich heute wenig bewegt habe, aber nach etwas Schlaf geht es mir bestimmt besser", antwortete Amelia.

„Es war ungerecht von mir, Sie wegen Ihrer Verletzung zu verspotten." Sarahs Augen füllten sich mit Tränen. „Sie waren immer sehr freundlich zu uns und meine Bemerkung war so gemein."

„Machen Sie sich keine Sorgen, das ist nicht mehr von Belang. Ich bin tatsächlich entstellt, also haben Sie nicht gelogen", sagte Amelia und lächelte Sarah an.

„Es war unverzeihlich. Ich habe nie verstanden, warum Mutter darauf erpicht war, dass wir stets vorteilhaft erscheinen. Ich fühlte mich den ganzen Tag über furchtbar, nachdem ich so gemein zu Ihnen war", erklärte Sarah und wischte sich die Tränen weg.

174

„Ihre Mutter wollte, dass Sie einen Ehemann finden. Aber Sie würden immer vorteilhaft aussehen, wenn Sie einfach Sie selbst wären."

„Die Saison ist schon schlimm genug, ohne Mitgift und mit einer linkischen Mutter. Aber auf einer Hausgesellschaft, wo man ständig unter Beobachtung steht und jeder darauf wartet, dass man einen Fehler macht, das ist schrecklich", mischte sich Laura ein, die bislang geschwiegen hatte.

Amelia wusste nicht, was sie darauf antworten sollte. Es würde nichts bringen, wenn sie zustimmte, und doch konnte sie sich nicht dazu durchringen, Mrs. Evans zu verteidigen.

„Und jetzt wird man uns nach diesem Skandal nie mehr in der Gesellschaft sehen", schniefte Sarah.

„Ihre Großmutter ist da vielleicht anderer Meinung", beruhigte Amelia sie.

„Ich hoffe nur, dass sie uns aufnimmt. Von allem anderen können wir nur träumen", murmelte Laura.

„Machen Sie sich darüber nun keine Gedanken. Wir stellen uns diesen Fragen, wenn wir in London ankommen", sagte Amelia.

„Vielen Dank. Wir sind uns völlig bewusst, dass wir niemandes Hilfe verdienen, aber wir sind Ihnen sehr dankbar", sagte Laura.

„Mylady, könnte ich Sie kurz sprechen?" Das Dienstmädchen unterbrach die Unterhaltung.

„Natürlich, kommen Sie bitte herein", sagte Amelia. Sie kannte das Mädchen nicht, da es in Mrs. Greenwoods Diensten stand, aber es wirkte recht tüchtig.

„Es wäre das Beste, wenn Sie in das Ankleidezimmer kommen", entgegnete das Dienstmädchen.

Amelia stand auf und folgte ihm. Das Zimmer konnte kaum als Ankleidezimmer bezeichnet werden. Es war winzig, gerade groß genug, um einen Teil des Gepäcks, ein Waschbecken, einen Schminktisch, einen Spiegel und ein Klappbett für die Dienerin unterzubringen.

„Ist etwas nicht in Ordnung?", fragte Amelia, als das Dienstmädchen die Tür schloss.

„In der Tat, Mylady. Es tut mir leid, dass ich das ansprechen muss, aber als ich die Nachthemden der jungen Damen herausholte, habe ich etwas gefunden, das Sie sehen sollten."

„Fahren Sie fort", sagte Amelia, die bereits ahnte, was sie erwarten würde.

Das Dienstmädchen öffnete den Deckel eines Portmanteaus und hob die Kleidung beiseite. Darunter befand sich ein großer Beutel, der fehl am Platz wirkte und die Wäsche darunter zerdrückte.

„Was befindet sich darin?", fragte Amelia.

„Alles, was aus Mrs. Greenwoods Haus gestohlen wurde, außer den Vasen. Und ein Zettel." Das Dienstmädchen öffnete den Beutel, um Amelia den Inhalt zu zeigen.

Amelia konnte das Stöhnen, das sie ausstoßen wollte, gerade noch unterdrücken und blickte in den Beutel. Dabei sah sie Freddies Schnupftabakdose, Isabelles Armreif, Besteck und einen kleinen Kerzenständer. Darin befand sich auch ein

Portemonnaie, das bei näherer Betrachtung eine Menge Geld enthielt.

„Ich nehme an, dass die Vasen woanders im Gepäck versteckt sind. Sie waren zu groß für den Beutel", sagte Amelia.

„Möchten Sie, dass ich alles durchsuche?"

„Im Moment nicht. Geben Sie mir das." Mit hängenden Schultern und dem Beutel in der Hand kehrte sie in das Zimmer zurück.

Laura sah sie mit einem Stirnrunzeln an. „Was machen Sie mit Mamas Beutel?"

„Er gehört Ihrer Mutter?", fragte Amelia.

„Ja, sie hat ihn in unsere Truhe gelegt und gesagt, dass er in ihrer keinen Platz habe", antwortete Laura.

„Warum hatten Sie gepackt?"

„Mutter sagte, dass wir bald abreisen würden. Sie hat uns zwei Tage vor ihrem Verschwinden packen lassen", sagte Laura. Sie hatte dabei unablässig den Beutel angestarrt, wurde blasser, als sie ahnte, dass etwas nicht stimmte. „Lady Douglas, was ist in diesem Beutel?"

„Sie wissen es nicht?"

„Nein."

Amelia ging zum Bett und leerte den Inhalt des Beutels aus. Sarah und Laura schreckten zurück, als die Gegenstände auf die Bettdecke klapperten.

„Wir haben nichts genommen!", stotterte Laura. „Das ist nicht unsere Schuld."

Sarah blickte panisch zu ihrer Schwester. „Mama war die Diebin?", fragte sie.

177

„Das muss sie gewesen sein, denn sie hat alles in unser Gepäck gesteckt. Sie hat sogar so getan, als wäre sie selbst bestohlen worden. Sehen Sie, das ist ihr Portemonnaie. Sie wollte uns die Schuld in die Schuhe schieben."

„Man wird uns dafür hängen!", schrie Sarah, bevor sie anfing zu schluchzen. „Ich will nicht gehängt werden! Ich will einfach nur nach Hause!"

Amelia versuchte, sie zu beruhigen, aber das junge Mädchen war untröstlich vor Angst.

Nach zehn Minuten wurde die Tür geöffnet und Richard marschierte herein.

„Was ist hier los? Man kann Sie bis in den Schankraum hören. Was zum Teufel ist das?" Er zeigte auf die gestohlenen Gegenstände.

Amelia ging zu Richard hinüber. „Es scheint, als hätte Mrs. Evans ihren Töchtern ein Abschiedsgeschenk hinterlassen."

Richard zog bei ihren Worten eine Augenbraue hoch. „Eine sehr bequeme Ausrede, wenn man erwischt wird."

„Wir haben nichts getan, Mylord!", rief Laura und griff nach Richards Ärmel. „Wir haben nie gestohlen, selbst als wir überhaupt nichts hatten."

Amelia bewegte sich und löste Lauras Finger von Richards Arm. Sie fragte sich, ob sich die feine Wolle des Gehrockes jemals von einer so groben Behandlung erholen würde. Sie legte ihren Arm um Lauras Schultern und führte sie zu Sarah. „Ihnen beiden wird nichts passieren, niemand wird gehängt."

„Aber er glaubt uns nicht!", jammerte Laura und erreichte damit die Lautstärke ihrer Schwester.

„Ich glaube Ihnen und ich gebe Ihnen mein Wort, dass alles gut werden wird", sagte Amelia. „Trocknen Sie jetzt Ihre Augen." Sie klopfte an die Tür des Ankleidezimmers und winkte das Dienstmädchen herein. „Miss Evans und Miss Sarah sind etwas aufgeregt. Könnten Sie ihnen beim Waschen helfen und sie dann in unsere Stube bringen und Tee und Kuchen auftragen lassen? Ich denke, sie werden sich besser fühlen, wenn sie nicht in dieser Umgebung sind." Sie deutete auf die Gegenstände auf dem Bett.

„Jawohl, Mylady", sagte das Dienstmädchen, geleitete die Mädchen in das Ankleidezimmer und schloss die Tür fest hinter ihnen.

„Ein solches Versprechen hätten Sie ihnen nicht geben dürfen", sagte Richard.

„Ach kommen Sie! Die beiden sind doch genauso wenig Diebe wie wir!", sagte Amelia.

„Sie könnten gute Schauspielerinnen sein."

„Nein, ihre Erschütterung war echt. Sie sind schon niedergeschlagen genug, weil Mrs. Evans sie im Stich gelassen hat. Jetzt glauben sie auch noch, dass sie gehängt werden. Haben Sie etwas Mitleid mit ihnen."

Richard rieb sich mit der Hand über das Gesicht. Er konnte nachfühlen, wie sich die beiden fühlten. „Was für eine gefühllose Frau!"

„Zumindest darin sind wir uns einig", sagte Amelia, die über dem Bett stand. „Ich habe mir dieses Blatt erst jetzt angesehen, weil ich dachte, es hätte nichts damit zu tun, aber sehen Sie, es ist eine Nachricht."

Sie reichte Richard etwas, das man nur als einen Fetzen Papier bezeichnen konnte und beobachtete, wie seine Gefühle sich deutlich in seiner Miene abzeichneten.

Als er Amelia schließlich ansah, schnitt er eine Grimasse. „Und ich dachte, mein Vater sei ein miserabler Elternteil gewesen. Aber es scheint, als hätte Mrs. Evans ihm diesen Titel streitig gemacht. Lesen Sie selbst, ich kann eine solche Herzlosigkeit kaum glauben."

Amelia nahm den Zettel und las die winzige Handschrift.

Mädchen,

diese Dinge werden euch nach London bringen und hoffentlich für eine Weile die Miete bezahlen. Ich bin zu dem Schluss gekommen, dass ich genug für euch geopfert habe und mein eigenes Glück verfolgen muss. Ich kann nicht länger mit unverheirateten Töchtern belastet werden.

Ihr werdet eine Anstellung finden müssen, um euren Lebensunterhalt zu verdienen. Trefft eure Entscheidung mit Bedacht, denn ihr seid beide hübsch und könntet leicht einen Mann finden, der bereit ist, Geld für euch auszugeben.

Spart so viel ihr könnt, denn das Aussehen hält nicht ewig.

Mutter

Amelia sank auf das Bett. „Wie konnte sie so etwas nur schreiben?"

„Es ist nicht einfach zu lesen, wenn man die betreffenden Mädchen kennt."

„Sie rät zwei unschuldigen Mädchen, sich zu verkaufen. Meine Güte, ich hoffe, sie sehen sie nie wieder! Was für ein Ungeheuer!"

Richard lächelte ein wenig über ihren Ausbruch. „Wir scheinen in die Gewohnheit zurückzufallen, einander zuzustimmen, so wie früher."

„Das ist keine schlechte Sache", sagte Amelia reumütig und entspannte sich zumindest für den Moment. „Was sollen wir tun?"

„Dagegen, dass wir uns einig sind? Hören wir unverzüglich damit auf."

„Rüpel."

Richard setzte sich neben sie, griff nach ihrer Hand und hielt sie fest. Es war die innigste Berührung, die sie seit ihrem Kuss teilten, und er lächelte ein wenig, als Amelia ihn überrascht ansah. „Ich möchte Ihnen nur persönlich versichern, dass es auf der Welt anständige Menschen gibt, die anderen beistehen, denen Unrecht getan wurde. Es war richtig, dass Sie den Mädchen Zusicherungen gemacht haben, und ich hätte ebenfalls meine Unterstützung anbieten sollen. Ich denke zu oft, dass jeder egoistisch und nur auf sein eigenes Fortkommen bedacht ist."

Amelia lehnte sich näher an ihn. „Es gibt viele Menschen, die so sind. Zum Glück sind wir es nicht, wir müssen nur den Schlamassel der anderen beseitigen. Die Mädchen tun mir aufrichtig leid, aber abgesehen davon, dass wir sie zu ihrer Großmutter bringen, können wir wohl kaum etwas anderes tun?"

„Wir können Claude und Mrs. Evans ausfindig machen und ihn zwingen, ihnen Geld zu überlassen. Wenn er sich mit der Mutter arrangiert hat, kann er einmal in seinem Leben Verantwortung übernehmen und sich um die Töchter kümmern."

„Glauben Sie, er wird es tun?"

„Das will ich hoffen", seufzte Richard.

„Und wir dachten, wir würden einer einfachen Hausgesellschaft beiwohnen."

„Mein Leben hat sich gewiss anders entwickelt, als ich es erwartet hatte."

„Ja." Es gab nichts anderes, was Amelia dazu sagen konnte. Sie mochte ihn viel mehr, als sie es erwartet hatte, selbst wenn er sich kalt und distanziert verhielt, aber sie konnte nicht zulassen, dass sich eine Verbindung zwischen ihnen aufbaute.

Richard seufzte und stand auf. „Wir können wohl höchstens darauf hoffen, dass wir zivilisiert miteinander umgehen."

„Können wir nicht Freunde sein?", fragte Amelia.

Richard hielt inne, bevor er nickte, und wandte sich der Tür zu. „Das vereinfacht das Leben unter einem gemeinsamen Dach gewiss. Im Übrigen sollten wir dazu übergehen, uns wie Eheleute anzusprechen. Gute Nacht, Amelia."

Amelia schloss für einen Moment die Augen und wusste, dass sie ihm gegenüber ungerecht war.

Sie konnte ihm keine Ehefrau im biblischen Sinne sein, also war es unvernünftig, etwas von ihm zu erwarten. Aber sie konnte nicht damit leben, dass sie kaum miteinander sprachen. Es würde ein einsames Leben für sie beide werden.

Kapitel 14

Der Besuch bei der Großmutter verlief einfacher, als alle es sich erhofft hatten. Sie warf einen Blick auf die Mädchen und alle drei fingen an zu weinen.

Amelia und Richard sah einander betreten an, aber die Großmutter riss sich schnell zusammen.

„Vielen Dank. Es war richtig von Ihnen, sie zu mir zu bringen", schniefte sie.

„Wenn Sie noch etwas von uns benötigen, kontaktieren Sie mich bitte. Hier ist meine Karte", sagte Richard.

„Das ist sehr freundlich von Ihnen, aber ich werde fortan die Verantwortung für sie übernehmen. Wenn eure Mutter an diese Tür klopft, werde ich sie mit einer gehörigen Schelte davonjagen", sagte sie zu den Mädchen.

„Ich hoffe, meinen Cousin zu finden und ihn dazu zu bringen, Ihnen Geld für ihre Mitgift zu schicken", sagte Richard.

„Das ist nicht nötig, die beiden verfügen über eine Mitgift. Mein Mann hat ihnen eine Summe hinterlassen, mit der sie gut versorgt sein werden, wenn die Zeit gekommen ist."

„Davon wussten wir nichts", sagte Laura zu ihrer Großmutter.

„Wenn eure Mutter davon gewusst hätte, wäre nichts mehr davon übrig. Sie hätte einen Weg gefunden, an das Geld heranzukommen. Sie hat stets über ihre Verhältnisse gelebt, obwohl ich sie seit dem Tod eures Vaters unterstütze."

„Nein!", entgegnete Sarah.

„Selbstverständlich, du freches Ding. Was glaubst du, woher ihr Geld stammt? Sie hat euren Vater finanziell ruiniert und ich wollte schützen, was euch rechtmäßig zusteht."

„Sie sagte uns, dass du nichts mit uns zu tun haben willst", antwortete Laura, die einmal mehr über das Verhalten ihrer Mutter schockiert war.

„Ich wollte nichts mit ihr zu tun haben, aber ihr wart stets willkommen. Ihr solltet wohl nicht erfahren, dass ich nicht die böse Hexe bin, als die sie mich darstellte. Sie war schon immer ein törichtes Ding und daran hat sich nichts geändert."

„Sie klingt sehr wie mein Vetter. Ich glaube, die beiden sind wie füreinander geschaffen", sagte Richard.

„Bis ihnen das Geld ausgeht", warf Amelia ein.

„Sie haben recht, Lady Douglas, aber sie wird hier nicht willkommen sein."

„Ich möchte Mama nie wiedersehen", sagte Sarah.

„Kein Grund, sich über etwas aufzuregen, das nicht passieren wird. Ich danke Ihnen beiden. Es tut mir leid, dass Sie Unannehmlichkeiten erdulden mussten", sagte sie zu Amelia und Richard.

„Machen Sie sich keine Sorgen, wir kamen ohnehin in die Stadt, um meine Eltern zu besuchen", sagte Amelia. „Wir werden uns nun verabschieden."

Sie wurden von dem Trio unter unzähligen Dankesbekundungen aus dem Haus begleitet. Die gestohlenen Gegenstände wurden mit keinem Wort erwähnt. Sie wurden Richard übergeben, damit er sie an die rechtmäßigen Besitzer retournieren könne, mit Ausnahme des Geldes, von dem Richard sagte, es gehöre den Mädchen.

Als die Kutsche losfuhr, seufzte Amelia. „Ich kann nur hoffen, dass der Besuch bei meinen Eltern ebenso gut verlaufen wird wie dieser."

„Soll ich einen Blick durch meine Lorgnette auf sie werfen?", fragte Richard.

Amelia lachte, bevor sie ernst wurde und den Kopf schüttelte.

„Nein, ganz und gar nicht. Meine Familie wird nur enttäuscht sein, weil sie nicht in die Heiratspläne eingeweiht war. Ich werde sagen, dass es Liebe auf den ersten Blick war und wir von unseren Gefühlen übermannt wurden. Ansonsten werden sie anfangen, Fragen zu stellen, und ich würde ihnen lieber nicht die wahre Geschichte erzählen."

„Nein. Je weniger Menschen davon wissen, desto besser. Aber wird man dir eine solche Geschichte glauben?"

Amelia sah aus dem Fenster und beobachtete, wie das Londoner Leben in den Straßen an ihnen vorbeizog. „Ich habe stets gesagt, dass ich nur aus tiefster Liebe heiraten würde." Mehr sagte sie nicht dazu und Richard reagierte nicht auf ihre Worte.

Sie fuhren schweigend weiter und erst als die Kutsche anhielt, sah Amelia Richard an und seufzte. „Ich hoffe, du bist ein guter Schauspieler."

***

Richard hatte keinen Grund zur Schauspielerei, er war in Amelia verliebt. Ebenso war er wütend, frustriert und völlig verwirrt. Zu wissen, dass sie sich zu ihm hingezogen fühlte, war kein Trost, denn sie hielt ihn auf Distanz. Dennoch hatte sie ihn gefragt, ob sie Freunde sein könnten. Der glückliche Blick, den sie ihm zugeworfen hatte, hatte ihm Hoffnung gegeben. Ihre Worte in der Kutsche hatten ihn jedoch wieder einmal entmutigt.

Als sie von einem Diener im Haus begrüßt wurden, ertönten Schreie und Rufe von oben, kurz darauf donnerten zwei Mädchen die Treppe herunter.

„Amelia! Du hast versprochen, dass wir bei deiner Hochzeit Brautjungfern sein dürfen!", riefen sie.

Amelia umarmte die beiden und lächelte reumütig. „Ich konnte einfach nicht warten. Es tut mir leid."

„Du musst uns alles erzählen", forderte die Ältere der beiden.

„Ich glaube, ich sollte euch zuerst meinem Mann vorstellen", sagte Amelia.

„Richard, das sind meine Schwestern, Caroline und Lucy."

Es wurden Verbeugungen und Knickse ausgetauscht, woraufhin Amelias Eltern zu ihnen stießen und weitere Bekanntmachungen zelebriert wurden.

„Kommt, wir stehen hier alle so töricht herum. Gehen wir in den Salon, dann möchten wir alles über dieses Abenteuer erfahren", sagte Mr. Beckett.

„Wenn ich Sie kurz unter vier Augen sprechen könnte, Sir", sagte Richard.

„Natürlich, aber lassen Sie uns zunächst alle Details über Ihr Kennenlernen und die Hochzeit hören", sagte Mr. Beckett.

Sie setzten sich in den Salon, der nicht unbedingt auf den größten Wohlstand hinwies. Das Haus war etwa halb so groß wie das von Richard, aber es war schön und geschmackvoll eingerichtet. Der Tee wurde unter dem steten Geplapper der jüngeren Schwestern gereicht.

Richard beobachtete fasziniert das Zusammenspiel der Familie. Weder Caroline noch Lucy ähnelten Amelia. Sie hatte kastanienbraunes Haar und blaugraue Augen, während die beiden blonde Haare und haselnussbraune Augen hatten. Ihre Gesichtszüge unterschieden sich, und das machte ihn noch neugieriger auf die Eltern. Die Familie schätzte einander offensichtlich und ging liebevoll miteinander um.

Als Amelia ihre Geschichte erzählte, setzte sich ihre Mutter neben sie und tätschelte regelmäßig ihren Arm oder drückte ihre Hand. Die Zuneigung zwischen ihnen allen war schön mitanzusehen, aber auch ein wenig überwältigend für jemanden, der keine Erfahrung mit einer solchen Situation gemacht hatte.

Richard verstand Amelias Ärger darüber, dass ihre Eltern durch die Zeitung von ihrer Heirat erfahren hatten. Er verfluchte seinen Cousin dafür, diese liebende Familie verletzt zu haben. Bestimmt hatte es sie sehr geschmerzt, auf derart kühle Weise in Kenntnis gesetzt worden zu sein.

Die Sehnsucht, dieser Wärme anzugehören, wuchs in ihm, während er der fantasievollen Geschichte zuhörte, mit der Amelia die Neugier und die romantischen Vorstellungen ihrer Familie befriedigte. Niemand verurteilte die Art der Hochzeit, obwohl sie natürlich gerne dabei gewesen wären.

„Werdet ihr in London leben?", fragte Mrs. Beckett.

„Wir haben uns noch nicht entschieden. Die Saison ist im Grunde vorüber, also nehme ich nicht an, dass wir bleiben." Amelia lächelte. „Bei all der Aufregung und der anschließenden Begleitung der Misses Evans zu ihrer Großmutter wurde kaum darüber gesprochen, wie es nun weitergeht."

Richard nickte zur Unterstützung. „Wenn die letzten Unterhaltungen vorüber sind, wäre es schön, auf den Landsitz zurückzukehren."

„Oh, Amelia! Wir werden dich kaum noch sehen, wenn du auf dem Land bist!", rief Caroline.

„Doch natürlich. Denk nur daran, nächstes Jahr ist Lucy mit ihrer Saison dran."

„Wir werden euch beide gemeinsam einführen", sagte Mrs. Beckett zu ihren jüngeren Töchtern.

Freudenschreie ertönten bei diesen Worten und Richard sah zu Mr. Beckett. „Ist jetzt ein guter Zeitpunkt, um dieses Gespräch zu führen?"

„Ich denke schon, denn sie werden nun zweifellos über Kleider und all diesen Unsinn sprechen wollen." Mr. Beckett führte ihn in sein Arbeitszimmer.

Richard folgte ihm und als er Mr. Beckett gegenübersaß, kam er direkt zur Sache. „Da wir beschlossen haben, keine Kinder zu bekommen, wären meine Frau und ich sehr erfreut, wenn Sie uns erlauben würden, Ihren jüngeren Töchtern einen Betrag für deren Mitgift zukommen zu lassen."

Mr. Beckett antwortete nicht, sondern verschränkte seine Finger vor sich. Er schien über Richards Worte nachzudenken und beugte sich schließlich nach vorn, die Ellbogen auf den Schreibtisch gestützt. „Das ist ein sehr großzügiges Angebot und ein überraschendes dazu, denn ich weiß, dass Amelia sich ein Haus voller Kinder wünscht. Sagen Sie mir, was steckt wirklich hinter dieser Heirat? Und ich wäre Ihnen dankbar, wenn Sie mir die Wahrheit sagen und nicht dieses Märchen auftischen würden, mit dem meine Tochter uns überzeugen wollte."

„Ah. Ich vermutete bereits, dass Sie sich nicht täuschen lassen."

„Ganz recht. Ich denke, Sie sollten ganz von vorn anfangen." Mr. Beckett lehnte sich zurück und verschränkte erneut die Finger.

Richard wusste, dass es nur von Vorteil sein konnte, seinem Schwiegervater gegenüber ehrlich zu sein. Doch er war fassungslos zu hören, dass die Frau, die jeden körperlichen Kontakt mit ihm abgelehnt hatte, sich Kinder wünschte. War er wirklich so abstoßend, dass sie sich nicht vorstellen konnte, mit ihm Kinder zu haben? Ihr zufriedenes Seufzen während des Kusses verwirrte ihn und sein Kopf schmerzte bei dem ständigen Versuch, herauszufinden, was zum Teufel hier vor sich ging.

Mr. Beckett gegenüber ehrlich zu sein, wurde mit jedem Satz einfacher. In der Miene des älteren Mannes war keine Verurteilung zu erkennen; er nickte nur gelegentlich, ohne ihn zu unterbrechen.

„Amelia wollte Sie nicht noch mehr verärgern, daher die Lügengeschichte", beendete Richard seinen Bericht. „Nachdem ich gesehen habe, wie nah Sie sich alle stehen, kann ich ihre Gefühle verstehen und es tut mir sogar noch mehr leid, dass wir uns in dieser Situation befinden."

„Es ist nicht das, was ich mir für meine Tochter erhofft habe, aber nach Ihren Worten möchte ich darauf vertrauen, dass Sie gut für sie sorgen."

„Das werde ich, Sir, darauf haben Sie mein Wort", sagte Richard feierlich.

„Danke sehr. Ich habe Angst, dass sie unglücklich sein wird. Sie sagen, dass Sie keine Kinder haben werden, aber mit der Zeit ...?"

Richard kroch die Hitze in den Nacken. „Das ist nicht meine Entscheidung, sondern die meiner Frau, und obwohl ich zugeben muss, dass ich nicht glücklich darüber bin, werde ich sie nicht dazu zwingen."

„Obwohl es Ihr Recht als Ehemann ist", betonte Mr. Beckett.

„Mein Vater hat mir ausreichend aufgezeigt, wie brutal ein Mann sein kann, und ich kann Ihnen versichern, dass ich jede Art von Misshandlung verabscheue. Es mag mir nicht gefallen, aber ich respektiere ihre Entscheidung."

Mr. Beckett nickte. „Wenn das so ist, freue ich mich, Sie in der Familie willkommen zu heißen."

„Vielen Dank, das bedeutet mir sehr viel. Wenn wir jetzt über die Finanzen sprechen könnten."

***

Als Richard in den Salon zurückkehrte, lächelte er über Amelias besorgten Blick. „Dein Vater würde gern mit dir sprechen."

„Ist etwas nicht in Ordnung?", flüsterte Amelia, als sie an ihm vorbeiging.

„Er wollte die Wahrheit erfahren, also habe ich sie ihm gesagt."

Amelia schloss für einen Moment die Augen und straffte die Schultern. „Das dachte ich mir bereits." Sie verließ den Raum und betrat das Arbeitszimmer ihres Vaters. „Was soll das, dass du meinen Mann jetzt schon herumkommandierst? Willst du ihn vergraulen?"

Mr. Beckett stand auf und ging auf sie zu. „Wenn ich die Wahrheit kenne, kann ich versuchen zu helfen."

„Ich brauche deine Hilfe nicht, Papa", sagte Amelia. „Alles wird gut werden."

„Ohne Kinder in deinem Leben?", fragte Mr. Beckett sanft.

„Ich bin sechsundzwanzig, die Chance auf Kinder ist vermutlich ohnehin vertan", sagte Amelia. Sie versuchte, unbeschwert zu klingen, aber sie wusste, dass ihr Vater von ihrem Tonfall nicht überzeugt war.

„Du musst nicht bei ihm bleiben, nur weil ihr in einer kompromittierenden Situation entdeckt wurdet. Wenn du es wünschst, können wir die Scheidung beantragen."

„Nein!", entgegnete Amelia. „Wir können uns den Skandal und die Kosten nicht leisten, und ich werde Richard das nicht antun. Ja, wir sind einander fremd, aber nach allem, was vorgefallen ist, hätte er sich aus der Verantwortung ziehen können. Es war meine Schuld, dass wir in diesem Zimmer waren, und er gab mir die Chance, dem Kuss zu entkommen. Also trage ich mehr Schuld an dieser Situation als er. Aber er blieb und verhielt sich wie ein Gentleman. Ich werde es ihm nicht vergelten, indem ich ihn weiter enttäusche."

„Wenigstens wollt ihr beide das Beste füreinander. Das ist ein besserer Anfang als in vielen anderen Ehen. Ich hoffe, du wirst glücklich, denn das ist alles, was ich mir je für dich gewünscht habe."

„Ich weiß und ich danke dir dafür. Wir werden schon einen Weg finden, miteinander zurechtzukommen", sagte Amelia und gab ihrem Vater einen Kuss. „Du musst dir keine Sorgen um mich machen."

„Das werde ich bis zu meinem Todestag tun."

Als Amelia in den Salon zurückkehrte, war Richard nirgendwo zu sehen. „Was habt ihr mit meinem Mann gemacht?", fragte sie ihre Mutter.

„Jacob ist nach Hause gekommen und hat ihn zu einer Partie Billard verführt", antwortete Mrs. Beckett.

„Es war eher eine Aufforderung", sagte Caroline.

„Ach herrje, ich werde ihn retten müssen. Er hat so gar nichts mit Jacob gemeinsam", stöhnte Amelia.

„Das können die Mädchen übernehmen." Mrs. Beckett nickte ihren Töchtern zu, woraufhin diese eifrig den Raum verließen.

„Jetzt tut er mir wirklich leid." Amelia grinste ihre Mutter an.

„Das bietet uns die Gelegenheit für ein Gespräch."

„Ach herrje."

„Es gibt keinen Grund zur Sorge. Ich wollte dir nur sagen, wie glücklich ich darüber bin, dass du deine Angst vor der Intimität mit einem Mann überwunden hast. Ich habe dir ja gesagt, dass das alles keine Rolle mehr spielt, wenn du erst den richtigen Mann triffst."

Amelia errötete. „Mama!"

„Wir sind beide verheiratete Frauen, was bedeutet, dass wir ein tieferes Verständnis für die Welt und für die Bedeutung der Ehe haben. Es tut mir leid, dass ich dich vor deiner Hochzeitsnacht nicht beraten konnte, aber ich hoffe, dass es keine Probleme gab. So wie seine Lordschaft dich ansieht, bin ich beruhigt."

„Oh, Mama", stöhnte Amelia und warf die Hände vor ihr Gesicht. „Es hat keinen Sinn, es vor dir zu verbergen, denn ich weiß, dass Papa dir alles erzählt. Wir hatten keine Hochzeitsnacht und werden auch keine haben. Ich kann nicht zulassen, dass er mich sieht."

„Mein liebes Kind! Ich hatte gehofft, dass es anders sein würde. Oh, Amelia!"

„Es ist in Ordnung. Nun ja, es ist nicht in Ordnung, aber wir haben uns geeinigt. Es gibt nichts mehr zu besprechen. Ich habe nun zwei Gespräche mit meinen Eltern geführt, die ich nie gedacht hätte, je führen zu müssen."

Mrs. Beckett schüttelte den Kopf und seufzte. „Es hat keinen Sinn, mit dir darüber zu streiten, denn ich weiß sehr wohl, wie stur du sein kannst. Aber wenn du ihn gern hast, bitte versuch, deine Angst zu überwinden. Du sollst nicht an seinen Liaisons mit anderen Frauen zugrunde gehen."

Amelia dachte sofort an die Frau, die ihn zurückgewiesen hatte, und biss die Zähne zusammen. Der Gedanke an ihn ... Nein, sie hatte zu viel Angst vor Intimität. Sie würde lernen müssen, wegzusehen, auch wenn es sie qualvoll umbringen würde.

Kapitel 15

Später an diesem Abend führte Richard Amelia durch
sein Stadthaus.

Sie hatten die Familie Beckett mit dem
Versprechen zurückgelassen, sie bald zu besuchen.
Amelia war sich sicher, dass ihre Wangen noch errötet
waren von den Gesprächen, die sie geführt hatte.

„Du hast einen ähnlichen Geschmack wie deine
Tante", sagte Amelia, als sie nach der Führung in den
Salon zurückkehrten.

Richard lächelte. „Sie sagte mir, ich solle
denselben Ausstatter wie sie anheuern, und obwohl ich
mich manchmal gegen sie auflehne, war es genau das
Richtige, um die Spuren der Vergangenheit in diesem
Haus zu beseitigen. Es erinnerte mich mehr an meinen
Vater als der Landsitz."

„Du hast dich wohl wirklich nicht mit deinem
Vater verstanden?" Amelia war neugierig auf seinen
Hintergrund. Sie hatten bislang wenig miteinander
geteilt, aber es hatte Andeutungen gegeben.

„Nein. Ich habe ihn verabscheut", gab Richard
zu. „Er war der gefühlloseste Rohling, den du dir
vorstellen kannst. Er war überzeugt, dass Schläge der
einzige Weg seien, ein Kind ordentlich großzuziehen."

Amelia zuckte zusammen. „Das ist furchtbar."

„Nach dem Tod meiner Mutter wurde er immer schlimmer. Ich habe nie erlebt, dass er irgendjemandem gegenüber freundlich gewesen wäre."

„Du Armer. Deine Kindheit muss sehr einsam gewesen."

„Zum Glück ist meine Tante eingeschritten und hat mich zu sich genommen. Das hat uns wahrscheinlich das Leben gerettet, denn ich wäre am Ende gewesen, hätte ich weiter mit ihm zusammengelebt. Ich hätte ihn eines Tages umgebracht und wäre dafür am Galgen gelandet."

„Ich bin froh, dass du das nicht getan hast", sagte Amelia.

Richard sah sie nachdenklich an, bevor er sprach. „Du hast großes Glück, eine liebevolle Familie um dich zu haben. Die offene Zuneigung zwischen euch war ermutigend. Ich war jedoch überrascht, wie wenig du deinen Schwestern und deiner Mutter ähnelst."

„Nein, wir können die Unterschiede nicht verbergen, sie sind zu offensichtlich. Jacob und ich kommen nach unserem Vater, aber Clarice ist nicht unsere Mutter, auch wenn wir sie als solche betrachten. Meine leibliche Mutter starb drei Jahre nach meiner Geburt. Ich habe nur vage Erinnerungen an sie."

„Das tut mir leid. Ich bin dankbar dafür, dass ich mich an meine Mutter erinnern kann", sagte Richard sanft.

„Es braucht dir nicht leidzutun, denn ich hatte großes Glück. Papa hat einige Jahre getrauert, aber wir hatten Diener und ein Kindermädchen, die sich bestens um uns gekümmert haben. Ich kann ehrlich sagen, dass ich mich stets geliebt gefühlt habe. Als ich sechs Jahre alt war, brachte Papa Clarice nach Hause und sagte, dass sie unsere neue Mama sei. Ich fand das wundervoll, Jacob anfangs jedoch nicht. Clarice zeigte Geduld im Umgang mit mir, die sehr anhänglich war, aber auch mit Jacob, der sich von ihr bedroht fühlte. Später gab sie zu, dass es die schwierigsten sechs Monate ihres Lebens waren. Ich liebe sie um ihrer selbst willen, aber vor allem für ihre Geduld uns gegenüber. Jacob betet sie an, wie wir alle, und sie hat uns zwei reizende Schwestern geschenkt und Papa sehr glücklich gemacht."

„Abgesehen von den Äußerlichkeiten wäre ich nie auf die Idee gekommen, dass sie nicht deine Mutter sein könnte."

„Ja, die Geschichten über böse Stiefmütter stimmen nicht immer." Amelia lächelte. „Sie hat mich stets wie ihre Tochter behandelt und ich betrachte sie in jeder Hinsicht als meine Mutter."

„Ich bin froh, dass mein Vater nicht erneut geheiratet hat. Er hätte eine andere Frau vernichtet, wie er es mit meiner Mutter getan hat."

Amelia setzte sich neben Richard auf das Sofa. „Ich kann mir nicht vorstellen, was du als Kind durchgemacht hast. Es tut mir leid, dass du so gelitten hast."

„Ich habe stets geglaubt, dass ich nicht gut genug bin, und ich gestehe, dass mich solche Gedanken verfolgt haben." Richard hatte noch nie jemandem außer seiner Tante von seinen Gefühlen erzählt, nicht einmal Bea, und so war er überrascht.

„Oh, das ist eine solch traurige Last für ein Kind! Du Armer."

Richard lächelte sie an. „Ich habe es überlebt."

„Ein Kind muss mehr tun als nur überleben, es muss bestärkt und geliebt werden."

„Die meisten Kinder werden von ihren Eltern ignoriert; bestenfalls werden sie Gästen vorgeführt, wenn sie allmählich die Kinderstube verlassen. Ich nehme an, dass ich mich in mancher Hinsicht nicht allzu sehr von anderen unterschieden habe."

Amelia legte ihre Hand auf seine. „Ich glaube, du spielst es herunter und ich verstehe das sehr gut. Aber es gab nichts, was du hättest tun können, um die Persönlichkeit eines grausamen Mannes zu ändern."

„Danke." Richard nahm ihre Hand und drückte sie. „Deine Worte bedeuten mir sehr viel."

Sie verharrten in dieser Position und starrten sich an, fast so, als wären sie nervös, den Moment der Nähe zu beenden.

Richard führte ihre Hand an seine Lippen und küsste sie. „Ich würde dich gern küssen, aber ich möchte keinen Bruch zwischen uns verursachen."

„Solange es nur ein Kuss ist ...", sagte Amelia.

Richard benötigte keine weitere Ermutigung, zog sie auf sein Knie und küsste sie mit der Leidenschaft, die sich seit den ersten Küssen aufgestaut hatte. Sie zu erforschen, war diesmal noch schöner, denn er wusste bereits, was ihr gefiel, was sie sich an ihn lehnen oder nach seinen Haaren greifen ließ.

Als er seinen Händen erlaubte, über ihren Körper zu fahren, gab sie sich der Bewegung hin und er musste sich selbst davon abhalten, sie auf das Sofa zu werfen, aber er schaffte es irgendwie, einen Funken Verstand zu behalten.

Ein Klopfen an der Tür ließ sie auseinanderfahren und Amelia stolperte auf die Füße, woraufhin Richard fluchte, bevor er ihr half und den Butler anwies, einzutreten.

„Es tut mir leid, Sie zu stören, aber Mr. und Mrs. Grandison möchten Sie sprechen, Sir."

Richard stieß einen weiteren Fluch aus, bevor er aufstand und zum Kamin schritt. „Führen Sie sie herein", knurrte er.

Amelia rückte ihre Röcke zurecht, sah aber Richard überrascht an.

„Du lässt Besucher um diese Uhrzeit ein?"

„Das ist Bea. Ich wusste, dass sie als Erste hier auftauchen würde", sagte Richard.

Amelia suchte sein Gesicht nach Emotionen ab, aber seine Miene war verschlossen. Sie blieb stehen und war ratlos, wie sie auf die verlorene Liebe ihres Mannes reagieren sollte.

Bea trat ein, ihr Gatte folgte ihr pflichtbewusst.

„Richard, mein Liebling! Du hast es geschafft! Herzlichen Glückwunsch! Das ist also die Frau, die mich abgelöst hat? Wie schön, Sie kennenzulernen."

„Bea, Edwin, bitte lassen Sie mich Ihnen die neue Lady Douglas vorstellen", sagte Richard.

200

Bea ging auf Amelia zu und musterte sie von oben bis unten. Amelia sah amüsiert dabei zu, wie sie beurteilt wurde. Bea war eine schöne Frau, aber sie hatte Falten um den Mund und an der Stirn. Ihre Augen waren von einem klaren Blau, doch ihr Lächeln erreichte sie nicht.

„Mylady, was für eine Freude, Sie kennenzulernen", sagte Bea unaufrichtig, bevor sie sich an Richard wandte. „Ich habe dich vermisst, mein Lieber." Sie breitete ihre Arme aus und umarmte Richard.

Amelia sah, wie er kurz die Augen schloss, es war wie ein Dolch, der ihr ins Herz getrieben wurde. Zu hören, dass er immer noch in jemanden verliebt war, war etwas völlig anderes, als es selbst mitanzusehen. Noch vor wenigen Augenblicken hatten sie sich leidenschaftlich geküsst und nun genoss er die Umarmung einer anderen Frau.

„Denken Sie sich nichts dabei", sagte Mr. Grandison. „Die beiden sind immer so, sie können sich nicht voneinander fernhalten. Bea bestand darauf, dass wir Sie besuchen, als wir die Lichter sahen. Sie fuhr seit Ihrer Abreise jeden Tag am Haus vorbei, Mylord."

„Ich war überzeugt, dass du früher von dieser Gesellschaft zurückkehrst." Bea schmollte, als Richard sich aus der Umarmung löste. „Ich gebe zu, ich habe nicht mit deiner Hochzeit gerechnet."

„Nein", antwortete Richard steif.

„Aber Grandison ist so verständnisvoll." Bea lächelte ihren Mann an, der sie mit einem nachsichtigen Blick bedachte.

Richard wandte sich von Bea ab und umklammerte den Kaminsims. Der Raum war eine unangenehme Zeit lang still, bevor Bea sich erneut bewegte, um Richard zu berühren.

„Ach, komm, sei nicht so missgünstig. Du weißt, dass du einen besonderen Platz in meinem Herzen hast, und Grandison hat nichts dagegen. Nicht wahr?" Sie rieb Richards Arm und lächelte ihren Mann an.

„Ich würde mich nie zwischen so gute Freunde drängen", kicherte Mr. Grandison.

Amelia konnte nicht glauben, dass er eine solche Anbiederung seiner Frau zuließ. Die Warnung ihrer Mutter hallte in ihren Ohren wider, während sie zusah, wie Richard geschehen ließ, was auch immer Bea mit ihm vorhatte. Die Gruppe blieb stehen und Amelia weigerte sich, sich zu setzen, trotz der beginnenden Schmerzen in ihren Beinen. Sie würde dieses seltsame Paar nicht zum Bleiben ermutigen.

Bea ging zu ihrem Mann und küsste ihn auf den Mund. „Du bist der beste aller Ehemänner."

„Ich tue mein Bestes, meine Liebe."

„Und du machst das hervorragend. Ich hoffe, deine Frau ist so verständnisvoll und nachsichtig wie mein Mann. Es würde mir missfallen, wenn sich unsere *Freundschaft* ändern würde." Sie warf Amelia einen spöttischen Blick zu, ging zurück zu Richard und strich ihm über den Rücken, während dieser sich ein wenig abwandte.

Richard murmelte etwas, das Amelia nicht hörte, aber Bea lachte und entfernte sich. „Grandison, Richard ist heute Abend ein Griesgram. Wir kennen ihn ja, wenn er müde ist. Lassen wir ihn in Ruhe, aber wir werden die Frischvermählten zu uns nach Hause einladen. Zum Glück lasen wir die Anzeige, bevor wir aufs Land zurückgekehrt sind. Wir packten bereits, nicht wahr, Grandison? Ich hatte mich damit abgefunden, dass du nicht früher zurückkehren würdest. Aber dann sagte ich, wir müssen bleiben, denn ich möchte Richard genauso gern sehen wie er mich."

„Das sagtest du", pflichtete Mr. Grandison ihr bei.

„Auf Wiedersehen, Lady Douglas. Ich bin sicher, wir werden gut miteinander auskommen. Sie scheinen perfekt in unsere kleine Gruppe zu passen", sagte Bea mit einem unaufrichtigen Lächeln auf den Lippen. „Wir lassen Ihnen morgen eine Einladung zukommen."

Sie verließen den Raum. Beas schallendes Gelächter war zu hören, bevor die Haustür geschlossen wurde.

Richard blieb am Kamin stehen, die Haltung steif, die Faust geballt, und Amelia erkannte bald, dass er nichts sagen würde. Sie hätte ihn am liebsten angeschrieben, aber sie würde sich nicht derart blamieren. Stattdessen ging sie zur Tür, doch bevor sie ging, drehte sie sich noch einmal zu ihm.

„Ich erwarte, dass du deine Beziehungen außerhalb unseres Hauses führst. Ich war ungerecht, was die Intimität zwischen uns angeht, und ich kann dir versichern, dass es dafür einen triftigen Grund gibt. Aber ich bitte um ausreichend Respekt, niemanden und schon gar nicht *sie* hier zur Schau stellen."

„Amelia, ich ..."

„Ich möchte das nicht hören", sagte Amelia. „Nach dieser Vorstellung kann ich kein einziges Wort aus deinem Mund glauben. Gute Nacht."

Als sie das Zimmer verließ und die Treppe hinaufging, hörte sie Richard rufen: „Zum Teufel." Aber sie setzte ihren Weg schweren Herzens fort und sehnte sich nach der Unterstützung und dem Trost ihrer Familie.

Kapitel 16

Amelia hatte um ein Frühstückstablett in ihrer Kammer gebeten, anstatt Richard am nächsten Morgen gegenüberzutreten. Normalerweise war sie nicht so feige, aber nachdem sie kaum geschlafen hatte und blass war, konnte sie sich einem Gespräch mit ihm nicht stellen, bevor sie sich nicht gestärkt hatte.

Sie vernahm einen Tumult, nachdem sie Honigkuchen, Brot und Scones gegessen hatte, und ging zu ihrer Zimmertür. Sie befürchtete, dass Bea bereits zurückgekehrt war.

„Ich muss ihn sehen! Er ist der Einzige, der mir helfen kann. Richard! Wo bist du?" Claudes Stimme schallte durch das Haus.

Sie eilte die Treppe hinunter und folgte Claude in den Frühstücksraum. Richard hatte ihr während der Führung gesagt, dass er dort für gewöhnlich ein ungezwungenes Frühstück einnahm.

Claude drehte sich um, als sie hinter ihm den Raum betrat. Er sah sie überrascht und dann leicht amüsiert an, aber sein Lächeln verflog gleich darauf und er wandte sich erneut Richard zu.

„Die Bow Street ist hinter mir her", sagte er und ging auf seinen Cousin zu. „Du musst mir helfen!"

Richard war beim Eintreten seines Vetters aufgestanden, konzentrierte sich jedoch seit Amelias Eintreten auf sie. Als Claude ihn allerdings an den Armen packte, musste er sein Vorhaben unterbrechen, herauszufinden, ob Amelia noch von dem Desaster des Vorabends erschüttert war.

„Claude, was zum Teufel machst du hier? Du hast Nerven, hier aufzutauchen, nachdem du Amelia und mich derart hintergangen und deine Mutter bestohlen hast", entgegnete Richard.

„Vergiss das alles! Ich werde gehängt!"

„Hat deine Mutter dich bei den Behörden gemeldet? Das geschieht dir recht. Du bist nichts weiter als ein Dieb. Du bist sogar schlimmer als ein Strauchdieb. Die wissen wenigstens nicht, wen sie bestehlen. Du hast deine eigene Mutter ausgeraubt", fuhr Richard seinen Cousin an.

„Das hat nichts mit Mutter zu tun!", entgegnete Claude. „Ich habe ihr nur eine Kostprobe ihrer eigenen Medizin gegeben, das ist alles. Hältst du mich für so dumm, alles zu stehlen und mein Erbe und meine Zukunft wegzuwerfen?"

„Bei dir würde mich nichts mehr überraschen."

Claude sank auf den nächstgelegenen Stuhl und warf den Kopf in seine Hände. „Du musst mir helfen, Richard. Sie ist tot, und man will mir die Schuld in die Schuhe schieben."

„Wer ist tot?", fragte Richard.

„Jessie", stöhnte er.

„Wer ist Jessie?", fragte Richard verwirrt.

„Jessie Evans, die Frau, die ich liebe",
antwortete Claude, bevor er in Tränen ausbrach.

Amelia und Richard sahen sich erstaunt an, alle
Zwietracht zwischen ihnen war für den Moment
vergessen. Richard ging zu der Karaffe auf dem
Beistelltisch, schenkte ein Glas ein und reichte es
seinem Cousin.

„Trink das und sag uns, was um Himmels willen
hier los ist."

Claude leerte den Brandy wie angewiesen, aber
es dauerte länger, bis er sich so weit unter Kontrolle
hatte, dass er sprechen konnte. Schließlich sah er sie
an. „Ich weiß, was ich bin und was ihr von mir denkt.
Aber ich will nicht für etwas hängen, mit dem ich nichts
zu tun habe."

„Um Gottes willen, Claude, du bist
hergekommen, damit ich dir helfe. Ich kann nichts für
dich tun, solange du mir nicht sagst, was geschehen
ist."

„Wir kamen nur nach London, um uns zu
amüsieren. Dann wollte ich Jessie heiraten und nach
Hause zurückkehren. Mutter wäre so froh darüber, die
Besitzurkunden für das Anwesen zurückzubekommen,
dass sie unsere Heirat bestimmt akzeptieren würde",
begann Claude.

Amelia und Richard tauschten einen weiteren
Blick aus. Keiner von beiden glaubte, dass seine Mutter
einer Heirat mit Mrs. Evans zugestimmt hätte, ganz
gleich, womit Claude es ihr schmackhaft machen
wollte.

„Haben Sie sie geheiratet?", fragte Amelia.

„Nein, es hätte gestern so weit sein sollen", sagte Claude und war erneut den Tränen nahe. „Sie bestand darauf, in der Nacht vor der Hochzeit in einem anderen Hotel als ich zu übernachten. Sie sagte, es würde Unglück bringen, wenn wir uns sehen würden, und sie wollte, dass wir mit allem Glück ins Eheleben starten."

„Du warst nicht in deinen Zimmern?", fragte Richard.

„Nein. Mutter hätte mich dort aufgespürt, wenn sie mir jemanden an die Fersen geheftet hätte. Von dir erwartete ich nichts, also habe ich uns in einem Hotel einquartiert."

„Ich wollte dich suchen, aber es hat sich verzögert", sagte Richard.

„Das ist genau mein Punkt. Sie hat sich in einem Hotel etwas abseits der Hauptstraße eingemietet und ich habe sie dort vor zwei Tagen zurückgelassen, lebendig und bester Gesundheit." Er leerte das Glas mit dem Brandy und hielt es zum Nachschenken hin. Amelia nahm es ihm ab, denn sie wusste, dass Richard wollte, dass Claude mit seiner Geschichte fortfuhr.

„Was geschah dann?", fragte er.

„Ich tauchte in der Kirche auf und wartete wie ein Narr. Ich konnte nicht glauben, dass sie mich vor dem Altar im Stich ließ; sie war nicht wie Bea. Ich weiß jetzt, wie du dich gefühlt haben musst, und es tut mir leid, dass ich dich dafür verspottet habe, als du dich wie ein verliebtes Mondkalb aufgeführt hast."

„Komm zur Sache", sagte Richard mit zusammengebissenen Zähnen, während Amelia

Claude mit zitternden Händen ein nachgefülltes Glas reichte.

„Ich ging sofort zum Hotel und verlangte, dass man mich in ihr Zimmer ließ. Man kannte mich dort und als die Tür geöffnet wurde, fanden wir sie." Claude schluchzte erneut, aber er nahm einen großen Schluck und versuchte fortzufahren. „Es war offensichtlich, dass sie angegriffen worden war und nicht eines natürlichen Todes gestorben ist. Ich werde ihren Anblick und das viele Blut nie vergessen."

„Was hat das damit zu tun, dass du des Mordes beschuldigt wirst?", fragte Richard vorsichtig.

„Der verdammte Hoteldirektor meinte, dass ich mich als Einziger in dem Zimmer aufgehalten habe. Jessie hat alle ihre Mahlzeiten dort eingenommen, also hat sie niemanden sonst getroffen. Er schrie herum, dass er den Untersuchungsrichter holen würde. Da geriet ich in Panik und rannte davon."

„Das war nicht die klügste Idee."

„Versuch du mal, die Frau, die du liebst, tot vorzufinden, des Mordes an ihr beschuldigt zu werden und dann ruhig zu bleiben!", fuhr Claude Richard an. „Seit ich das Hotel verlassen habe, bin ich verängstigt durch die Straßen gelaufen. Als ich schließlich in meine Unterkunft zurückkehren wollte, sah ich, dass das Gebäude überwacht wird. Da wusste ich, dass du der Einzige bist, der mir helfen kann."

„Ich wüsste nicht, wie ich das tun kann", gestand Richard. „Außer mit den Bow Street Runners oder dem Untersuchungsrichter zu sprechen und sie zu bitten, in andere Richtungen zu ermitteln."

„Das wäre zwecklos! Sie haben sich bereits eine Meinung gebildet. Ich kann dafür nicht hängen, ich habe sie aufrichtig geliebt und hätte ihr nie ein Haar gekrümmt."

Amelia fand es an der Zeit, sich einzuschalten. „Kennen Sie einen Grund, warum jemand Mrs. Evans etwas antun wollte?"

„Meine Mutter?", fragte Claude trocken, bevor er ernst wurde.

„Sie sagte, die Familie ihres Mannes habe sie nach dessen Tod verstoßen, aber ansonsten ist mir nichts bekannt."

„Wir haben die Mutter ihres Mannes getroffen und obwohl wir nicht sicher sein können, wäre ich sehr überrascht, wenn sie einen Mord angestiftet hätte", sagte Amelia. „Sie sehen erschöpft aus, Mr. Greenwood. Ich denke, ein Bad und ein Bett wären angebracht, und dann können wir darüber nachdenken, wie wir am besten vorgehen."

„Sie haben jedes Recht, mich hinauszuwerfen und mich meinem Schicksal zu überlassen, dessen bin ich mir bewusst", sagte Claude zu Amelia. „Falls es hilft, ich habe eingesehen, dass ich ein fürchterlicher Sohn, Vetter, Freund und Beschützer war, aber ich verdiene es nicht, für etwas zu sterben, das ich nicht getan habe."

„Was geschehen ist, ist geschehen." Amelia läutete die Glocke und erteilte dann dem Butler Anweisungen, der nickte und Claude in eines der Gästezimmer führte.

„Ich hätte es dir nicht übel genommen, wenn du ihn hinausgeworfen hättest", sagte Richard.

„Das würde nichts bringen und nur einen Skandal verursachen. Den braucht niemand von uns. Ich weiß allerdings nicht, was ich tun soll, außer ihm vorerst ein Bett anzubieten. Sicherlich wird die Bow Street hier bald nachfragen, wo er sich aufhält."

„Es ist bestimmt nur eine Frage der Zeit. Dem Wortlaut des Briefes an ihre Töchter nach zu urteilen, war Mrs. Evans nicht so engelsgleich, wie Claude es glauben möchte. Das waren die Worte einer harten, weltlichen Frau", sagte Richard.

„Ja. Eine Sache, die die Bow Street nicht so bald herausfinden wird, ist der Aufenthaltsort der Töchter. Mrs. Evans ging in ihrer Nachricht eindeutig davon aus, dass sie in ihre Bleibe zurückkehren würden."

„Wir werden den Mädchen sagen müssen, dass ihre Mutter tot ist", stöhnte Richard. „Verdammter Claude. Ich bitte um Entschuldigung, ich scheine in deiner Gegenwart nichts anderes zu tun als zu fluchen."

„Wenn du deiner Frau gegenüber nicht offen sein kannst, wäre das sehr traurig." Amelias Tonfall war scharf.

„Ich könnte dir entgegnen, dass die von dir erwähnten Gefühle in beide Richtungen wirken, aber ich möchte mich nicht streiten. Soll ich die Nachricht allein überbringen?", fragte Richard. Sein Tonfall klang distanziert, aber in seinen Augen lag ein Hauch von Traurigkeit, den Amelia nicht verstehen konnte. Doch er hatte recht, es war nicht der richtige Zeitpunkt für ein solches Gespräch.

„Ich werde dich begleiten. Wir werden einige schwierige Fragen stellen müssen", antwortete Amelia.

„Eines Tages mag das Leben einfach sein, aber mit meinem Vetter wird es das nie." Richard seufzte und läutete die Glocke, um die Kutsche vorfahren zu lassen. „Du wirst deine Familie im Laufe der Zeit immer mehr zu schätzen wissen und ich werde mich ständig für meine entschuldigen müssen."

***

Laura und Sarah die Todesnachricht zu überbringen, war für beide eine der schwersten Aufgaben ihres bisherigen Lebens. Es war bemitleidenswert, wie die Mädchen in sich zusammensackten, verzweifelt über den Tod der eigenen Mutter. Es dauerte eine Weile, bis sie sich so weit gefasst hatten, dass sie zusammenhängend sprechen konnten.

„Ich hegte keine Sympathie für Jessie, aber ich hätte ihr nie etwas Böses gewünscht", sagte Mrs. Evans. „Verzeihen Sie die Frage, aber besteht die Möglichkeit, dass Ihr Vetter sie ermordet hat?"

„Ich habe darüber nachgedacht", antwortete Richard. „Ich bin kein großer Freund meines Vetters und der Erste, der zugibt, dass er viele Fehler hat, aber in diesem Fall denke ich, dass er die Wahrheit sagt. Er ist am Boden zerstört, hatte die Hochzeit arrangiert und stand vor dem Altar. Ich bezweifle, dass selbst Claude eine solche Farce aufrechterhalten könnte, und es gibt keinen Grund für ihn, sich so zu verhalten. Wenn er es gewollt hätte, hätte er jeden weiteren Kontakt mit Mrs. Evans vermeiden können. Sie hatte kein Geld oder sonst etwas, das Claude haben wollte. Für ihn gäbe es kein Motiv, selbst wenn sie sich gestritten hätten. Ich kenne seine Reaktion in solchen Fällen. Er macht sich aus dem Staub und schmollt. Er ist kein gewalttätiger Mann."

„Sie haben recht, es gibt kein Motiv", sagte Mrs. Evans. „Aber wer sollte eines haben? Meinen Sie, es könnte ein unglücklicher Zufall gewesen sein, der falsche Ort zur falschen Zeit?"

„Der Hoteldirektor meinte, sie habe das Zimmer nicht verlassen und habe mit niemandem außer dem Personal Kontakt gehabt", sagte Amelia. „Das erscheint mir alles sehr merkwürdig."

„Was wird mit uns geschehen?", fragte Sarah.

„Ihr werdet bei mir bleiben, bis ihr heiratet. Es wird natürlich eine Trauerperiode geben, aber ich bin fest entschlossen, euch gut unterzubringen", antwortete Mrs. Evans.

„Wir hatten gehofft, dass Sie uns ein wenig über Ihr Leben in London erzählen könnten. Wer Sie besucht hat, wo Sie gewohnt haben", sagte Richard sanft.

Laura und Sarah tauschten Blicke aus, bevor Laura zu sprechen begann.

„Mama hat die Leute die meiste Zeit über getäuscht. Wir wohnten in einem sehr rauen Teil der Stadt, aber wenn sie danach gefragt wurde, erwähnte sie stets eine schönere Gegend. Wir hatten eine Stube und zwei Schlafzimmer, die Küche teilten wir mit anderen. Mama ergatterte jedoch Einladungen zu vielen Bällen und Veranstaltungen und sagte stets, wir sollten dort so viel wie möglich essen."

„Sie versteckte Dinge in ihrem Retikül, wenn es ihr möglich war", sagte Sarah.

„Auch Wertgegenstände?"

„Ich weiß es nicht genau, aber nachdem sie Ihre Tante bestohlen hat, würde mich das nicht wundern. Sie hat uns nie davon erzählt, aber uns ist aufgefallen, dass ihr Retikül auf dem Heimweg manchmal voller war", sagte Laura. „Wir hatten immer Angst, dass jemand etwas bemerkt und einen Aufstand macht."

„Sie bekam von mir eine Zuwendung, die es euch ermöglicht hätte, in einer schöneren Gegend zu wohnen", knurrte Mrs. Evans. „Wofür hat sie das Geld ausgegeben?"

„So wie es sich anhört, für eine Fassade", sagte Richard.

„Wir besuchten die besten Modistinnen, aber die Pakete durften nie geliefert werden. Wir mussten immer alles selbst abholen. Sie kaufte die besten Pferde für uns, damit wir im Hyde Park reiten konnten", sagte Sarah.

„Es war, als würde ich zwei Leben führen." Laura schniefte und ihre Augen füllten sich erneut mit Tränen. „Ich habe unsere Wohnung gehasst, vor allem, wenn Mama sagte, ich dürfte mit niemandem sprechen, weil ich sonst mein Leben ruiniert in der Gosse verbringen würde."

Amelia sah die ältere Mrs. Evans mit einem gewissen Mitgefühl an. Die Frau schien jeden Moment zu platzen. Ob sie wütend oder niedergeschlagen war, wusste sie nicht, aber sie war augenscheinlich ebenso schockiert wie Amelia, als die Mädchen von ihrem Leben erzählten.

„Es war anstrengend", sagte Laura. „Eine Einladung zu einer Hausgesellschaft war im Grunde ein Geschenk des Himmels. Wir konnten uns ein wenig entspannen, obwohl Mutter uns unentwegt ansporte, einen Ehemann zu finden, koste es, was es wolle. Sie hatte sogar davon gesprochen, eine kompromittierende Situation zu arrangieren, aber dann freundete sie sich mit Mr. Greenwood an."

„Eine perfekte Lösung für sie, sie wäre für den Rest ihres Lebens versorgt gewesen", sagte Richard.

„Verzeihen Sie die unsensible Frage, aber hatte Ihre Mutter jemals männliche Besucher in Ihrer Wohnung oder hat sie sich mit ihnen getroffen?", fragte Amelia. „Es ist nur so, dass sie in der Nachricht vorschlug, Sie könnten von einem Gönner unterstützt werden." Sie war sich nicht sicher, ob ihre Worte feinfühlig genug waren, aber es musste nun einmal gefragt werden.

„Diese Frau!" Mrs. Evans murmelte grimmig vor sich hin. Laura errötete und wirkte verlegen.

„Wir verurteilen sie nicht, wir versuchen nur zu verstehen, ob es jemanden gab, der sich mit ihr überworfen haben könnte", sagte Richard sanft.

„Sag es ihnen, Laura. Sie kann uns jetzt nicht mehr verfluchen", sagte Sarah zu ihrer Schwester.

„Ich erinnere mich nicht an alles, aber vor ein paar Jahren gab es einen Mann, von dem sie dachte, er würde sie heiraten. Doch sie zerstritten sich, als er offenbarte, dass er keine solche Absicht hatte. Ich denke nicht, dass er reich war, aber er lebte in einer besseren Gegend als wir."

„Das war nicht schwer", sagte Sarah.

„Wir hatten kein schlechtes Leben!", entgegnete Laura.

„Wann immer wir einen Schritt vor die Tür setzten, waren wir in Gefahr. Wenn du das nicht verstanden hast, ich jedenfalls schon. Niemand sonst war so fein gekleidet wie wir. Aufgrund der Kleider hielt man uns für wohlhabender, als wir es waren. Ich hatte immer Angst, bis wir in eine Kutsche stiegen und alles hinter uns lassen konnten."

„Es war ein Wunder, dass ihr nicht überfallen wurdet!", sagte Mrs. Evans.

„Ich habe es jeden Tag erwartet", sagte Laura und schenkte Sarah ein trauriges Lächeln. „Ich habe versucht, meine Angst zu verbergen, denn ich wollte dir Mut machen. Glaub mir, ich hatte ständig Angst."

„Ihr armen Kinder." Mrs. Evans umarmte eine nach der anderen.

„Gab es weitere Gentlemen?", fragte Richard.

„Es gab einen, aber er hat uns nie besucht. Sie hat ihn in der Stadt getroffen."

„Kannten Sie seinen Namen?"

„Nein", antwortete Laura. „Sie sagte stets nur: *groß im Namen, groß im Geben*. Sie hat uns allerdings seine Geschenke gezeigt: Kleider, Schals und Schmuckstücke und Geld."

„Wie lange ging das schon so?", beharrte Richard.

„Zwei Jahre? Vielleicht länger? Ich weiß es nicht genau. Sie hat jedoch nicht erwartet, dass dieser Mann sie heiratet. Sie sagte, er sei für den Moment gut genug und sie seien beide mit der Situation glücklich. Er hat ihr wohl dabei geholfen, Einladungen zu bekommen, und uns als entfernte Verwandte ausgegeben. Aber wir wurden ihm nie vorgestellt", sagte Laura. „Glauben Sie, er könnte etwas mit ihrem Tod zu tun haben?"

„Ich habe keine Ahnung", antwortete Richard ehrlich. „Ich versuche nur, mir ein Bild vom Leben Ihrer Mutter zu machen und herauszufinden, wer ein Motiv haben könnte, sie zu töten."

Sarah brach bei seinen Worten in Tränen aus. „Ich kann nicht glauben, dass ich sie nie wiedersehen werde! Es ist so schrecklich! Ich habe zwar gesagt, dass ich sie nicht wiedersehen will, aber ich habe es nicht so gemeint!"

„Wir werden Sie in Ruhe lassen", sagte Amelia zu Mrs. Evans. „Wenn wir Ihnen helfen können, lassen Sie es uns bitte wissen."

„Danke, aber wir kommen schon zurecht", sagte Mrs. Evans. „Ich hoffe nur, Sie finden heraus, wer das getan hat."

„Wir auch", sagte Amelia.

Kapitel 17

Auf der Rückfahrt zu Douglas House konnte Amelia nicht umhin, eine Frage zu stellen, die sie schon seit Claudes Äußerungen beschäftigte.

„Auf die Gefahr hin, unsensibel und egoistisch zu klingen, darf ich dich etwas Persönliches fragen?"

„Du darfst."

„Hat sie dich wirklich vor dem Altar stehen lassen, wie Claude sagte?"

Richard sah sie misstrauisch an, schüttelte jedoch den Kopf. „Claude neigt zur Dramatik. Nein, das hat sie nicht, aber es war knapp genug, um mich zum Narren zu halten. Alles war bereits arrangiert worden."

„Das muss hart gewesen sein."

„Ich war am Boden zerstört und wütend zugleich. Es hat mir wieder einmal bewiesen, dass ich nicht gut genug bin." Richard zuckte mit den Schultern.

Amelia starrte ihn erstaunt an und konnte ihre Worte nicht zurückhalten. „Ich kann nicht glauben, dass du das gedacht hast! Ich würde eher die Frau tadeln, die einen Mann im Stich lässt, der offensichtlich in sie verliebt ist und dem sie sich bereits versprochen hat."

„Du bist ausnahmsweise mit meiner Tante einer Meinung." Richard lächelte ein wenig.

„In diesem Punkt hat sie recht. Wie lange hat es gedauert, bis sie Mr. Grandison geheiratet hat?"

„Etwa einen Monat."

„Das muss Gerede verursacht haben."

„Das hat es. Es überrascht mich, dass du nichts davon gehört hast. Es stand in jeder Klatschzeitung."

„Auch das führe ich auf meine Verletzung zurück. Mama und Papa wollten nicht, dass ich mich aufrege, indem ich lese, was mir in der Saison entging. Also erreichten uns nur spärliche Informationen."

„Sie haben wirklich alles getan, was sie konnten, um dir zu helfen, nicht wahr?"

„Das ist es, was eine Familie tut."

Sie verfielen erneut in Schweigen, es war jedoch ein angenehmeres als zuvor. Es betrübte Amelia, dass sie keine Liebe in ihm wecken konnte, denn obwohl er keine Gefühle für sie hegte, war sie fürchterlich in ihn verliebt. So wie die Dinge standen, wusste sie nicht, wie sie die Situation verbessern könnte, und sie war sich nicht sicher, ob sie mit einem Mann leben konnte, der eine andere liebte. Aber sie akzeptierte, dass sie es versuchen musste.

Als sie zu Hause ankamen, hatten sie gerade erst das Haus betreten, als sie erfuhren, dass Mrs. Grandison im Salon auf sie wartete.

„Bea ist hier?", fragte Richard und schloss für eine Sekunde die Augen, als würde er sich wegwünschen.

„Sie darf sich frei im Haus bewegen?", fragte Amelia.

„Nicht wirklich. Vielleicht ein wenig", kam die beschämte Antwort.

„Es wird immer besser", murmelte Amelia und schritt in den Salon. „Guten Tag, Mrs. Grandison. Das ist eine unerwartete Überraschung."

„Oh, bitte, nennen Sie mich Bea", sagte Bea und stand auf. Sie hatte ein Teetablett neben sich stehen, auf dem sich eine Auswahl an Törtchen befand. „Schließlich werden wir gute Freundinnen sein. Der Tee ist noch heiß. Möchtet ihr welchen?"

Amelia sah Richard mit hochgezogenen Augenbrauen an, ein deutlicher Hinweis darauf, was sie von einer solchen Situation hielt. In ihrem eigenen Haus Tee angeboten zu bekommen, war eine Beleidigung sondergleichen, aber Amelia schüttelte nur den Kopf und antwortete mit zusammengebissenen Zähnen. „Nein, danke."

„Du doch bestimmt, mein Liebster", sagte Bea zu Richard. „Ich weiß, wie du bist, wenn du morgens nicht die erforderliche Menge Tee trinkst. Er kann sich in ein rechtes Biest verwandeln, wissen Sie." Bea stand auf und reichte Richard die Tasse, legte dann aber ihre Hand auf seinen Arm.

„Was verschafft uns die Ehre Ihres Besuches?", fragte Amelia. Sie spürte regelrecht, wie sich ihre Nackenhaare aufstellten, als Bea Richards Arm weiter streichelte und er einfach nur dastand und sie gewähren ließ.

„Hast du ihr nicht von uns erzählt, mein Lieber?" Bea wandte sich schmollend an Richard. „Ich dachte, ich wäre deine Nummer eins? Wir besuchen uns jeden

Tag und besprechen, welche Veranstaltungen wir abends besuchen. Wir tanzen gern miteinander und obwohl mein lieber Richard manchmal ein wenig albern sein kann, sind wir nicht gern voneinander getrennt."

„Tatsächlich? Es überrascht mich, dass du das nie erwähnt hast, zumal du weißt, wie gern ich tanze", sagte Amelia und gab Richard zu verstehen, wie sehr sie die Worte wegen ihrer eigenen Unfähigkeit zu tanzen schmerzten. Er zuckte zusammen und so wusste sie immerhin, dass er sie verstanden hatte.

„Bea, setz dich", sagte Richard.

„Nur, wenn du dich neben mich setzt", sagte Bea.

Als es so aussah, als ob Richard einwilligen würde, konnte Amelia es nicht länger ertragen. „Darf ich fragen, Mrs. Grandison, warum Sie so viel Zeit mit meinem Mann verbringen wollen, wo Sie doch durch Ihre Zurückweisung und die Heirat eines anderen deutlich zum Ausdruck gebracht haben, dass er nicht der Richtige für Sie ist?" Bea starrte Amelia an, worüber sie froh war. Sie führte diese Diskussion lieber ohne falsche, blumige Worte, die ihr eine Gänsehaut bescherten. „Ich würde darüber hinaus gern wissen, warum mein Mann, den Sie offensichtlich verletzt haben, sich diesen Unsinn gefallen lässt wie ein Hündchen, das an der Leine herumgeführt wird."

„Amelia ...", sagte Richard.

„Ich verlange Antworten. Sofort."

„Sie versteht es nicht", sagte Bea zu Richard. „Du dummer Junge, du hast es ihr nicht gesagt. Wir lieben uns und werden uns immer lieben, aber ich brauchte jemanden wie meinen Grandison, der mir genau das gibt, was ich mir von einem Ehemann wünsche. Richard konnte das nicht."

Amelia wurde bei Beas Worten übel, aber sie ließ es sich nicht anmerken. „Und was wäre das?"

„Meine Freiheit. Als Lady Douglas hätte ich nicht nach Belieben durch die Stadt ziehen können. Ich hätte einen Erben zeugen müssen, das hätte nicht gepasst. Auf diese Weise kann ich meine Zeit mit Richard ohne die Fesseln des Ranges genießen und mein lieber Grandison hat nicht das Geringste dagegen."

„Dann ist er ein Narr", sagte Amelia spöttisch. „Sagen Sie mir, was halten die Frauen davon, dass Sie bei deren Ehemännern liegen? Drücken sie ein Auge zu, wie Ihr lieber Grandison es tut?"

„Amelia!" Richard schüttelte den Kopf. „Deine Worte sind unangemessen."

„Sind Sie das?", fragte Amelia. „Du überraschst mich. Ich wage zu behaupten, dass ein Mann, der eine Beziehung mit einer verheirateten Frau unterhält, sich kein Urteil darüber erlauben darf, was angemessen ist und was nicht. Wenn es dir gefällt, der Spielball dieser Frau zu sein und dich dafür lächerlich zu machen, ist das deine Sache. Aber ich werde mich in diese … entartete Konstellation nicht hineinziehen lassen!"

„Wie können Sie es wagen!", stotterte Bea.

Amelia trat nach vorn, bis sie ganz nah an Beas Gesicht war. „Ich wage es, denn das ist mein Mann, nicht Ihrer, und das ist mein Haus, nicht Ihres. Ich werde nicht dulden, dass Sie sich hier wie die Hausherrin aufführen. Von heute an werden Sie dieses

Haus nicht mehr ohne meine Zustimmung betreten. Sie werden nicht auf unsere Rückkehr warten und sich nicht gemütlich einrichten, denn das ist nicht Ihr Haus und das wird es auch nie sein. Und jetzt verschwinden Sie." Amelia war noch nie in ihrem Leben so wütend gewesen und die Tatsache, dass Richard kein Wort gesagt hatte, um sie zu unterstützen oder Beas unverschämte Handlungen zu unterbinden, befeuerte sie noch weiter.

„Richard! Das ist doch absurd! Sag es ihr!", appellierte Bea an Richard.

„Ich denke, du solltest gehen, Bea", sagte Richard und Amelia konnte nur vermuten, dass er wütend war, weil sie seine große Liebe beleidigt hatte.

Bea schaute zwischen den beiden hin und her, gab sich schließlich geschlagen und zuckte mit den Schultern.

„Ich werde mich verabschieden, aber ich hoffe, ihr könnt diesen Unsinn aus der Welt schaffen, denn es gibt keinen Grund, das bisherige Arrangement zu ändern."

Als sich die Tür hinter Bea schloss, knirschte Amelia mit den Zähnen. *„Du solltest gehen, Bea?* Ist das alles, was du dazu zu sagen hast?", fragte sie.

Sein Gesicht war blass und versteinert. „Ich hielt es für das Beste, dich nicht weiter zu quälen."

„Denkst du, ich werde mich beruhigen, wenn ich gerade erfahre, dass deine Geliebte deinen Haushalt führt, und du von mir erwartest, dass ich wie ein Esel danebenstehe und es einfach akzeptiere? Du steckst voller Überraschungen. Im Haus deiner Tante spieltest

223

du dich auf wie der große Earl, der jeden, der unter seiner Würde war, mit Spott und Hohn bedachte, und jetzt? Vor dieser Frau bist du nicht mehr als ein Narr."

„So ist das nicht", sagte Richard hitzig.

„Für mich schon, und auch wenn es egoistisch von mir sein mag, weigere ich mich, das zu akzeptieren. Eine Ehe ohne Liebe ist bereits schlimm genug, doch ich habe es akzeptiert. Aber das? Ich könnte einige Dinge tolerieren, aber dich mit ihr zu teilen? Niemals. Ich gehe."

„Was meinst du?" Richard sah erschrocken aus.

„Genau das, was ich gesagt habe. Ich gehe. Bitte entschuldige mich."

***

Es war nicht nötig, an Amelias Zimmertür zu klopfen. Sie stand offen und gab den Blick frei auf sie, wie sie ihre Kleidung aus den Schubladen holte und in einen Schrankkoffer warf.

„Du gehst." Richard hatte das Gefühl, dass seine Welt außer Kontrolle geriet.

„Was könnte ich sonst tun?", fragte Amelia und hielt nur lange genug inne, um ihn anzustarren. „Ich weigere mich, mich zum Narren halten zu lassen, egal, was für eine Ehe wir führen. Glaubst du, ich kann zusehen, wie du mit einer anderen Frau das Bett teilst?"

„Vielleicht bin ich ein Dummkopf, aber da du nur dem Namen nach meine Frau sein möchtest, verstehe ich nicht, warum dich das so sehr stört."

Sie warf die Kleider, die sie in der Hand hielt, in den Portmanteau und hielt inne. „Nur weil ich keine Ehe im biblischen Sinne führen kann, heißt das nicht, dass ich es nicht möchte."

Richard trat durch die Tür, schloss und verriegelte sie und kam auf sie zu. „Weder Bea noch sonst jemand stellt eine Bedrohung für dich dar", sagte er sanft.

„Aber sie sagte ..."

„Es tut mir leid, dass ich dich im Stich gelassen habe. Ich hätte sie zum Schweigen bringen sollen, aber ich war von ihren Worten überwältigt. Sie hat mir immer versprochen, dass wir einmal zusammenkämen, und wie ein Narr habe ich auf ihre Aufmerksamkeit gewartet. Aber bis heute hat sie nie derart offen gesprochen oder tatsächlich die reale Möglichkeit einer Liaison zwischen uns angedeutet", sagte Richard.

Amelia wandte sich von ihm ab. „Ich verstehe, dass es eine große Versuchung ist, wenn du sie noch liebst. Aber es tut mir leid, ich kann nicht danebenstehen und wissen, was zwischen euch passiert."

Richard berührte sanft ihr Kinn, bis sie zu ihm aufsah. „Das könnte ich dir niemals antun. Ich war wie vom Donner gerührt, aber nur deshalb, weil ich erwartet hatte, bei einem solchen Vorschlag mit offenen Armen und geschwellter Brust zu ihr zu laufen. Doch der Gedanke stieß mich ab. Ich konnte nur noch daran denken, dass du in deinem eigenen Haus unverzeihlich beleidigt wurdest und mich dennoch verteidigst. Du hast Anspruch auf mich als deinen Ehemann erhoben und das ließ mein Herz höherschlagen." Er lächelte sie an und steckte ihr eine Haarsträhne hinter das Ohr. „Verstehst du nicht? Ich habe Bea vielleicht einmal geliebt, aber dann wurde ich in eine Situation hineingezogen, von der ich dachte, ich wollte sie. Es war unerträglich, Bea heute zu sehen, wie sie im Salon saß und sich aufführte, als gehöre das Haus ihr. Wäre ich bei klarem Verstand gewesen, hätte ich sie hinausgeworfen."

„Hättest du das wirklich getan? Oder ist das dein Versuch, mich zu beschwichtigen, um dein Gesicht zu wahren? Um mich zum Bleiben zu überreden und dann eure Liaison fortzusetzen?"

Amelia wollte ihm glauben. Sie hätte ihn wegstoßen und weiterpacken sollen, um diesen Albtraum nie wieder zu erleben, aber sie mochte ihn, sie liebte ihn, und seine Worte beruhigten sie.

„Zwischen Bea und mir ist nichts und wird auch nie etwas sein. Sie hat ihre Chance verpasst, als sie Grandison heiratete. Aber noch wichtiger ist, dass ich nicht möchte, dass du gehst", antwortete Richard. „Alle, die ich liebe, verlassen mich. Wenn du gehst, könnte ich das nicht ertragen, denn ich habe mich noch nie so sehr nach jemandem gesehnt wie nach dir."

Die Aufrichtigkeit in seiner Stimme berührte sie und ihr Groll schien zu schmelzen. „Aber ich habe dich als Ehefrau enttäuscht."

Richard zog sie zu sich auf die Chaiselongue. „Was ist wirklich los, Amelia? Dein Vater erzählte mir, dass du dir stets ein Haus voller Kinder gewünscht hast. Er war schockiert, als er hörte, dass wir keine haben werden. Da du in einer so warmherzigen und fürsorglichen Familie aufgewachsen bist, kann ich deinen Wunsch verstehen. Mir ist bewusst, dass wir uns in mancher Hinsicht fremd sind, aber das kann doch nicht der Grund dafür sein? Da muss noch etwas anderes sein."

Als sie ihren Kopf senkte, um seine Hände zu betrachten, die in ihren verschränkt waren, wusste sie, dass sie ehrlich zu ihm sein musste. Es war an der Zeit, stark zu sein, aber die Aussicht auf seine Reaktion ließ die Tränen fließen.

„Ich kann es nicht ertragen, dass du mich ohne Kleidung siehst. Ich bin ein Monster", stieß sie hervor, bevor sie in Schluchzen ausbrach.

Kapitel 18

„Ich verstehe das nicht." Richard war von Amelias Reaktion ehrlich verwundert. Sie war wütend geworden, nicht niedergeschlagen, und das erschütterte ihn fast so sehr wie der Gedanke, dass sie ihn verlassen würde. Er hätte Bea für den gestrigen Abend und den heutigen Tag umbringen können. Sie benahm sich wie ein eifersüchtiges Gör, wozu sie kein Recht hatte, und es war seiner Schwäche und Verwirrung geschuldet gewesen, dass er nicht eingeschritten war. Er verfluchte sich für seine Untätigkeit.

„Sarah hatte recht mit dem, was sie sagte. Ich bin entstellt und könnte die Abscheu nicht ertragen, wenn mich jemand sieht", schluchzte Amelia. „Gerade deine nicht."

„Was meinst du mit *gerade meine nicht*?", fragte Richard und strich ihr über den Rücken. Er wollte sie trösten, aber er wusste nicht, wie er ihren Kummer lindern könnte.

„Du bist der einzige Mensch, bei dem ich es nicht ertragen könnte, dass er mich mit Verachtung oder Abscheu betrachtet. Lieber würde ich nie das Bett mit dir teilen und eine einsame Ehe führen, als mich dem zu stellen."

„Denkst du, ich wäre so grausam?"

„Es wäre absolut verständlich."

„Sprechen wir über deine Narben? Von der Verletzung?"

„Ja."

Richard nahm ein Taschentuch aus seiner Tasche und nahm Amelias Hände von ihrem Gesicht. „Ist es das, was diese Distanz zwischen uns verursacht?", fragte er und wischte ihr sanft die Tränen von den Wangen.

„Natürlich!"

„Dann kann ich mit Fug und Recht behaupten, dass du der Dummkopf bist, nicht ich! Wie kannst du mich für so gefühllos halten? Das grenzt an eine Beleidigung." Richard ärgerte sich über ihre schlechte Meinung von ihm.

„Mir wurde mehr als einmal gesagt, dass du zu Hohn und Spott neigst", verteidigte sich Amelia.

„Ich dachte, du kennst mich besser."

„Das tue ich nicht, wenn du leugnest, je mit dieser Frau beisammen gelegen zu sein. Denn ich bin überzeugt, dass du es getan hast."

„Das habe ich nicht und werde ich auch nie. Das kann ich dir, ohne zu zögern, schwören", sagte Richard ernst. „Aber ich möchte nicht mehr an sie denken und sie soll sich nicht zwischen uns drängen. Ich habe mich vom ersten Moment an nach dir gesehnt. Ich wollte dir eine Abfuhr erteilen für deine Bemerkungen über meine Lorgnette. Stattdessen habe ich dich angestarrt wie ein betörter Narr."

Amelia lächelte. „Das hast du nicht!"

„Das habe ich, verdammt noch mal", sagte Richard. Er beugte sich vor und küsste sie auf die Wange, um seine Worte zu mildern.

Seufzend blickte Amelia noch einmal zu Boden. „Ich will dein Mitleid ebenso wenig wie deine Abscheu."

Richard stand auf und zog sie auf die Füße. Er legte seine Finger unter ihr Kinn und hob es an, bis sie gezwungen war, ihm in die Augen zu sehen. „Ich würde dich niemals zurückweisen oder bemitleiden, meine kämpferische, tapfere Frau. Aber wenn du mir ausreichend vertraust, möchte ich dir zeigen, was es heißt, dich so zu lieben, wie du geliebt werden solltest."

Als sie scharf einatmete, erhöhte sich Amelias Herzschlag. „Aber was ist, wenn ..."

„Nein. Nichts von alldem", unterbrach Richard sie. „Niemand von uns ist perfekt. Wirst du mir helfen, wenn ich Albträume leide und weinend aufwache, oder wirst du mich auslachen?"

„Natürlich werde ich dich nicht auslachen! Das wäre grausam."

„Ich hätte das auch nie von dir erwartet, denn ich vertraue darauf, dass du mich unterstützt. Vertrau du mir ebenfalls."

„Es sind meine eigenen Ängste, die mich aufhalten, und ich fürchte mich davor, sie loszulassen."

„Ich verspreche dir, dass ich dich niemals im Stich lasse."

„Aber ich habe Angst", sagte Amelia, obwohl sie ihn so sehr wollte. Ihr Körper reagierte auf ihn, auch wenn ihr Verstand zögerte.

„Das habe ich auch, denn ich möchte dich nicht enttäuschen. Lass mich dir zeigen, welches Vergnügen dich erwartet, aber ich verspreche, aufzuhören, wenn du es wünschst."

„Das ist nicht fair dir gegenüber."

„Deine Nähe ist alles, was ich brauche", sagte Richard und forderte schließlich ihren Kuss ein.

Als sie ihm nachgab, zog er sie vor Erleichterung zu sich. Es fühlte sich an, als wäre sie genau für diese Position gemacht worden. Er fuhr mit einem Finger ihre Wirbelsäule hinunter und sie erschauerte unter seiner Berührung, schlang ihre Arme um seinen Hals und griff in sein Haar.

Als er ihre Kieferpartie und ihren Hals erkundete, flüsterte er: „Womöglich lasse ich mir nie mehr die Haare schneiden. Ich liebe es, wie du mit deinen Händen darin Forderungen stellst."

Amelia kicherte, aber die Hitze kroch ihr in die Wangen. „Ich brauche dich, Amelia. Zwischen uns soll alles perfekt sein."

„Das ist es."

„Oh, meine Liebe, das ist noch gar nichts", murmelte er und bewegte sich noch einmal zu ihren Lippen. Als er ihr Kleid langsam auszog, spürte er, wie sie sich anspannte. „Wenn ich aufhören soll, sag es, und ich werde es tun", hauchte er auf ihre Lippen. Sie sah ihn mit großen Augen an. Keuchend nickte sie und wurde mit einem warmen Lächeln belohnt. „Wir werden es ganz langsam angehen und du wirst es nicht bereuen."

Er öffnete vorsichtig jeden Knopf, während er sie immer noch küsste, und er genoss, wie sie sich an ihn schmiegte. Er wollte sie so sehr, dass es ihm wehtat, aber er würde dafür sorgen, dass sie es nicht bereuen würde.

Ein Klopfen an der Tür und ein Rütteln an der Klinke ließen sie auseinanderfahren, bevor ihnen einfiel, dass die Tür verriegelt war.

„Verschwinde!", befahl Richard.

„Richard! Die Bow Street ist hier! Ich brauche dich!", rief Claude durch die Tür.

Richard lehnte seine Stirn an die von Amelia und seufzte. „Mein verfluchter Cousin. Ich sollte ihn der Bow Street überlassen. Dann kann er mir nichts mehr verderben."

Amelia lachte, ihre Atmung hatte noch nicht ihren normalen Rhythmus erreicht. „Wir müssen ihm helfen."

„Fünf Minuten, Claude!", rief er. „Vermutlich werden wir ihm helfen müssen. Aber sobald das hier vorüber ist, werde ich ihn für mindestens sechs Monate aus diesem Haus verbannen."

„Wirst du mich bis dahin satthaben?", stichelte Amelia.

Er küsste sie grob, bevor er sie umdrehte und die geöffneten Knöpfe schloss und dabei weiter ihren Hals küsste. „Selbst wenn ich hundert Jahre alt werden würde, könnte ich nie genug von dir haben."

„Ist es nicht noch zu früh für so große Worte?", fragte Amelia, deren Selbstzweifel erwachten, kaum dass sie in die Normalität zurückkehrte.

„Das hätte ich dir schon nach unserem ersten gemeinsamen Abendessen sagen können", sagte Richard. „Als mein Bein damals deines streifte, kam es mir vor, als wäre mein Körper zum ersten Mal lebendig geworden. Auch wenn das fantasievoll klingen mag, ich kann dir nur versichern, dass es wahr ist."

„Du hast es gespürt?", fragte Amelia.

„Oh ja. Also dann, retten wir meinen Vetter, dann können wir weitermachen." Mit einem flüchtigen Kuss legte Richard ihre Hand auf seinen Arm und sie gingen zur Tür.

***

„Lassen Sie mich das klarstellen", sagte Richard zu dem Beamten der Bow Street, als sie alle in seinem Arbeitszimmer saßen. „Sie sind hier, um meinen Vetter wegen Mordes an seiner Verlobten zu verhaften, weil der Hoteldirektor behauptet, er sei als Einziger mit Mrs. Evans gesehen worden?"

„Mr. Greenwood war ihr einziger Besucher", antwortete der Beamte.

„Von dem Sie wissen. Ich glaube kaum, dass sich jemand, der einen Mord begehen wollte, ankündigen würde."

„Nein, aber wer sonst würde Mrs. Evans etwas antun wollen?", antwortete der Beamte, der sich von Richard nicht einschüchtern ließ.

„Warum sollte ihr zukünftiger Ehemann, der in der Kirche auf seine Braut wartet, noch dazu mit einem Geistlichen, ihr etwas antun wollen?"

Claude hatte still dagesessen, er wirkte blass und ängstlich, aber bei Richards Worten sprang er auf. „Ich habe sie geliebt! Sie war die Einzige, die sich um mich sorgte. Warum zum Teufel sollte ich ihr wehtun wollen?"

„Vielleicht hat Ihr stürmisches Temperament Sie dazu verleitet, die Kontrolle zu verlieren. Ihre Anwesenheit in der Kirche könnte ein geschickter Trick gewesen sein", sagte der Beamte mit süffisanter Miene.

„Ich bezweifle, dass jemand von uns ruhig geblieben wäre, wenn wir soeben unsere Verlobte verloren hätten und nun des Mordes an ihr beschuldigt würden." Richard mischte sich ein, bevor Claude sich noch mehr Ärger einhandeln konnte. „Haben Sie überprüft, ob etwas fehlt? Könnte es sich um einen Raubüberfall gehandelt haben?"

„Wenn Mr. Greenwood mir eine Liste der Gegenstände geben könnte, die Mrs. Evans mit ins Hotel genommen hat, kann ich überprüfen, ob ihre Sachen noch vorhanden sind."

„Claude, geh in den Frühstücksraum, auf dem Schreibtisch am Fenster liegt Schreibpapier. Fertige eine Liste an und bemühe dich um Vollständigkeit", sagte Richard.

„Warum kann ich das nicht hier tun?", fragte Claude, der offensichtlich nicht bereit war, den Raum zu verlassen.

„Ich möchte, dass du dich konzentrierst. Wenn wir uns weiter unterhalten, lenkt dich das nur ab." Der Beamte schien dagegen Einspruch erheben zu wollen, dass Claude den Raum verließ, daher versicherte ihm

Richard: „Mein Cousin wird keine Dummheiten machen, er ist nur aus Schock weggelaufen. Sie haben mein Wort, dass Claude nicht erneut flüchten wird."

„Ich kann ohnehin nirgendwo hin", sagte Claude und verließ den Raum.

„Sie werden meinen Cousin entschuldigen müssen. Er hat noch nie zuvor so viel für jemanden empfunden, und dass ihm seine Liebe so brutal weggenommen wurde, macht ihm zu schaffen."

Richard versuchte mit allen Mitteln zu verhindern, dass Claude durch sein Verhalten noch schuldiger wirkte.

„Ich bitte um Verzeihung, Mylord, aber Mr. Greenwood verhält sich wie ein Schuldiger: Er begeht das Verbrechen und will dafür nicht hängen."

„Dessen bin ich mir sicher. Es gibt jedoch noch einen anderen Grund, warum ich ihn aus dem Zimmer haben wollte. Ich möchte offen mit Ihnen sprechen und was ich zu sagen habe, würde Claude nur noch mehr verärgern. Aber vielleicht erhalten Sie dadurch Informationen, die Ihnen bei Ihren Ermittlungen helfen. Denn es handelt sich immer noch um eine Ermittlung, nicht wahr? Ich möchte nicht glauben, dass Sie bereits zu dem Schluss gekommen sind, dass mein Vetter der Mörder ist."

„Er ist der Hauptverdächtige."

„Ich spreche nur ungern schlecht über die Toten, aber als wir Mrs. Evans Töchter über deren Tod unterrichteten, erkundigten wir uns ebenfalls nach ihren Beziehungen", sagte Richard.

„Sie hat Angehörige? Der Hoteldirektor sagte, er habe sie nie mit einer Familie gesehen."

Amelia und Richard tauschten einen Blick aus, bevor Richard sich an den Polizisten wandte. „Ja, sie hat zwei Töchter und sie im Haus meiner Tante zurückgelassen, als sie mit meinem Cousin durchbrannte. Sie hat Gäste meiner Tante bestohlen und ein Hausmädchen der Tat beschuldigt. Es stellte sich allerdings heraus, dass sie den fehlenden Gegenstand selbst versteckt hatte. Ich glaube nicht, dass Mrs. Evans so tugendhaft war, wie sie sich gern darstellte. Sie schlug ihren Töchtern vor, sich Gönner zu suchen, die sie beschützten, und versteckte die gestohlenen Gegenstände in deren Gepäck."

Der Beamte schwieg und dachte über Richards Worte nach. Schließlich sah er Richard an, resignierter als zuvor. Der Fall war offensichtlich nicht mehr so eindeutig, wie er gedacht hatte. „Der Hoteldirektor sagte, Mrs. Evans sei eine regelmäßige Besucherin seines Etablissements gewesen", bestätigte er.

„Mr. Greenwood konnte nicht verstehen, weshalb sie ausgerechnet dieses Hotel gewählt hatte, denn es lag nicht in der besten Gegend. Er hatte sie gebeten, ein besseres Haus aufzusuchen, aber sie hatte sich geweigert. Sie hatte wohl einen Grund, dort zu nächtigen, von dem Mr. Greenwood nichts wusste", sagte Amelia.

„Aber warum in der Nacht vor ihrer Hochzeit?", überlegte Richard.

„Um sich von jemandem zu verabschieden? Den Worten ihrer Töchter nach könnte es sich um einen Gönner gehandelt haben", antwortete Amelia.

„Sie wussten, wer sie unterhielt?", fragte der Beamte eifrig.

„Nein", antwortete Richard. „Leider haben sie den Mann nie getroffen und die Mutter hat auch nie den Namen verraten."

„Aber sie sagte, er habe ihr großzügige Geschenke gemacht. *Groß im Namen, groß im Geben*, das waren die Worte, die sie wohl verwendet hat, wenn sie über ihn gesprochen hat", sagte Amelia.

„Das könnte auf einen Aristokraten hindeuten", murmelte der Beamte. „Die können großzügig sein, bis sie sich an jemandem sattgesehen haben."

Amelia sah, wie Richard sich versteifte und musste sich trotz des ernsten Themas ein Lächeln verkneifen. „Kann der Hoteldirektor einen Hinweis darauf geben, wer der Gentleman war?"

„Nein. Er sagte, das Personal sei zu äußerster Diskretion angewiesen."

„Wenn ein Mann für einen Mord, den er nicht begangen hat, gehängt werden soll, kann auf Diskretion durchaus vergessen werden", sagte Richard.

„Solange Sie nicht der Mann sind, der anonym bleiben will", antwortete der Beamte säuerlich.

„Zum Glück geht es nicht darum", sagte Amelia und versuchte zu verhindern, dass der Bow Street Runner hinausgeworfen wurde. Richards Miene sprach Bände. „Es wäre nützlich, wenn Sie Ihre Erfahrung und Ihr Taktgefühl nutzen könnten, um herauszufinden, wen

Mrs. Evans vor ihrer Liaison mit Mr. Greenwood regelmäßig traf."

„Ich kann Ihrer Ladyschaft versichern, dass ich nichts unversucht lassen werde", sagte der Beamte großmütig.

„Dann weiß ich, dass wir in guten Händen sind." Amelia lächelte ihn an.

Claude kam zurück und reichte dem Mann eine Liste, bevor er sich ein Glas Brandy einschenkte.

„Ist das klug?", mahnte Richard.

„Nach dieser Aufgabe, ja", antwortete Claude und ließ sich in einen Sessel fallen. „Es hat all die Erinnerungen zurückgebracht."

„Darf ich Ihnen eine Frage stellen, Mr. Greenwood?", fragte der Beamte mit der Liste in der Hand.

„Stellen Sie", kam die resignierte Antwort.

„Sind Sie sicher, dass Mrs. Evans eine Saphir-Halskette besaß?"

„Ja. Es war mein Hochzeitsgeschenk an sie. Sie wollte ein tiefblaues Kleid tragen, und ich fand, die Kette würde perfekt dazu passen. Ich muss zugeben, dass das Collier ein wenig beschädigt war. Ein Diamant fehlte, aber das hat ihr nichts ausgemacht."

„Wir fanden weder eine Halskette noch andere Wertgegenstände in ihrem Zimmer", sagte der Beamte.

„Was? Dann wurde sie ausgeraubt?", fragte Claude. „Ach du meine Güte! Wie muss sie gelitten haben!" Er fing an zu schluchzen und warf den Kopf in die Hände.

„Ich muss Mr. Greenwoods Sachen durchsuchen", sagte der Beamte zu Richard.

Richard zuckte mit den Schultern. „Er kam mit den Kleidern, in denen er vor Ihnen steht, also können Sie seine Person und sein Zimmer gern durchsuchen."

„Wo ist sein Gepäck?"

„Ich nehme an, es befindet sich in dem Hotel, in dem er untergebracht war."

„Ist das richtig, Mr. Greenwood?"

„Was?" Claude schniefte.

„Ist Ihr Gepäck noch in Ihrem Hotel?"

„Ja, aber Sie werden es nicht ohne Richard durchsuchen." Er wandte sich an seinen Cousin und sah ihn mit rotgeränderten, wässrigen Augen an. „Darin sind zu viele wichtige Dokumente und Juwelen, jemand muss dabei sein. Aber ich kann das nicht."

„Du hast alles im Zimmer gelassen? Wo jeder es finden kann?", fragte Richard ungläubig.

„Ich hätte nicht gedacht, dass ich so lange fortbleiben würde!" verteidigte sich Claude. „Bitte, tue es Mutter zuliebe. Mir wäre es völlig egal, wenn ich nichts davon wiedersehen würde."

Der Beamte war sichtlich interessiert an dem Austausch, gab aber keinen Kommentar dazu ab. „Mylord, ich möchte die Durchsuchung so schnell wie möglich durchführen."

„Dann brechen wir umgehend auf." Richard stand auf und läutete nach der Kutsche. „Claude, bitte bleib bei Amelia."

„Ich gehe nirgendwo hin, mach dir keine Sorgen", entgegnete Claude. „Ich habe nichts falsch gemacht."

„Sie sind bereits einmal getürmt, Sir", bemerkte der Beamte.

„Weil ich in Panik geraten bin. Wollen Sie sehen, was ich gesehen habe? Meine zukünftige Frau, tot!"

„Das habe ich, Sir, und ich gebe zu, dass es kein angenehmer Anblick war."

Claude sah grün aus. „Gehen Sie einfach und bringen Sie dieses verdammte Chaos in Ordnung. Schnappen Sie den Mann, der das getan hat, und lassen Sie ihn für das, was er meiner Jessie angetan hat, hoch und weit schwingen.

Kapitel 19

Während sie auf Richards Rückkehr wartete, vertrieb Amelia sich ihre Zeit mit dem Schreiben von Briefen und dem Beantworten von Einladungen. Seit der Annonce in der Zeitung waren viele Einladungen eingegangen und sie konnte sich nur schwer entscheiden, welche davon sie annehmen sollten.

Sie arbeitete am Schreibtisch in ihrem privaten Arbeitszimmer. Der Raum war etwas kleiner als Richards eigenes Arbeitszimmer, aber mehr nach ihrem Geschmack. Komfortabel, aber praktisch eingerichtet und mit einem Blick in den Garten. Während sie in ihre Briefe vertieft war, wurde sie vom Butler unterbrochen.

„Mylady, ich habe hier eine Nachricht, die laut dem Boten eine sofortige Antwort erfordert." Der Butler senkte das Tablett, damit Amelia die Karte nehmen konnte.

Als sie die Nachricht las, seufzte sie. „Diese Frau versteht wohl keine Hinweise?", murmelte sie und schaute dann beschämt zum Butler. „Entschuldigung. Ich sollte wohl etwas damenhafter sein, oder?"

Mit zuckenden Mundwinkeln neigte der Butler leicht den Kopf. „Manchmal, Mylady, ist es besser, Frust offen auszusprechen. Sie können auf meine Diskretion vertrauen."

„Danke." Amelia lächelte ihn an. „Wenn Sie mir nur einen Rat geben könnten, wie ich in dieser Angelegenheit am besten verfahren soll. Ich weiß nicht, wie lange seine Lordschaft fortbleiben wird."

Der Butler hüstelte erneut und neigte den Kopf. „Wenn ich Ihnen einen anbieten dürfte ..."

Er brach ab, aber Amelia antwortete schnell: „Ich bin für jeden Ratschlag dankbar. Sie kennen die beteiligten Personen besser als ich."

„Wenn Sie an Veranstaltungen in Mrs. Grandisons Haus teilnehmen, kann sie Ihnen in Ihrem eigenen kein Unbehagen bereiten", sagte der Butler.

„Sie haben völlig recht. Ich wünschte nur, ich könnte ihr völlig aus dem Weg gehen."

„Ich denke, sobald Mrs. Grandison akzeptiert, dass sie ihre Macht über seine Lordschaft verloren hat, verliert sie das Interesse daran, die Freundschaft zu pflegen. Ich hoffe, ich spreche nicht unpassend, Mylady."

„Das tun Sie nicht", sagte Amelia. „Und Sie haben völlig recht. Ich hoffe nur, dass sie bald das Interesse verliert."

„Sie lotet die Situation aus."

„Ja, das tut sie", seufzte Amelia, amüsierte sich jedoch darüber, wie der Butler sich verzweifelt bemühte, ein Lächeln zu verkneifen. „Ich danke Ihnen für Ihren Rat. Ich werde die Einladung annehmen." Sie notierte ihre Antwort und lehnte sich in ihrem Stuhl zurück, als die Tür geschlossen und sie allein war. „Sie werden dieses Spiel nicht gewinnen, Mrs. Grandison. Sie hatten Ihre Chance und haben sie vertan."

Als sie Richards Stimme hörte, stand sie auf und eilte in den Flur. Er war allein und reichte einem Diener seinen Hut und Stock.

„Ist Claude in der Nähe?" Er kam durch den Flur zu ihr und küsste sie.

Sie errötete angesichts dieser Begrüßung und schüttelte den Kopf. „Er ging in seine Kammer, als du fort warst. Ich glaube, er trauert."

„Wenn das so ist, komm mit. Wir werden Claude vorerst in Ruhe lassen."

Richard ergriff ihre Hand und ging die Treppe hinauf.

„Aber es ist bereits später Nachmittag und wir werden am Abend auf dem Ball der Farringtons erwartet", sagte Amelia und ließ sich führen.

„Oh, verdammt! Werde ich dich jemals allein erwischen?" Richard blieb am oberen Ende der Treppe stehen. „Ich führe gern meine schöne Frau aus, aber ich würde viel lieber mit ihr zu Hause bleiben."

„Ist jetzt der richtige Zeitpunkt, um dir zu gestehen, dass wir morgen Abend die Grandisons besuchen?", fragte Amelia.

Richard stöhnte. „Mir wäre es lieber, wenn wir das nicht täten."

Seine Worte erwärmten ihr Herz und Amelia lächelte ihn an. „Ein weiser Mann sagte mir, sie wird unser bald müde werden."

„Ich hoffe es. Ich nehme an, dass sie zumindest nicht mehr hierherkommt, denn meine Frau war sehr wütend." Er zog sie in seine Arme und küsste sie. „Und ich möchte sie gar nicht anders haben."

Amelia ließ die Zweifel an dem, was unvermeidlich war, hinter sich, als sie leidenschaftlich und doch zärtlich geküsst wurde. Sie schien sich ohnehin nur noch danach zu sehnen, ihn zu berühren und wollte von ihm berührt werden. Für eine Frau, die sich bereits mit einem einsamen Leben abgefunden hatte, war es eine berauschende Wendung, jetzt zu denken, dass sie eine glückliche Ehe führen könnte.

***

Richard hatte auf dem Ball der Farringtons zweimal mit Amelia und mit keiner anderen getanzt. Sie hatten die beiden am wenigsten energischen Tänze gewählt, aber es hatte ihr trotzdem Schmerzen bereitet. Er konnte an ihrer blassen Gesichtsfarbe erkennen, dass ihr unbehaglich war, und wollte nach Hause zurückkehren, aber sie wollte nichts davon hören.

„Du kannst mit anderen tanzen", sagte Amelia. „Es macht mir nichts aus. Nun, doch, aber da spricht meine eigene Unvernunft aus mir."

Richard lachte. „Das höre ich gern, aber ich versichere dir, es gibt nur eine Person, mit der ich in diesem Raum tanzen möchte, und das habe ich bereits getan."

„Wie hätte ich ahnen können, zu welch lieblichen Worten du fähig bist?", stichelte Amelia.

„Du bringst das Beste in mir zum Vorschein." Er drückte ihre Hand und schaute auf, als Bea und Edwin auf sie zukamen. „Wappne dich, Amelia. Unsere Ruhe wird gestört", flüsterte er, bevor er sich umdrehte und die beiden anlächelte.

Amelia hätte beinahe gelacht und ihre Augen verrieten ihre Fröhlichkeit, während sie das Paar begrüßte, das sie am allerwenigsten sehen wollte.

„Richard, mein Liebster! Ich dachte, du wärst heute Abend nicht hier, sonst hätte ich meinen Tanz früher eingefordert", sagte Bea und wollte ihm einen Kuss auf die Wange geben, aber er wich ihr aus und reichte Edwin die Hand.

„Keine Sorge, Bea. Ich werde heute Abend nicht mehr tanzen", sagte Richard. „Grandison, Sie sehen gut aus."

„Wie könnte ich das nicht, mit meiner Frau an meiner Seite?", antwortete Edwin gutmütig. „Aber ich würde gern die Gelegenheit nutzen, mit Ihrer Frau zu tanzen. So können Sie beide sich unterhalten. Ich weiß, wie gern Sie tratschen."

„Ich fürchte, ich muss Ihr freundliches Angebot ablehnen", sagte Amelia. „Ich kann heute Abend nicht mehr tanzen."

„Geht es Ihnen nicht gut?", fragte Bea und schaute besorgt zwischen Richard und Amelia hin und her.

„Es ist alles in Ordnung, aber eine frühere Verletzung schränkt mich ein."

„Oh." Der Ausdruck der Erleichterung auf Beas Gesicht wäre komisch gewesen, aber Amelia konnte sich noch nicht darüber amüsieren, dass Bea befürchtet hatte, Amelia befände sich in anderen Umständen.

„Dann lassen Sie mich Sie zu einer Erfrischung einladen", sagte Mr. Grandison und bot Amelia den Arm an. „Ich habe einen Vorschlag, den ich gern mit Ihnen besprechen würde und der für uns beide von Vorteil wäre."

„Wir hatten gerade beschlossen, nach Hause zu fahren. Ich kann mir nicht vorstellen, dass Sie meiner Frau einen Vorschlag unterbreiten könnten, der einen längeren Aufenthalt erforderlich macht." Richards Stimme war fest, er war offensichtlich nicht glücklich über das Vorhaben. Er legte seinen Arm um Amelias Taille. „Ich fürchte, ich möchte meine Frau heute Abend ganz für mich allein haben. Einen guten Abend."

Bea warf Amelia einen finsteren Blick zu, aber ohne ein weiteres Wort führte Richard Amelia durch die Menge und hinaus aus der Halle, nachdem sie sich von der Gastgeberin verabschiedet hatten. Während sie auf ihre Kutsche warteten, stand Richard da, den Arm immer noch um Amelia gelegt, während sie ihren Kopf an seine Schulter lehnte. Er bedauerte es nicht, Bea verlassen zu haben. Er wollte verhindern, dass Grandison ihm Amelia wegnahm. War es Eifersucht? Vielleicht ein wenig, aber auch Beschützerinstinkt. Amelia hatte unter den beiden Tänzen gelitten und er musste sicherstellen, dass sie komfortabel eingerichtet war, damit er auch bei zukünftigen Veranstaltungen mit ihr tanzen konnte.

Als sie in ihrer Kutsche saßen und Richard eine Decke über ihre Knie gezogen hatte, sprach Amelia endlich. „Du hast Bea verärgert."

„Wer ist Bea?", fragte Richard, legte seinen Arm um ihre Schultern und drückte sie an sich.

Amelia lachte. „Du bist boshaft. Es war klar, dass sie mit dir allein sprechen wollte."

„Dann muss sie enttäuscht sein, denn es gibt nichts, was sie mir sagen könnte, was sie nicht auch vor dir sagen kann. Ich hätte diese Dummheiten nicht so lange dulden dürfen. Ich schulde Grandison eine Entschuldigung."

„Es ist seltsam, dass ihn ihr Verhalten nicht zu stören scheint."

„Sie hat bereits zugegeben, dass sie nicht mit mir zusammen sein konnte, weil ich von ihr Treue verlangt hätte. Er ist ein Narr, wenn er sich das gefallen lässt." Richard zuckte mit den Schultern. „Aber genug von den beiden, ich würde lieber über uns sprechen."

„Oh?" Amelia errötete.

„Ja, heute war ein langer Tag, aber ich möchte, dass er noch nicht zu Ende ist", sagte Richard und löste eine Spange aus ihrem Haar, damit er eine Strähne in den Fingern drehen konnte.

„Ich auch nicht", flüsterte Amelia und errötete über ihre Unverfrorenheit, aber sie wollte von ihm geküsst werden, von ihm gehalten werden – auch wenn sie sich noch immer vor seiner Reaktion fürchtete.

„Gut." Richard nahm sich Zeit, sie zu küssen. Sie hatten es nicht eilig, sie saßen in der Kutsche und er würde nichts Unpassendes tun, was die Dienerschaft sehen könnte. Es war ein Vergnügen, sie in aller Ruhe zu erkunden, sie zu necken, an ihren Lippen zu knabbern und sie zum Seufzen zu bringen. Sein Herz klopfte wie wild, aber er hielt sich zurück.

Als die Kutsche zum Stehen kam, wirkte Amelia benommen und er lächelte über die Wirkung, die er auf sie hatte. Er sprang aus der Kutsche und hielt ihr die Hand hin. „Kommen Sie, Mylady, wir sind zu Hause."

Amelia liebte diesen Richard. Von seiner anfänglichen Unnahbarkeit war nichts mehr zu spüren. Er lächelte ständig und neckte sie. Es war, als wäre er ein ganz anderer Mensch geworden. Sie hoffte, dass sie den wahren Richard sah.

Als sie das Haus betraten, immer noch Hand in Hand, sah Richard den Butler an. „Es ist mir egal, ob mein Cousin das Haus niederbrennt, wir dürfen nicht gestört werden. Habe ich mich klar ausgedrückt?"

„Ja, Mylord."

„Richard!", zischte Amelia ihn auf dem Weg die Treppe hinauf an. „Ich werde ihm nie mehr unter die Augen treten können!"

Lachend drückte Richard ihre Hand. „Wir sind frisch verheiratet. Er würde nichts anderes erwarten."

„Das ist beschämend!", stöhnte Amelia.

„Bald wird es dir egal sein, wer uns sieht oder hört."

Amelia verschluckte sich an einem Lachen und bedeckte das Gesicht mit der freien Hand. „Du bist schrecklich."

„Nur bei dir." Als sie Amelias Kammer erreichten, blieb Richard an der Tür stehen. „Ich gehe jetzt in mein Ankleidezimmer und wenn du gestattest, komme ich in wenigen Minuten zu dir."

„Ja." Amelia biss sich auf die Unterlippe und Richard seufzte zufrieden.

„Wir könnten aber auch einfach direkt hineingehen ..."

„Nein! Meine Zofe wird auf mich warten. Ich werde sie meine Haare abstecken lassen und sie dann für den Abend entlassen."

„Wunderbare Idee. Ich liebe dein offenes Haar."

Es erinnerte Amelia daran, wie er sie in Mrs. Greenwoods Haus angestarrt hatte, und sie rang nach Atem. Sie würde sich diesem Mann hingeben, mit ihren Narben und allem, was dazugehörte, und das war furchtbar aufregend.

Als sie durch die Tür ging, blickte sie ein letztes Mal über ihre Schulter zu Richard, bevor sie die Tür schloss. Die Ankleidezimmer waren durch einen Salon verbunden, sodass Amelia wusste, auf welchem Weg er ihre Kammer betreten würde.

Sie nickte ihrem Dienstmädchen zu und ging sofort in ihr Ankleidezimmer.

„Stecken Sie mir die Haare ab und helfen Sie mir aus dem Kleid, das wäre dann alles für heute." Sie versuchte, das Glühen auf ihren Wangen zu unterdrücken, begegnete aber nicht dem Blick ihrer Zofe durch den Spiegel. Das war alles neu für sie und jagte ihr gehörige Angst ein.

Kapitel 20

Richard, nur in seine Kniehose und sein Hemd gekleidet, betrat Amelias Zimmer und blieb stehen. Sie hatte die Arme um ihren Leib geschlungen, der lediglich mit dem Nachtkleid bedeckt war, das Haar fiel ihr über die Schultern und den Rücken.

„Du bist wunderschön", flüsterte er und ging zu ihr hinüber.

„Es gibt weitaus hübschere Frauen als mich", sagte sie verlegen.

„Das sehe ich anders", sagte er und berührte ehrfürchtig ihr Haar. Sie schloss die Augen, als hätte sie Angst, seine Berührung zu genießen, und er schob ihre Hände sanft von ihrem Bauch weg. „Mir wäre es viel lieber, wenn du sie um mich legen würdest."

Lächelnd bewegte sie sich auf ihn zu, ihre Hände fuhren über seine Brust und um seinen Hals. „So?", flüsterte sie.

„Genau so", antwortete er, bevor er sie küsste. Er ließ sich Zeit, ihren Körper über den Stoff hinweg zu erkunden, obwohl er ihn am liebsten heruntergerissen und weggeworfen hätte. Stattdessen zog er sich sein eigenes Hemd über den Kopf und warf es beiseite.

Mit weit aufgerissenen Augen betrachtete Amelia die breite Brust mit den wenigen dunklen

Haaren. Hätte man ihr gesagt, dass er auf dem Feld arbeitete, hätte sie es geglaubt, denn er sah noch größer und kräftiger aus als in seiner Kleidung. Mit trockenem Mund streckte sie die Hand aus, um seine Brust zu berühren. Sie lächelte über sein Seufzen und erkundete ihn weiter, dann schmiegte sie sich an seine Schulter. Sie küsste sanft seinen Körper und war erfreut, als er vor Vergnügen stöhnte und seine Arme enger um sie schlang, als ob er sie noch näher bei sich haben wollte.

Sie glaubte nicht, dass sie sich jemals nah genug sein könnten. Sie streckte sich noch einmal, sah in seine Augen und fand das satte Blau ohne die Kühle des Eises. „Küss mich", flüsterte sie gegen seine Lippen und er kam ihr bereitwillig entgegen.

Als er sie zum Bett hinüberschob, versteifte sie sich ein wenig, aber als er ihren Hals, ihren Kiefer und ihre Lippen mit Küssen bedeckte, wusste sie, dass sie ihn nicht aufhalten konnte. Er hatte etwas in ihr entfacht und sie würde nicht damit aufhören.

Als er um Erlaubnis bat, während er an ihrem Nachtkleid zerrte, nickte sie und beobachtete mit Erstaunen, wie er das Kleidungsstück wegwarf und sie mit einer Ehrfurcht ansah, die sie kaum fassen konnte. Er liebkoste ihren Körper mit unendlicher Zärtlichkeit und sprach ihr unentwegt Komplimente aus.

Schließlich suchte er noch einmal ihren Blick, die letzte Frage, die er stellen würde.

„Ich will dich", sagte sie. Sie wusste nicht, was als Nächstes passieren würde, aber ein inneres Bedürfnis trieb sie an. Sie wollte befreit werden, aber wovon, das konnte sie sich kaum vorstellen. Er legte sie sanft auf das Bett und hielt nur kurz inne, um seine Hose auszuziehen, bevor er sich neben sie legte.

Sie hätte nie gedacht, dass sie sich jemandem hingeben würde, aber als Richard so nah bei ihr lag, sie neckte und verführte, gab sie sich bereitwillig ihren Gefühlen hin und vergaß all die Sorgen und die Traurigkeit, die sie seit ihrer Verletzung verfolgten.

„Ich möchte, dass dieser Moment niemals endet", sagte Richard, während seine Finger Funken auf jeder Stelle hinterließen, die sie streiften. „Du bist perfekt."

„Bitte lüg mich nicht an", flehte sie. Sie konnte keine Unwahrheiten von ihm akzeptieren.

Er legte seine Stirn an ihre. „Das tue ich nicht. Es ist mir egal, ob du von Kopf bis Fuß vernarbt bist, für mich bist du wunderschön. Ich will dich mehr, als ich je eine andere Frau gewollt habe, und das ist die Wahrheit."

Amelia war von seinen Worten nicht überzeugt, aber als er sie erneut zu küssen begann und seine Hände sie weiter erforschten, schob sie jeden Gedanken beiseite. Stattdessen konnte sie nichts anderes tun, als sich auf die Stellen zu konzentrieren, die er berührte, und Empfindungen zu erleben, die sie vor Schreck und Vergnügen aufstöhnen ließen. Dass ihre Freude auch die von Richard war, daran bestand kein Zweifel und mit einem Mal vergaß sie alles um sich herum.

Danach lag sie an Richard gekuschelt, er hatte seinen Arm um sie gelegt, um sie so nah wie möglich an sich zu ziehen. Es war spät in der Nacht und das Haus wirkte still, als ihr Atem in einen regelmäßigeren Rhythmus überging.

Richard streichelte träge ihren Arm, während er zusah, wie die Glut des Feuers kleiner wurde. Noch nie hatte er eine solche Zufriedenheit verspürt und er wagte es kaum, sich zu bewegen, um den Zauber nicht zu brechen. „Danke", sagte er schließlich.

„Wofür?", fragte Amelia. Ihre Stimme war heiser vor Erschöpfung, aber sie hob ihren Kopf und stützte ihn auf seiner Brust ab, um ihn ansehen zu können.

„Dafür, dass du mir das Gefühl gibst, irgendwo hinzugehören. Ich habe mich schon lange nicht mehr so zufrieden gefühlt", antwortete er.

Das langsame Lächeln, das sich auf ihrem Gesicht ausbreitete, ließ ihn eine Unbeschwertheit fühlen, die er nie für möglich gehalten hatte. „Du wirst immer zu mir gehören", sagte Amelia.

„Gut. Ich möchte nämlich tatsächlich nicht, dass dieser Moment je endet."

„Können wir gelegentlich nach unten gehen, um zu essen?", fragte sie neckend.

Lächelnd drückte er sie an sich und gab ihr einen Kuss auf den Kopf. „Für Sie tue ich alles, Mylady."

„Würdest du bei mir bleiben?", fragte sie und hob den Kopf.

„Das verstehe ich nicht."

„Hier. In diesem Bett. Würdest du bei mir bleiben?"

„Jede Nacht?"

„Ja." Amelia musste die Frage stellen. Der Gedanke, dass er sie verlassen und in seine eigene Kammer gehen würde, war unerträglich. „Ich weiß, es ist töricht, aber ich habe das Gefühl, dass ich es mit dir an meiner Seite mit der ganzen Welt aufnehmen könnte. Ich fühle mich vollkommen."

„Das freut mich und natürlich werde ich bleiben. Warum sollte ich in mein kaltes Bett gehen wollen, wenn dein schöner warmer Körper in diesem liegt?", fragte Richard mit einem müden Lächeln auf den Lippen. „Und jetzt geh schlafen, sonst bist du morgen erschöpft und ich brauche dich bei Kräften."

„Willst du etwa noch mehr?", fragte Amelia.

„Ich werde immer mehr wollen." Richard schmiegte sich an ihren Hals. „Aber zumindest für den Moment hättest du mich beinahe umgebracht und ich muss mich erholen."

Amelia gab ihm einen verspielten Klaps, bevor sie sich erneut an ihn schmiegte, und binnen weniger Minuten war sie eingeschlafen. Richard wartete, bis sie gleichmäßig tief atmete, bevor er ihren Kopf noch einmal küsste und seine eigenen Augen mit einem Lächeln auf den Lippen zufallen ließ.

***

Als Amelia kurz vor den Morgenbesuchen hinunterging, konnte sie das Lächeln nicht aus ihrem Gesicht verbannen. Der Morgen war ebenso liebevoll gewesen wie die Nacht, und erst als sie Richard zum Aufstehen gezwungen hatte, waren die beiden auseinandergegangen. Es war eine wunderbare Art, den Tag zu beginnen und es war ihr nur ein wenig peinlich, dass jeder, der sie sah, keinen Zweifel daran haben würde, was geschehen war.

Richard war in sein Arbeitszimmer gegangen und fühlte sich beschwingter als je zuvor. Selbst als Claude ihn aufsuchte und später der Beamte aus der Bow Street eintraf, beeinträchtigte das seine Stimmung nicht.

„Ich wollte Sie über die neuesten Erkenntnisse informieren, Eure Lordschaft", sagte der Beamte.

„Das weiß ich zu schätzen. Sie können sich vorstellen, dass wir sehr daran interessiert sind, den Schuldigen ausfindig zu machen", antwortete Richard.

„Als ich ins Hotel zurückkehrte und die Vermutung äußerte, dass ein Bediensteter in den Raubmord von Mrs. Evans verwickelt gewesen sein könnte, war der Hoteldirektor etwas freigiebiger mit seinen Informationen."

„Verflucht sei dieser Mann! Er hätte mich für eine Tat seines Personals hängen lassen!" knurrte Claude.

„Nicht so voreilig, Mr. Greenwood", unterbrach ihn der Beamte. „Ich wollte ihn mit diesem Trick dazu bringen, uns zu verraten, was er und die Bediensteten wissen, und es hat funktioniert."

„Sie konnten also herausfinden, wer ihr *Freund* war?", fragte Richard.

„Freund? Welcher Freund?", fragte Claude.

Bevor Richard seinen Cousin beruhigen konnte, ergriff der Beamte das Wort. „Offenbar nutzte Mrs.

Evans das Hotel für Treffen mit einem befreundeten Gentleman, bevor sie Sie kennenlernte", sagte er. „Ich versuche herauszufinden, wer er ist."

Claude wandte sich gegen Richard. „Du hast eine Lüge in die Welt gesetzt!"

„Natürlich nicht", sagte Richard ruhig.

„Du würdest alles tun, um meine Erinnerungen an sie zu zerstören, nicht wahr?"

„Claude, die Informationen stammen von ihren Töchtern. Was würde es mir bringen, Lügen zu verbreiten, wenn dieser Mann hier sie ohnehin aufdecken würde?"

„Es ist wahr, Mr. Greenwood, das Hotelpersonal hat es bestätigt. Mrs. Evans hat sich dort in den vergangenen zwei Jahren jede Woche mit einem Gentleman getroffen."

Claude sank in seinem Stuhl zusammen. „Dann war ich einer von vielen Narren."

Richard hatte Mitleid mit seinem Cousin. Er stand auf, ging zu ihm hinüber und legte ihm die Hand auf die Schulter. „Sie wollte dich heiraten, Claude. Vergiss das nicht. Der andere war vermutlich nur ein Mittel zum Zweck. Verurteile sie nicht, nur weil sie dir nicht die Wahrheit sagen konnte." Er erwähnte nicht, dass sie einst einen anderen Mann hatte heiraten wollen, es war sinnlos, ihn weiter zu quälen.

„Ich will sie einfach nur zurück", stöhnte Claude.

„Ich weiß, aber wir können nicht mehr tun, als ihren Mörder zu finden", sagte Richard, bevor er sich setzte. „Welche Informationen haben Sie vom Hotelpersonal erhalten?"

„Darüber hinaus sehr wenig, fürchte ich. Der Gentleman war ein älterer Mann, fröhlich und freigiebig, wenn es um das Trinkgeld ging. Er gab einen falschen Namen an, bezahlte seine Rechnung stets unverzüglich, ließ nie anschreiben."

„Er wollte wirklich nicht aufgespürt werden", sagte Richard.

„Nein, aber eines der Zimmermädchen hat ihn in der Nacht, in der Mrs. Evans getötet wurde, in der Nähe des Hotels gesehen", sagte der Beamte. „Sie sagte, er sei durch die Seitentür hereingekommen, aber sie hat nicht gesehen, ob er in Mrs. Evans' Zimmer ging oder es verließ."

„Das muss er! Warum sollte er sonst dort gewesen sein!" Claude schrie beinahe.

„Sie muss ihn zu sich gerufen haben", überlegte Richard. Es gefiel ihm nicht, wie Claude bei seinen Worten zusammensackte, aber nur der Fremde konnte gewusst haben, wo sich Mrs. Evans aufhielt.

„Du denkst, sie wollte mich verlassen?"

„Ich glaube eher das Gegenteil", sagte Richard. „Sie wollte dich heiraten. Nichts an ihrem Verhalten deutete darauf hin, dass sie ihre Meinung geändert hatte. Das wird auch durch die Nachricht bestätigt, die sie ihren Töchtern hinterlassen hat. Ich halte es für wahrscheinlicher, dass sie die Vereinbarung mit dem Gentleman auflösen wollte."

„Und das hat ihm nicht gefallen", stimmte der Beamte zu.

„Dafür würde er jemanden töten? Und sie dann ausrauben?", fragte Claude ungläubig. „Es gibt etliche

Frauen, die ein solches Arrangement begrüßen würden. Er hätte eine andere finden können."

„Wir wissen nicht, in welchem Zustand er sich befand. Womöglich war er verliebt, aber an eine andere gebunden. An diesem Punkt können wir nur spekulieren."

„Wahrscheinlich wird er nie gefunden", sagte Claude.

„Nun, Sir, ich bitte um Verzeihung, aber so leicht gebe ich nicht auf. Wenn ich den Gentleman nicht finden kann, dann wenigstens den Schmuck. Auf die eine oder andere Weise werden wir ihn aufspüren, aber ich bitte Sie trotzdem, sich zur Verfügung zu halten", sagte der Beamte.

„Ich bin immer noch verdächtig?" Claude war wie vom Donner gerührt.

„In gewisser Weise. Ich muss das Prozedere erfüllen, dann können Sie mit meinem Segen davonziehen", sagte der Beamte.

„Das werde ich", antwortete Claude und schüttelte den Kopf.

„Danke, dass Sie uns informiert haben. Sie sind eindeutig ein Mann, der Ergebnisse erzielt", sagte Richard zu dem Beamten. „Mein Cousin wird bis auf Weiteres bei uns wohnen, Sie müssen sich also keine Sorgen machen."

„Ich danke Ihnen, Mylord. Ich melde mich, sobald ich mehr zu berichten habe."

Kaum hatte sich die Tür geschlossen, murmelte Claude: „Ich werde immer noch beschuldigt, die Frau, die ich liebe, ermordet zu haben! Diese Dreistigkeit ist nicht zu fassen!"

„Sei nicht so dramatisch. Er macht seine Arbeit und erwärmt sich allmählich für die Vorstellung, dass du unschuldig bist."

„Und dafür soll ich dankbar sein?"

„Eigentlich ja. Du läufst Gefahr, in alte Gewohnheiten zurückzufallen, Claude. Ich würde dir dringend raten, dir darüber Gedanken zu machen, wie du mit deiner Mutter verfahren willst."

„Sie wird mir nie verzeihen und mir das Leben zur Hölle machen. Mir wird nichts anderes übrig bleiben, als ins Ausland zu gehen."

„Ich würde mir an deiner Stelle eine Rolle beim Theater suchen, mit einem solchen Hang zur Dramatik." Richard schüttelte den Kopf. „Deine Mutter irrte im Umgang mit dir und deine Tat wird ihr aufgezeigt haben, dass sie sich ändern muss. Aber das musst du ebenfalls."

„Du solltest auf einer Kanzel stehen, so wie du predigst", murmelte Claude und brachte Richard damit zum Lachen.

„Vielleicht habe auch ich meine Berufung verfehlt, aber du hast die Chance, alles zu richten. Ich hoffe, dass du sie nicht vergeudest."

Kapitel 21

Am nächsten Morgen im Bett fuhr Richard mit seinen Fingern an Amelias Körper entlang. Sie lag mit dem Gesicht zu ihm auf der Seite und erwachte allmählich aus einer weiteren Liebesnacht. In diesem entspannten, nur halb wachen Zustand konnte er ihre Beine betrachten, ohne sie in Verlegenheit zu bringen.

Weiße Narben zogen sich über beide Beine, einige tiefer als andere. Dort musste das Pferd zugebissen haben. Er konnte das Schaudern kaum unterdrücken, als er daran dachte, wie knapp sie dem Tod entronnen sein musste.

„Sie sind abstoßend, nicht wahr?", flüsterte sie.

Als er sie ansah, fand er Verletzlichkeit und Scham in ihren Augen.

„An dir ist nichts abstoßend", flüsterte er und fuhr mit den Fingern sanft über die Narben. „Aber es tut mir leid, dass du so schwer verletzt wurdest." Er umfasste ihr Gesicht und küsste sie sanft.

„Es war mein eigenes Verschulden. Ich kann nicht einmal dem Pferd die Schuld geben, denn mir wurde gesagt, ich solle mich von ihm fernhalten. Jetzt werde ich täglich an meine Dummheit erinnert und daran, wie abscheulich ich bin."

Richard sah sie finster an, drückte sie auf den Rücken und beugte sich über sie.

„Ich will diese Worte nie mehr aus deinem Mund hören, du bist nichts dergleichen und ich werde nicht zulassen, dass du solche Lügen erzählst."

Als sie versuchte, sich von ihm abzuwenden, hob Richard sie mühelos hoch und drehte sie zu sich um. „Lass mich los! Ich hasse es, wenn du mich beschwichtigen willst."

„Warum sollte ich das tun?"

„Weil du versuchst, das Beste aus einer schlechten Situation zu machen." Amelias Augen füllten sich mit Tränen. „Es tut mir leid, aber ich kann nicht wie sie sein und ich werde es nie mit ihr aufnehmen können."

Sie hatten den Abend bei den Grandisons verbracht und obwohl Richard jeden Trick angewandt hatte, um sie auf Abstand zu halten, ohne sie direkt zu brüskieren, war Bea immer noch anzüglich genug gewesen, um ihnen Unbehagen zu bereiten. Richard war froh, dass Amelia ihm das Versprechen abgenommen hatte, jede Nacht in ihrem Bett zu verbringen, sonst wäre sie ihm gewiss entwischt, als sie nach Hause kamen. Glücklicherweise war es ihm gelungen, sie beide auf höchst angenehme Weise von dem Abend abzulenken.

Richard hatte das Bedürfnis, Amelia zu schütteln, bis sie es verstand, aber er kannte das Gefühl, nicht gut genug zu sein. Darunter hatte er sein ganzes Leben lang gelitten. „Ich will sie nicht. Ich wäre sogar froh, wenn wir sie nie mehr sehen müssten. Bis zu unserer Rückkehr fiel mir nie auf, welch anspruchsvolle, zermürbende und egozentrische Person sie ist. Jetzt, wo ich die beste Frau habe, verstehe ich, dass meine Tante recht hatte. Mit Bea wäre ich verdammt unglücklich gewesen."

„Es tut mir leid", sagte Amelia und wischte sich die Wangen ab. „Ich hasse mich so sehr und sie wirkt so makellos. Ich möchte, dass zwischen uns alles wunderbar und perfekt ist."

„Es ist wunderbar. Und für mich bist du perfekt. Die letzten Tage waren die glücklichsten meines Lebens, abgesehen von dem gestrigen Abend, als wir gezwungen waren, auszugehen. Wir sollten für mindestens ein Jahr in dieser Kammer bleiben, um allen zu zeigen, dass wir nur uns brauchen und wollen."

Amelia lächelte. „Das ist verlockend."

„Gut." Richard küsste sie und gerade als sie ihre Sorgen vergessen hatte und mit ihm eins wurde, klopfte es an der Tür. „Gehen Sie weg!"

Das Klopfen wurde wiederholt und Amelia zog sich zurück, sodass Richard frustriert aufstöhnte und sich zurück auf das Bett fallen ließ. Amelia deckte sich zu und stupste Richard an. „Sieh nach, wer es ist!"

„Ich werde diese Person ohne Empfehlung aus dem Haus jagen", sagte Richard, schwang seine Beine aus dem Bett und ging zur Tür, ohne sich etwas anzuziehen.

Amelia war gleichermaßen entsetzt und amüsiert, als der Butler auf der anderen Seite der Tür stand. Er wirkte beschämt ob der Störung, murmelte etwas, und mit einem Nicken schloss Richard die Tür und lehnte sich dagegen.

„Meine verfluchte Familie!", stöhnte er, richtete sich auf und kehrte zum Bett zurück. Er hockte sich über Amelia und verzog das Gesicht. „Es tut mir leid, aber glaube nicht, dass das hier zu Ende ist. Ich werde dich so schnell wie möglich zurück ins Bett bringen."

„Was ist geschehen?", fragte sie, als Richard ihr einen keuschen Kuss gab und sich auf den Weg zu seinem Ankleidezimmer machte.

„Meine Tante ist hier."

„Ach du meine Güte! Und ich liege noch im Bett!" Amelia stöhnte, schob die Decke zurück und klingelte nach ihrer Zofe. „Was wird sie nur denken?"

„Dass ich ein sehr glücklicher Mann bin", rief Richard.

Diese Worte reichten aus, um Amelia ein wenig zu entspannen. Es wäre zwar beschämend, wenn Mrs. Greenwood genau wüsste, was sie taten, aber Richard gab ihr ein so gutes Gefühl, dass sie bereit war, die Verachtung der anderen Frau in Kauf zu nehmen.

Als Amelia die Treppe hinunterging, konnte sie sich nicht erinnern, jemals glücklicher gewesen zu sein. Sie liebte Richard so sehr, dass sie glaubte, sie müsse platzen. Sie wollte, dass es alle wussten, vor allem ihre Familie, aber sie durfte noch nichts preisgeben. Er hatte ihr noch nicht seine Liebe gestanden und sie wollte ihn nicht drängen. Sie glaubte, dass er sie mochte, und das musste für den Moment genügen. Hoffentlich würde er sie mit der Zeit lieben lernen.

„Guten Morgen, Mrs. Greenwood", sagte Amelia und betrat den Salon.

„Eher guten Tag", sagte Marie mit einer hochgezogenen Augenbraue.

Amelia errötete, nickte aber dem Diener zu, der ihr mit einem Teetablett gefolgt war. „Das ist eine unerwartete Überraschung. Sind Mrs. Leaver, Patricia und Isabelle mit Ihnen zurückgekehrt?"

„Sie haben mich begleitet, haben jedoch beschlossen, Sie noch nicht zu stören. Ich wollte mit Richard sprechen, ohne zu ahnen, dass Claude hier ist. Das war eine Überraschung und der Reaktion meines Sohnes nach zu urteilen, keine schöne", sagte Marie.

„Sie haben Claude getroffen?"

„Oh ja, und er wird das nicht so schnell vergessen." Marie schien sich zu entspannen, nachdem sie die Worte ausgesprochen hatte. „Ich bin ungerecht. Er war aufrichtig schockiert, mich zu sehen. Aber ich kann sehen, dass ihm diese Frau wirklich am Herzen lag, und es tut mir leid, dass sie getötet wurde."

„Ja, es ist eine furchtbare Geschichte", sagte Amelia und schenkte den Tee ein. „Wenigstens scheint er nicht mehr ernsthaft unter Verdacht zu stehen."

„Ich hätte jeden Beamten der Bow Street persönlich verflucht, wenn er verhaftet worden wäre. Ich bin überrascht, dass Richard nicht nach mir geschickt hat."

„Ich nehme an, er hätte es getan, wenn er die Gefahr einer Verhaftung ernstlich vermutet hätte."

„Hmm", sagte Marie, nahm die Tasse entgegen und trank einen Schluck. „Sie scheinen sich in Ihr neues Leben eingefunden zu haben."

Amelia lachte. „So weit würde ich nicht gehen, aber ich hoffe, dass ich meinen Mann bei den Veranstaltungen, die wir besucht haben, nicht zu sehr in Verlegenheit gebracht habe."

„Ist diese Frau hier gewesen?"

„Ja, bis ich sie aufgefordert habe, das Haus zu verlassen", sagte Amelia geradeheraus.

Der Lachanfall, den ihre Worte auslösten, zauberte ein Lächeln auf ihre Lippen.

„Wie schade, dass ich das nicht mitansehen konnte. Ich wette, sie war wütend", sagte Marie, immer noch kichernd.

„Ich glaube nicht, dass sie besonders erfreut war. Gestern Abend besuchten wir jedoch ihre Gesellschaft und sie war äußerst einfallsreich, wenn auch etwas zurückhaltender. Ich hätte ihr jedoch am liebsten die Augen ausgekratzt."

Marie lachte vergnügt. „Oh, Sie sind perfekt! Je eher sie akzeptiert, dass Richard sie vergessen hat, desto eher wird sie Sie in Ruhe lassen. Sie muss immer der Platzhirsch sein."

„Ich verstehe ihren Mann nicht", gab Amelia zu. „Es ärgert mich, dabei musste ich es nur ein paar Mal mitansehen. Wie hält er das nur aus?"

„Er ist ein Narr, wenn dem so ist. Wie auch immer, genug von ihnen. Wie geht es Richard?"

„Mir geht es hervorragend, Tante", sagte Richard, betrat den Raum und ging sofort hinüber, um

Marie zu umarmen. Nachdem er sie begrüßt hatte, setzte er sich neben Amelia und küsste sie auf den Mund, bevor sie reagieren konnte. „Was führt dich nach London? Die Gesellschaft ist dünn geworden."

„Ich bin gekommen, um nach Claude zu suchen. Ich hatte nicht erwartet, ihn hier zu finden. Du hast mich nicht darüber informiert."

„Das war nicht meine Aufgabe", verteidigte sich Richard. „Wie ich dir immer wieder sage, er ist ein erwachsener Mann, und ich habe ihm ein Obdach angeboten, weil es die Bow Street beruhigt, wenn sie wissen, dass er hier ist."

„Ich habe ein langes Gespräch mit ihm geführt, bevor ich mich langweilte und verlangte, dass man euch über meinen Besuch in Kenntnis setzt. Dein Butler wollte dich nicht stören."

„Wir wollten nicht gestört werden", antwortete Richard.

„Richard!" Amelia errötete und Richard grinste sie an.

Marie winkte ab. „Keine Sorge, er will mich schockieren. Aber dazu musst du dir schon etwas Besseres einfallen lassen, mein Junge."

Richard lächelte seine Tante an. „Gut zu wissen. Was hast du mit Claude angestellt? Vergreift er sich an meinem Brandy?"

„Nein, du frecher Bengel. Er hat mir alles erzählt und ich habe vorgeschlagen, dass er sich mit dir zusammensetzt und sich von dir erklären lässt, was du für unser Anwesen getan hast. Es ist an der Zeit, dass er die Verantwortung übernimmt."

266

„Was ist mit deinen Bedenken bezüglich seiner Ausgaben?"

„Ich muss akzeptieren, dass er sich wie ein Narr benommen hat, aber ich habe auch nichts getan, um ihm zu helfen. Ich habe ihm nie Verantwortung übertragen und es ist an der Zeit, dass ich das nachhole. Wenn er die Mittel verschwendet, haben wir beide eine harte Lektion gelernt, aber nach allem, was mit dieser Mrs. Evans geschehen ist, glaube ich nicht, dass er das tun wird."

„Es ist die richtige Entscheidung", sagte Richard.

„Da du mir das schon seit Jahren sagst, kannst du dich nun in deiner Schadenfreude sonnen", sagte Marie.

„Ganz und gar nicht. Wo ist Claude jetzt? Am besten beginnen wir sofort mit der Übergabe, das könnte ihm helfen, sich von alldem abzulenken."

„Er wollte die Papiere lesen, die er aus meinem Safe genommen hat", antwortete Marie.

„Perfekt. Wenn ihr mich entschuldigen würdet." Richard küsste Amelia noch einmal, bevor er ging, und bemerkte nicht, wie Marie lächelte.

„Sie haben wahre Wunder bei diesem Jungen bewirkt", sagte sie zu Amelia. „Ich hatte gehofft, ihn glücklich zu sehen, und ich gebe zu, ich hielt Sie für die Falsche. Aber auch dabei habe ich mich offenbar geirrt."

Amelia ärgerte sich, weil ihre Wangen erneut erröteten. „Ich glaube, wir tun einander gut."

„Ich bin froh, das zu sehen. Sein Vater war ein Rohling."

„Er hat nur wenig darüber gesprochen."

„Er will es vergessen und fürchtet, so zu werden wie er. Aber seien Sie versichert, in ihm steckt kein kaltherziger Tyrann. Ansonsten hätte sein Vater nicht so großen Einfluss auf sein Leben gehabt. Er war zwar mein Bruder, aber ich habe ihn zum Teufel gewünscht."

„Ich kann nicht glauben, dass Eltern so grausam zu ihrem Kind sein können."

„Und das wird Sie zu einer guten Mutter machen. Ich hoffe, Sie werden Richard darin bestärken, dass er ein guter Vater sein wird, denn er hat Angst, die Fehler seines Vaters zu wiederholen."

„Das ist ein wenig entmutigend."

„Sie sind mir nie als Feigling aufgefallen", sagte Marie mit einer hochgezogenen Augenbraue.

Lachend stellte Amelia ihre Tasse ab. „Nein, ich habe mich nie als solcher betrachtet. Ich bin sicher, wir werden das gemeinsam durchstehen."

„Das ist der beste Weg, reden Sie einfach miteinander."

Sie wurden von einem verlegenen Butler unterbrochen. „Mylady, es tut mir leid, Sie zu stören, aber Mr. und Mrs. Grandison sind zu Besuch."

„Werden sie jemals den Wink mit dem Zaunpfahl verstehen?" Amelia stöhnte.

„Lassen Sie uns gemeinsam sicherstellen, dass ihnen bewusst ist, dass sie nach dem heutigen Tag nicht mehr hier erwünscht sind."

Marie grinste Amelia an.

„Führen Sie sie herein", sagte Amelia zu dem Butler und wappnete sich für das, was kommen würde.

Kapitel 22

Bea kam mit einem großen Blumenstrauß herein. „Die habe ich für Sie mitgebracht. Mir ist aufgefallen, dass Ihre Zimmer nur spärlich dekoriert sind, und ich habe Grandison gesagt, dass ich in solchen Angelegenheiten am besten beraten kann, nicht wahr, Liebling?", fragte sie über die Schulter hinweg ihren Mann, der ihr pflichtbewusst ins Zimmer folgte.

„Danke." Amelia nahm das große Bouquet entgegen, bevor sie es dem Butler überreichte. „Könnten Sie sich darum kümmern?", fragte sie. „Und tragen Sie bitte frischen Tee auf."

„Natürlich, Mylady", sagte der Butler und verließ eilig den Salon.

Marie starrte Bea mit einem grimmigen Gesichtsausdruck an. „Stimmt etwas nicht?", fragte Amelia sie. Marie hatte zwar gesagt, dass sie den Grandisons zu verstehen geben würde, dass sie nicht willkommen waren, aber Amelia war überrascht von der Heftigkeit des Blicks, mit dem sie Bea bedachte.

„Das tut es in der Tat nicht!", knurrte Marie. „Warum trägt diese Frau meine Saphire?"

„Ich bitte um Verzeihung?" Bea legte ihre Hand schützend auf die Juwelen an ihrem Hals.

„Ich möchte wissen, warum Sie mein Collier tragen", entgegnete Marie.

„Wie können Sie es wagen, Sie dumme alte Frau! Das war ein Geschenk von meinem Grandison, nicht wahr, Liebling?" Bea sah zu ihrem Gatten.

„Das war es." Der ansonsten so heitere Mann beobachtete Marie eindringlich.

„Sie irren sich", sagte Bea zu Marie.

„Die Saphire wurden ganz speziell verarbeitet, ich habe den Entwurf selbst angefertigt, und genau hier fehlt ein Diamant", sagte Marie und zeigte auf die winzige Lücke.

„Solch ein Unfug! Mein Grandison hat mir erklärt, dass sich der Stein gelöst hat und das Collier zur Reparatur gebracht werden muss. Aber es gefiel mir so gut, dass ich es heute tragen wollte", sagte Bea sichtlich beleidigt.

„Es ist mir egal, was man Ihnen gesagt hat, Kind, dieses Schmuckstück gehört mir", entgegnete Marie.

Amelia hatte das Collier angestarrt und sah nun zu Grandison, der noch in der Nähe der Tür stand. *„Groß im Namen, groß im Geben"*, sagte sie langsam.

Kurzzeitig herrschte Stille, doch dann drehte er sich zu der Tür, schlug sie zu und drehte den Schlüssel um. „Das ist wirklich schade. Ich hatte gehofft, wir könnten uns ebenso gut verstehen wie meine Frau und Ihr Mann. Das wäre die perfekte Lösung gewesen, finden Sie nicht auch? Aber offenbar holen meine Taten mich ein. Das ist schade, Sie sind ein temperamentvolles junges Ding. Ich hätte unsere gemeinsame Zeit genossen."

„Grandison, was ist hier los?", kreischte Bea.

„Oh, sei still, Bea! Sei einmal im Leben still, dann verschone ich dich vielleicht."

„Was zum Teufel gedenken Sie, im Haus eines Earls zu tun?", fragte Marie.

„Das hängt von Ihrem Neffen ab, nehme ich an", sagte Grandison. Er holte ein großes Klappmesser aus seiner Tasche, ging zu Amelia und zog sie grob zu sich, als sie sich abwandte. „Sie sind das Wertvollste seiner Lordschaft, auch wenn meine törichte Frau das nicht wahrhaben will. Dabei kann jeder sehen, wie sehr er sie verehrt."

Er packte Amelia am Arm und hielt ihr das Messer an die Kehle. „Benehmen Sie sich, dann kommen Sie womöglich unbeschadet davon."

„Grandison! Was tust du da? Ich verstehe nicht, warum du dich so verhältst." Bea war nicht mehr die überschwängliche Frau, sie blickte ihren Mann entsetzt an.

„Man hat mich offenbar entlarvt." Er warf einen verärgerten Blick auf Marie. „Wie ist Jessie an Ihre Halskette gekommen? Hat sie sie gestohlen?"

„Mein Sohn schenkte sie ihr zur bevorstehenden Hochzeit", antwortete Marie und klang dabei so ruhig und gelassen wie immer.

„Jessie? Wer ist Jessie?", fragte Bea.

„Die Frau, mit der sich Ihr Mann in den vergangenen zwei Jahren jede Woche getroffen hat, und ich nehme an, dass er der Mann ist, der sie getötet hat." Das Messer wurde fester gegen Amelias Kehle gedrückt. Sie zuckte vor Schmerz zusammen, spürte ein Rinnsal und vermutete, dass das Messer die Haut durchdrungen hatte. Vielleicht war es nicht besonders klug, ihn zu ärgern, aber sie war wütend. Drei Frauen waren ihm ausgeliefert, Richard würde sich größte Sorgen machen, sobald er herausfand, was los war, und dann war da noch Jessie, die einen solchen Tod nicht verdient hatte.

„Du hattest eine Geliebte?", rief Bea.

„Natürlich habe ich das, du dummes Luder! Dachtest du, ich würde es einfach so hinnehmen, dass du dich bei jedem Mann anbiederst, der dir gefällt? Du solltest mir dankbar sein, dass ich mich nicht so verhalten habe wie du", knurrte Grandison Bea an.

„Aber du bist alt!"

Amelia biss sich auf die Lippe, um ein Lachen zurückzuhalten. Sie tauschte einen Blick mit Marie aus, wurde aber durch ein Klopfen an der Tür abgelenkt.

„Wenn Sie wollen, dass Ihre Frau am Leben bleibt, würde ich draußen bleiben!", rief Grandison.

Das Klopfen an der Tür wurde lauter. Amelia hoffte, dass niemand einen anderen Schlüssel holen würde, um die Tür zu öffnen, denn sie wusste nicht, was Grandison dann tun würde, und sie konnte den Gedanken nicht ertragen, dass Richard in Gefahr war.

„Es geht uns allen gut", rief sie, in der Hoffnung, die Person auf der anderen Seite der Tür zu beruhigen.

Auf ihren Ruf hin hörte das Hämmern auf, aber in der Halle schien Hektik auszubrechen. Da sie befürchtete, dass Richard sich in Gefahr begeben würde, schickte sie einen flehenden Blick zu Marie.

Marie schien sie zu verstehen und fragte: „Was wollen Sie mit all dem erreichen?"

„Ich möchte das Haus sicher verlassen und die Garantie, dass ich nicht verfolgt werde. Um das zu gewährleisten, werde ich sie wohl mitnehmen müssen", sagte er und zerrte an Amelias Arm.

„Richard wird Ihnen bis ans Ende der Welt folgen, wenn Sie ihm diese Frau wegnehmen", sagte Marie ungerührt. „Wenn ich Sie wäre, würde ich die Sache beenden, solange Sie noch können. Ich kann mir nicht vorstellen, dass Sie das unbeschadet überstehen."

„Das ist ein Risiko, das ich eingehen muss. Ihre Ladyschaft weiß, was ich getan habe."

„Sie haben Jessie ermordet", sagte Amelia leise. „Aber ich verstehe nicht, warum." Eines wusste sie jedoch: Wenn Grandison sie von hier fortbrachte, würde sie keinen Augenblick länger leben, als sie ihm von Nutzen war.

„Sie hat über mich gelacht", knurrte Grandison. „Sie sagte, sie bräuchte keine Einladungen mehr von mir, denn ihr zukünftiger Mann liebe sie und sie würden glücklich auf dem Land leben."

Amelia sah, wie Marie ihre Augen vor Schmerz schloss und verstand, warum. Jessie war kein Engel, aber sie hatte Claude eindeutig geliebt. „Sie haben sie getötet, weil sie ihr Glück gefunden hat?"

„Sie zeigte mir die Halskette und sagte, ich hätte ihr nie etwas so Schönes geschenkt. Sie besaß die

Frechheit, mir zu sagen, ich solle meiner nächsten Geliebten teurere Geschenke machen, wenn ich sie behalten wolle."

Amelia seufzte. „Sie war töricht und wahrscheinlich berauscht von der Aussicht, in ihrem Alter eine gute Partie zu machen. Sie hatten trotzdem kein Recht, ihr wehzutun."

„Halten Sie mir keinen Vortrag!" Grandison drückte das Messer noch einmal fester an Amelias Hals. „Sie hat verdient, was sie bekommen hat. Ich habe ihr weit mehr gegeben, als ich sollte, und so dankt sie es mir? Sie verlässt mich für einen Jüngeren!"

„Sie hat einen Ehemann gefunden", sagte Marie.

„Sie hätte sich weiterhin mit mir treffen können, aber nein, sie wollte nicht."

„Ich habe sie unterschätzt", sagte Marie zu Amelia.

„Das haben wir alle", antwortete Amelia.

„Ist das nicht alles höchst erfrischend?", rief Bea und erhob sich von dem Sofa, auf das sie gesunken war. „Mein Mann weint einem Flittchen nach, das ihn verlassen wollte. Du verdienst den Strick." Sie ging auf die Tür zu. „Ich habe genug davon. Mach mit ihr, was du willst, aber ich verlasse dich und dieses Zimmer."

„Ich werde sie töten, wenn du diese Tür berührst", warnte Grandison sie.

„Das ist mir völlig egal", sagte Bea, den anderen den Rücken zugewandt.

„Bea, wenn Sie wollen, dass Richard jemals wieder mit Ihnen spricht, würde ich es mir gut überlegen, bevor Sie gehen", erwiderte Marie. „Er ist in Amelia verliebt und sie macht ihn glücklich. Das haben Sie gesehen, genau wie wir anderen. Ich habe nur eine Stunde in ihrer Gesellschaft verbracht und sah es. Seien Sie keine Närrin. Wenn Sie noch etwas für Richard empfinden, noch einen Funken Zuneigung für ihn übrig haben, dann setzen Sie Amelias Leben nicht aufs Spiel."

Bea blieb stehen, den Blick weiterhin von der Gruppe abgewandt und mit hängenden Schultern. Als sie sich schließlich umdrehte, sah sie Amelia an. „Ich tue das für ihn, nicht für Sie."

„Warum hast du mich geheiratet, wenn du ihn offensichtlich immer noch liebst?", fuhr Grandison sie an. Amelia versuchte, nicht zu schlucken, denn in seinem Zorn drückte er das Messer erneut unangenehm gegen ihre Kehle.

„Weil ich mit dir immer noch meine Freiheit genießen kann. Richard hätte mich eingeschränkt." Bea zuckte mit den Schultern.

„Liegt dir überhaupt etwas an mir?"

„Das werden Sie nie erfahren", sagte Marie, hob eine Vase auf und schlug sie gegen seinen Schädel.

***

Richard und Claude wurden bei ihrem Gespräch in der Bibliothek von einem sehr besorgten Butler gestört. „Mylord, es scheint ein Problem zu geben", sagte er.

„Was gibt es? Geht es ihrer Ladyschaft gut?"

„Ich weiß es nicht, Mylord. Mr. und Mrs. Grandison machten ihre Aufwartung und ihre Ladyschaft hat ihnen Einlass gewährt. Mrs. Grandison brachte Blumen und ihre Ladyschaft bat mich, mich um sie zu kümmern und ein frisches Teetablett aufzutragen. Als ich aus dem Zimmer ging, hörte ich Mrs. Greenwood etwas über eine Halskette sagen. Ich muss zugeben, dass ich mir nichts dabei gedacht habe, aber kurz darauf wurde die Tür zum Salon zugeknallt und verschlossen."

„Was zum Teufel?" Richard schoss auf.

„Eine Halskette? Meine Mutter sagte etwas von einer Halskette?", fragte Claude.

„Ja, sie sprach mit Mrs. Grandison."

„Richard, ich habe ein schlechtes Gefühl", sagte Claude und ging zur Tür.

„Ich habe vorsichtshalber einen Diener vorbeigeschickt, um durch das Fenster zu spähen", sagte der Butler.

„Gut", sagte Richard. „Das ist untypisch, selbst für Bea."

Die drei Männer gingen in den Flur, näherten sich aber nicht der Tür, als der Diener mit bleichem Gesicht hereinstürmte.

„Was ist?", fragte Richard.

„Es ist der Gentleman, Mylord. Er scheint ihre Ladyschaft festzuhalten, fast so, als hätte er eine Waffe gegen sie gerichtet", erklärte der Diener.

Richard stürzte auf die Tür zu und hämmerte gegen das Holz, als ob er es allein mit seiner Kraft aufbrechen könnte.

Sie hörten Grandisons Worte, was Richards Schläge nur verstärkte. Als Amelia ihnen versicherte, dass es ihnen gut ginge, wandte sich Richard an die anderen. „Wir brauchen einen Plan, denn ich kann nicht vor dieser Tür warten, während meine Frau in solcher Gefahr schwebt."

„Schicken Sie nach dem Bow Street Runner", sagte Claude zum Butler. „Und holen Sie die Pistolen."

„Du wirst nicht mit einer Waffe herumfuchteln, wenn wir nicht wissen, was dort drinnen vor sich geht. Deine Mutter ist ebenfalls da drin", sagte Richard.

„Ich weiß, und ich werde dafür sorgen, dass beide unversehrt herauskommen, und dieser Schwachkopf wird für das, was er Jessie angetan hat, hängen."

„Wir wissen nicht, ob er es war", entgegnete Richard, der von seinen eigenen Worten nicht überzeugt klang.

„Es war die Rede von der Halskette meiner Mutter. Es fehlt nur eine Halskette und derjenige, der sie gestohlen hat, muss Jessie ermordet haben", sagte Claude. „Ich würde ihn am liebsten selbst erschießen, aber ich will ihn am Galgen baumeln sehen."

Richard nickte. „Wenn er Amelia verletzt ..."

Claude legte die Hand auf Richards Arm. „Wir werden tun, was wir können, damit sie unverletzt bleibt."

„Vielen Dank."

Der Butler kehrte mit zwei Pistolen zurück und reichte sie Claude.

„Sie sind geladen, Sir."

„Gut. Ich gehe nach draußen und positioniere mich so, dass ich ihn ausschalten kann, sobald ich ihn im Visier habe."

„Ich weiß, dass du ein guter Schütze bist, aber durch eine Glasscheibe?", fragte Richard.

„Das ist die einzige Möglichkeit, ihn zu erwischen. Wenn wir die Tür aufbrechen, wird die Situation unübersichtlich, und wer weiß, wozu er dann fähig wäre."

Richard verzog das Gesicht. „Gut, aber gib mir eine der Pistolen. Falls er durch diese Tür kommt, werde ich auf ihn warten."

Claude reichte ihm eine Pistole und verließ das Haus. Sämtliche Diener des Hauses waren mit dem Butler in der Halle versammelt.

„Was sollen wir tun, Mylord?", fragte der Butler.

„Ich habe keine Ahnung. Haben Sie einen Schlüssel?"

„Ja."

„Dann halten Sie sich bereit, die Tür aufzusperren, sobald ich es Ihnen befehle", sagte Richard.

Sie warteten und gaben Claude Zeit, sich in Position zu bringen. Richard hatte das Gefühl, das Pochen seines Herzens wäre im gesamten Haus zu hören. Er mochte vernachlässigt und misshandelt worden sein, aber nie zuvor hatte er sich so hilflos gefühlt wie in diesem Moment. Er konnte den Gedanken nicht ertragen, dass Amelia verletzt werden könnte, aber das war nicht alles.

Er hatte jemanden gefunden, mit dem er zufrieden, glücklich und verliebt war. So egoistisch es auch klingen mochte, er konnte den Gedanken nicht ertragen, dass sie getötet werden könnte.

Ohne Amelia könnte er nicht weiterleben und er hatte ihr nie gesagt, dass er sie liebte. Er war ein Narr, der sich ihr nicht geöffnet hatte, und jetzt konnte er nichts tun, um ihr zu helfen.

Als er ein Krachen und einen Schrei im Zimmer hörte, rief er dem Butler zu, er solle die Tür öffnen, während ein Schuss und dann das Splittern von Glas zu hören waren.

Er öffnete die Tür, hob sie dabei beinahe aus den Angeln und lief mit der Waffe im Anschlag hinein.

Kapitel 23

Richard hatte Mühe, sich einen Überblick zu verschaffen. Er wollte nur Amelia finden und sie in Sicherheit bringen. Grandison lag auf dem Boden und krümmte sich vor Schmerzen. Marie stand über ihm und hielt eine Vase über ihren Kopf, bereit für den nächsten Schlag. Amelia lag unter einem Sessel auf dem Boden, und er ging auf sie zu.

Bea sprach ihn an. Sie hatte sich auf ein Sofa gekauert, sprang aber auf, als sie Richard sah. „Er wollte uns umbringen! Oh, Richard, ich bin so froh, dass du gekommen bist", jammerte sie und warf sich in seine Arme.

Richard hatte Mühe, sich aus ihrem Griff zu befreien, denn er hatte immer noch die Pistole in der Hand.

„Bea, um Himmels willen, lass mich los!"

„Aber ich habe Angst und bin allein!", jammerte Bea. „Ich brauche dich! Mein Mann ist ein Mörder!"

„Ich muss zu meiner Frau", entgegnete Richard.

Bea sah ihn an. Ihre Überraschung lockerte ihren Griff, was es Richard ermöglichte, sich von ihr zu lösen. „Aber ..." Sie beendete ihren Satz nicht und ließ sich zurück auf das Sofa sinken.

Richard erreichte den Stuhl, als Claude durch die Tür kam. Er war zurück ins Haus gerannt, nachdem er seinen Schuss abgefeuert hatte. Richard reichte seinem Cousin seine unbenutzte Pistole und deutete mit dem Kinn auf Grandison. „Offensichtlich sind Tante Marie und du ein gutes Team."

Claude grinste seine Mutter an. „Als du mit der Vase zugeschlagen hast, musste ich so sehr lachen, dass ich nicht richtig zielen konnte. Du warst großartig, Mutter."

„Es steckt noch Leben in dieser alten Katze", sagte Marie und lächelte ihren Sohn an. „Guter Schuss, Claude. Ich habe dich draußen gesehen und geahnt, was du vorhattest. Es war perfektes Timing, denn mein Schlag hätte ihn nicht lange am Boden gehalten."

Claude schien unter dem Lob seiner Mutter zu wachsen und nahm ihr die Vase ab. „Du solltest dich erst einmal hinsetzen. Ich werde dafür sorgen, dass er für seine Taten gehängt wird, aber das wird mich nicht daran hindern, erneut zu schießen, sollte er etwas versuchen. Es gibt viele Gliedmaßen, auf die ich zielen kann, ohne ihn zu töten."

Grandison wimmerte bei diesen Worten, versuchte aber nicht, sich aufzusetzen. Blut sickerte aus einer Schulterwunde und er hielt sich mit dem unverletzten Arm die Stelle am Hinterkopf, an der Marie ihn getroffen hatte.

Richard hatte sich neben Amelia gehockt, unfähig zu sprechen, als er das Blut an ihrem Hals und auf ihrem Kleid sah. Als sie ihn ansah, mit diesen blaugrauen Augen, die er so sehr liebte, weit und verängstigt, fand er endlich seine Stimme. „Sie benötigt einen Arzt!", rief er. „Amelia, Amelia. Wo bist du verletzt?"

Der Schmerz und die Angst in seiner Stimme veranlassten Amelia, ihm die Hand zu reichen. „Mir geht es gut", stöhnte sie.

„Aber das Blut ist in dein Kleid eingedrungen." Richard war an ihrer Seite, wagte es jedoch kaum, sie zu berühren.

„Es dürfte nur eine Schnittwunde sein", sagte Amelia.

Er nahm sein Taschentuch zur Hand, wischte das Blut von ihrem Hals und sackte vor Erleichterung beinahe zusammen, als er zwar zwei Schnitte sah, diese aber nur oberflächlich waren und schon nicht mehr bluteten. „Du brauchst dennoch einen Arzt", sagte er unwirsch. „Ich muss sichergehen, dass dir nichts geschehen ist."

Eine Träne kullerte auf Amelias Wange. „Ich dachte, ich würde das nicht überleben. Er hatte nichts zu verlieren", flüsterte sie.

„Lieber Gott, wenn ich dich verloren hätte." Richard schloss sie in seine Arme und wiegte sie, obwohl sie beide auf dem Boden saßen. „Ich hatte noch nie solche Angst. Ich werde dich nie mehr aus den Augen lassen."

Amelia schmunzelte über seine Worte. „Du wirst schon bald genug von mir haben."

Richard löste sich gerade weit genug von ihr, um ihr in die Augen zu sehen. „Bis zu meinem letzten Tag werde ich das nicht. Glaub mir einfach, wenn ich sage, dass du mir mehr wert bist als alles andere. Dies ist wahrscheinlich der falsche Zeitpunkt, und ich erwarte nicht, dass du genauso empfindest, aber ich muss dir sagen, dass ich dich liebe, Amelia. Ich tat es wohl vom ersten Moment an und ich werde dich für den Rest meiner Tage lieben."

„Warum denkst du, dass ich nicht dasselbe empfinde?"

„Die Art und Weise, wie wir in die Ehe gezwungen wurden, der Unsinn und die Missverständnisse um Bea ..."

„Ich verstehe, dass du sie geliebt hast und wahrscheinlich immer lieben wirst", sagte Amelia.

„Nein, nein, nein", entgegnete Richard. „Ja, ich hätte sie geheiratet, aber wir wären unglücklich geworden. Für mich war es vor allem Verliebtheit, dann Schmerz und der Wunsch, dass sie es bereut, mich verlassen zu haben. Jetzt bedeutet sie mir nichts mehr. Mit dir weiß ich, dass das Leben interessant sein wird; eine Herausforderung, ja, aber auch leidenschaftlich und von langer Dauer. Ich hoffe, dass du mich eines Tages genauso liebst wie ich dich."

„Oh, Richard, du alberner Tor, natürlich liebe ich dich!" Amelia hatte seine Wangen in die Hände genommen. „Ich wäre bei unserer Hochzeit die glücklichste Frau auf dieser Welt gewesen, hätte ich mich deiner würdig gefühlt. Diese verflixten Beine! Aber es scheint, als hätte ich einen dummen Mann geheiratet, dem meine Makel egal sind, und dafür liebe ich dich umso mehr."

Richard küsste sie, unfähig zu sprechen, und ignorierte das Hüsteln seines Cousins, bis Claude ihn an der Schulter rüttelte. „Was?", knurrte er.

„Deine schmalzigen Worte klingen, als würdest du aus einem Liebesroman vorlesen. Aber nun gibt es andere Dinge, um die du dich kümmern musst. Die Bow Street ist hier."

Richard drehte sich zu seinem Cousin und stellte mit einiger Überraschung fest, dass Grandison mittlerweile auf einem Stuhl saß, seine Wunde von dem Arzt, der gekommen war, verbunden wurde, und der Beamte der Bow Street bei ihm stand. Marie hatte sich ebenfalls bewegt, hatte seine teure Vase an ihren Platz gestellt und trank Tee, als wäre es das Natürlichste der Welt, von einem Mörder bedroht zu werden.

Claude sah Richard amüsiert an. „Ich denke, du solltest dich allmählich rühren. Der Arzt möchte sich um Ihre Ladyschaft kümmern", sagte er und nickte Amelia zu.

Richard half Amelia auf die Beine und legte einen Arm schützend um ihre Taille. Er führte sie zu einem Sessel und wich nicht von ihrer Seite, während der Arzt sie untersuchte.

Als ihm versichert wurde, dass es keine bleibenden Narben geben würde, wandte sich Richard an den Bow Street Runner. „Schaffen Sie ihn mir aus den Augen."

„Jawohl, Mylord." Er hob Grandison an seinem verletzten Arm hoch, was den Mann vor Schmerz aufschreien ließ, und führte ihn aus dem Haus.

Als er fort war, ließ sich Claude auf den Platz sinken, den Grandison frei gemacht hatte, und warf den Kopf in die Hände. „Ich kann nicht fassen, dass sie sterben musste, weil sie mich heiraten wollte."

Marie setzte sich neben ihren Sohn und legte ihren Arm um ihn. „Es war töricht, wie sie ihn verspottet hat, aber sie hat seine Reaktion nicht verdient. Es tut mir leid, mein Junge, ich habe euch beide falsch eingeschätzt und hätte mich nicht einmischen dürfen."

Claude sah zu seiner Mutter. „Was soll ich nur ohne sie tun? Ich habe noch nie eine Frau so gemocht wie Jessie."

„Daran solltest du jetzt nicht denken. Das war ein fürchterlicher Schock. Ich denke, eine Reise ins Ausland würde dir guttun. Nicht um sie zu vergessen", sagte Marie, als es so aussah, als würde Claude ihr widersprechen wollen. „Aber du solltest dir Zeit nehmen, um zu trauern, ohne den Klatsch und die ständigen Erinnerungen. Ich weiß, wie es ist, einen geliebten Menschen zu verlieren, und glaub mir, Aktivität macht den Schmerz erträglicher."

„Wirst du mich begleiten?", fragte Claude.

„Würdest du das wollen?" Marie war sichtlich überrascht von der Bitte ihres Sohnes.

„Ich glaube, das würde uns beiden guttun."

„Dann sollten wir nicht warten, bis dieser Schurke gehängt wird. Es reicht zu wissen, dass er an den Galgen kommen wird. Lass uns die Reise planen." Marie stand auf und streckte ihre Hand nach Claude aus. Als er sie nahm, küsste sie seine Hand. „Es tut mir leid, mein Sohn."

„Es wird alles gut", sagte Claude, legte ihre Hand auf seinen Arm, nickte Richard und Amelia zu und verließ mit seiner Mutter den Salon.

„Ich bin froh, dass sie ihre Differenzen überwinden. Das ist das Beste für sie beide", sagte Richard.

„Da hast du recht", sagte Amelia und lehnte sich an ihn. „Wo ist Bea?"

Richard sah sich um, aber abgesehen vom Butler war der Raum menschenleer. „Das weiß ich nicht."

„Mylord, ich hielt es für klug, Mrs. Grandison zu ihrer Kutsche zu begleiten und den Kutscher darauf hinzuweisen, dass sie womöglich für eine Weile ihre Eltern besuchen möchte."

„Ein hervorragender Vorschlag, der Klatsch wird fürchterlich für sie werden", sagte Richard.

„Auf die Gefahr hin, gehässig zu klingen, denke ich doch, dass sie die Aufmerksamkeit genießen wird", sagte Amelia.

„Haben Sie das gehört?", fragte Richard seinen Butler. „Meine Frau hat eine scharfe Zunge. Mir steht eine schreckliche Zukunft bevor. Aua." Er lachte, als Amelia ihren Ellbogen in seine Rippen stieß.

„Ich muss dieses Kleid ausziehen. Vermutlich sollten wir es verbrennen lassen. Ich will es nie wieder tragen", sagte Amelia mit einem Schaudern.

Richard half ihr auf die Beine, auch wenn sie protestierte. Der Butler verließ den Salon und Richard lächelte zu ihr hinunter. „Ich glaube, ich muss dir aus deinem Kleid helfen."

„Ach wirklich?"

„Ja, ich denke außerdem, dass wir für mindestens zwei Wochen nicht für Besucher zu sprechen sind."

„Zwei Wochen?", fragte Amelia schwach.

„Mindestens", sagte Richard, küsste Amelia und zog sie an sich.

„Richard, bitte verzeih die Störung ..." Claude stand in der Tür.

Richard unterbrach seinen Kuss, legte seinen Kopf auf ihre Stirn und schloss die Augen. „Claude, wenn du genau weißt, dass wir allein sein wollen, warum störst du uns trotzdem?"

„Es ist ein Talent von mir, nehme ich an", antwortete Claude achselzuckend.

„Wir haben dir etwas zu sagen", sagte Richard.

„Ach ja?"

„Verschwinde!", riefen sie ihm beide zu.

Lachend schloss Claude die Tür und ging davon.

Epilog

Vier Jahre später

Amelia zog die Decke näher an sich heran, während sie die Aussicht betrachtete: Hügel, so weit das Auge reichte. Aber es war die Szene vor ihr, die ihre Aufmerksamkeit erregte.

Richard rannte um die abgeflachte Spitze des Hügels, während zwei Kinder quietschend versuchten, ihn zu fangen. Als er zu Boden fiel, warfen sie sich lachend auf ihn und freuten sich lautstark über ihren Erfolg, das Monster bezwungen zu haben.

Sie streichelte ihren Bauch und lächelte ihre Familie an. „Es wird nicht mehr lange dauern, bis du dich zu deinen Brüdern gesellst", flüsterte sie. Sie war begeistert von ihren Kindern, die selbstbewusst und glücklich in einem liebevollen Haushalt aufwuchsen, der regelmäßig von Freunden und Verwandten besucht wurde.

Die feine Gesellschaft betrachtete sie als eine Art Kuriosität: Eltern, die sich ihrer Kinder erfreuten und entschieden zu viel Zeit mit ihnen verbrachten. Für all jene außerhalb ihres Bekanntenkreises mutete es seltsam an, aber niemand, der ihnen nahestand, war davon überrascht.

Richard und Amelia war es egal, was die Gesellschaft dachte. Amelia erzog ihre Kinder mit der liebevollen Zuwendung, die sie von ihren Eltern erfahren hatte, und obwohl sie wusste, dass Richard manchmal an seinen Fähigkeiten zweifelte, würden seine Kinder in dem Wissen heranwachsen, wie sehr sie von ihrem Vater geliebt wurden. Er unterstützte sie in jeder Hinsicht und war entschlossen, ihnen die Geborgenheit und Liebe zu vermitteln, die in seinem Leben gefehlt hatten.

Erst als Richard um Gnade flehte, liefen die Jungen in das Folly zu ihrer Mutter.

„Ihr seid meine tapferen Soldaten." Amelia strich ihnen die dunklen, zerzausten Mähnen zurecht. „Ich nehme an, ihr seid hungrig." Sie deutete an, dass das Kindermädchen sie zum Essen in das einzige andere Zimmer im Erdgeschoss bringen sollte.

Richard kam herein und ließ sich neben seiner Frau auf das Sofa sinken. „Bin ich in Sicherheit?", fragte er und gab ihr einen Kuss.

„Für den Moment. Die Aussicht auf Essen war spannender als du, aber sie werden sich bald erholen", antwortete Amelia.

„Wenn das so ist, sollte ich das Beste aus meiner Gnadenfrist machen." Richard küsste sie erneut. „Geht es dir gut?"

Sie lächelte ihn an. „Natürlich. Ich mache das nicht zum ersten Mal."

„Ich werde keine Ruhe haben, bis er oder sie geboren ist und ich weiß, dass es euch gut geht", sagte er.

„Ich weiß." Amelia wünschte, sie könnte ihm eine Garantie geben, aber sie war über dreißig, und sie waren sich beide der Risiken einer Geburt bewusst.

Dieses Kind würde ihr letztes sein, egal ob ein Junge oder ein Mädchen. Obwohl Richard angedeutet hatte, dass ein süßes Mädchen, das ihre Familie vervollständigen würde, ein Segen wäre.

Amelias Selbstwertgefühl blühte unter der Bewunderung ihres Mannes auf und Richards schlechte Erinnerungen waren verblasst und durch neue, glückliche ersetzt worden. Geschaffen, so betonte er, von der Frau, die ihn stets dazu inspirierte, die beste Version seiner selbst zu sein.

„Ich denke, wir sollten allmählich an eine Erweiterung des Westflügels denken", sagte Richard. „Meinst du, du könntest mit dem Entwurf beginnen, bevor das Baby kommt?"

„Das wird ein großes Projekt."

„Ja, aber sieh dir nur dieses herrliche, robuste Bauwerk an, das du geschaffen hast. Nichts kann es zum Einsturz bringen, es trotzt Wind und Wetter."

Amelia bewunderte das Mauerwerk. Sie war stolz auf ihr Folly. „Ich bin mir nicht sicher, ob dieses Häuschen mit einem ganzen Flügel verglichen werden kann."

Richard zog seine Lorgnette aus der Tasche, hielt sie in Position und wandte sich an Amelia. „Wollen Sie damit sagen, dass meine talentierte, schöne Frau dieser Aufgabe nicht gewachsen ist?"

Lachend schnappte sich Amelia die Lorgnette und warf sie auf den Rasen. „Du und dieses verflixte Ding!"

„Ich wäre viel vermögender, wenn du nicht so viele davon zerstören würdest."

„Und ich wäre weit weniger gequält, wenn du mich nicht ständig damit necken würdest."

Richard zog sie auf seine Knie, obwohl sie entgegnete, dass sie zu schwer sei.

„Es muss mir erlaubt sein, dich zu provozieren, sonst wäre ich wirklich nur noch das verliebte Schoßhündchen. Auf diese Weise kann ich hoffen, mir etwas von meinem früheren Ruf zu bewahren."

Sie schüttelte den Kopf und fuhr mit den Fingern durch das dichte, dunkle Haar ihres Mannes. Sie liebte es, dass er es länger ließ, nur damit sie das tun konnte.

„Ich fürchte, dafür ist es zu spät. Die Gesellschaft verzweifelt daran, wie sehr du deine Frau umschwärmst und jeden anlächelst. Darüber haben sich schon einige aufgeregt."

„Meine Frau hat mich verdorben", stöhnte Richard.

„Möge es lange so weitergehen", sagte Amelia und bot ihm ihre Lippen an.

Der Earl musste nicht überzeugt werden.

ENDE

So geht es weiter

Ein Earl wird betört

Ein Spion und ein Mauerblümchen hofieren die Gefahr

Samuel Langford, der Earl of Bentham, genießt seinen Ruf als Lebemann, auch wenn er seine Unbekümmertheit sorgfältig kultiviert. Miss Patricia Leaver findet ihn nervtötend, obwohl er ihr ein ebenso guter Freund ist wie ihrem Bruder. Die drei sind seit Jahren verbündet, und ihre Nähe erlaubt ihnen eine Offenheit, die zwischen Männern und Frauen der feinen Gesellschaft selten zu finden ist.

Als Samuel einen Juwelendieb ausfindig machen soll, scheint es nur natürlich, Patricia in seine raffinierte List zu verwickeln. Sie ist begeistert von der Aussicht auf ein Abenteuer. Doch ihr Bruder Dominic ist über das Vorhaben alles andere als erfreut, da Patricia mit einer falschen Verlobung ihren guten Ruf in der feinen Gesellschaft riskiert.

Als die Eskapade schon bald zur realen Gefahr ausartet, haben alle drei einen Grund, die Sinnhaftigkeit dieses Unterfangens infrage zu stellen. Während Samuel und Patricia ihre Täuschung spielen, erkennen sie bald, dass ihre Gefühle tiefer gehen als bloße Freundschaft – und verstärkt werden, als Samuels Leben auf dem Spiel steht.

Patricia muss entscheiden, ob sie einen eingefleischten Schwerenöter lieben kann, und Samuel wird jede Waffe in seinem Arsenal als Gentleman benötigen, um sie von seiner Treue zu überzeugen. Der Earl ist durch und durch betört und möchte seine Herzensdame ebenso verzaubert wissen.

Aber dafür muss er zunächst einmal am Leben bleiben.

Kapitel 1

London, 1811

Samuel Langford, Earl of Bentham, rieb sich frustriert über das Gesicht und amüsierte damit seine Freunde. Nur selten zeigte er Gefühle, und das lediglich im Kreis seiner engsten Vertrauten. „Ich schwöre es euch, meine Mutter bringt mich eines Tages ins Grab. Wenn ich mich nicht vorher gezwungen sehe, sie zu ermorden", stöhnte er.

Mr. Dominic Leaver grinste Samuel an. „Will sie schon wieder, dass du heiratest, damit du einen Erben zeugen kannst?"

„Das ist ihr Hauptargument, aber ihr fallen Dutzende weitere Begründungen ein. Anscheinend könnte ich das alles erst verstehen, wenn ich in ihrer Lage sei. Sie glaubt doch tatsächlich, dass ständiges Nörgeln und das Vortäuschen diverser Leiden mich dazu bringen, bei ihren fragwürdigen Spielchen mitzumachen und mir dabei auch noch eine Frau zu suchen. Es erinnert mich vielmehr daran, warum jede Frau, die ich jemals ernsthaft als Gattin in Erwägung ziehen würde, bei der Aussicht auf eine Ehe mit mir die Flucht ergreifen sollte. Wenn ich heirate, hat Mutter ein weiteres Individuum, dem sie das Leben zur Hölle machen kann", antwortete Samuel ernst.

„Und dazu müsste die arme Frau noch deine Unzulänglichkeiten ertragen", sagte Dominic lachend.

„Dominic! Das ist unfair!", schimpfte Patricia ihren älteren Bruder, lachte jedoch dabei. Sie genoss das Geplänkel zwischen den beiden. Samuel und

Dominic behandelten sie in ihren Gesprächen als gleichberechtigt, denn sie war ebenso schlagfertig und intelligent wie die beiden. Ihre positiven Eigenschaften wurden von Gentlemen häufig übersehen, die sich lieber auf die begehrenswerteren, sanftmütigen Frauen der Gesellschaft konzentrierten. Doch von ihrem Bruder und dessen bestem Freund wurde sie aufrichtig geschätzt.

Patricia war groß und schlank, hatte dunkles Haar und dunkle Augen und gehörte nicht zu den modischen, zierlichen Blondinen, die darum wetteiferten, das neue Glanzstück der Saison zu werden, zumal sie mit ihren vierundzwanzig Lenzen beinahe als alte Jungfer galt. Bruder und Schwester waren sich in Haarfarbe und Größe sehr ähnlich, aber während dies bei Dominic als Vorteil angesehen wurde, hielten viele es bei Patricia für abschreckend.

Es war egal, was andere über sie dachten. Es gab nur einen Mann, der ihr Herz jemals zum Rasen gebracht hatte, und der saß ihr gegenüber. Da er in ihr jedoch nur eine Freundin sah, hatte sie sich mit dem Schicksal als Jungfer angefreundet. Wenn sie schon nicht mehr haben konnte, so war sie wenigstens froh um diese Freundschaft.

„Wahrscheinlich stimmt das sogar", gab Samuel zu und lächelte Patricia liebevoll an – etwas, das ihren Tag stets erhellte. „Ich versuche sie immer wieder zu überreden, auf dem Land zu bleiben, aber Mutter meint, dass meine Chancen auf eine Ehe größer sind, wenn sie mit mir in der Stadt bleibt. Dabei weiß ich ganz genau, dass sie nur in der Nähe dieser Männer bleiben will, die sie aufsucht. Sie hört mir überhaupt nicht zu, wenn ich ihr erkläre, dass ich absolut nicht die Absicht hege, in nächster Zeit zu heiraten. Wenn sie glaubt, dass ich ihr den Vorwand abkaufe, sie sei nur zu meinem Vorteil in der Stadt, dann muss sie mich wirklich für dumm halten."

„Du bist ein beliebter Tanzpartner. Es muss Damen geben, die dich als Ehemann in Betracht ziehen", schlussfolgerte Patricia, auch wenn sie natürlich das Gemurmel hörte, das Samuel stets begleitete. Er gehörte nicht zu den begehrtesten Junggesellen der feinen Gesellschaft. Viele fanden, er hätte eine gefährliche Ausstrahlung, und es wurde darüber spekuliert, dass er unehelich geboren worden sei. Dies veranlasste einige Menschen dazu, sich von ihm fernzuhalten. Das ärgerte Patricia, doch gleichzeitig fühlte sie sich privilegiert, dass sie eine der wenigen war, die den wahren Samuel kannten.

„Wie du weißt, ist ein Tanz nicht gleichbedeutend mit einer Ehe, ansonsten hätten einige dieser Langweiler, mit denen du getanzt hast, eine Chance bei dir gehabt", bemerkte Samuel und amüsierte sich über ihre Reaktion.

Patricia verzog das Gesicht. Wie immer bewies Samuel, dass er sie beinahe genauso gut, wenn nicht sogar besser als ihr Bruder kannte. Ein bittersüßer Gedanke.

„Ich wünschte, ich hätte die Hälfte der Tänze ablehnen können, die ich ertragen musste, weil Großmutter einen armen Trottel dazu nötigte, mich aufzufordern. Es ist beschämend, wenn die Frau größer ist als ihr Partner. Ich spüre, wie eilig sie sich von mir entfernen wollen, sobald die Musik endet. Mehr als einmal wurde ich praktisch von der Tanzfläche gezerrt, so schnell wollten sie mich zu Großmutter zurückbringen."

„Ich bin mir sicher, dass ich in den jungen Damen viel eher Fluchtinstinkte geweckt habe", sagte Samuel und wirkte bei diesem Gedanken gelassen.

„Wenn sie böswilligen Gerüchten Glauben schenken, sind sie einfach nur dumm. Aber du befeuerst die Sache auch noch, mit diesem schlechten Ruf, den du dir geschaffen hast." Sie mochte ihn zwar gern, aber das hielt sie nicht davon ab, ihn zurechtzuweisen, wenn sie es für nötig hielt.

„Sind es denn nur Gerüchte?", fragte Samuel mit einer hochgezogenen Augenbraue.

„Du bist das Ebenbild deines verstorbenen Vaters", sagte Patricia. „An dir kann es nicht liegen, dass diese Klatschbasen behaupten, du wärst nicht sein Sohn. Es spielt ohnehin keine Rolle, dein Vater hat dich vergöttert. Es ist schade, dass du nicht respektabler geworden bist. Du nährst diese Geschichten über einen Wüstling und Schwerenöter doch nur, so viel Zeit, wie du in Spielhöllen und Bordellen verbringst. Das sind gewiss keine Orte, um eine passende Ehefrau kennenzulernen."

„Patricia!" Jetzt war Dominic an der Reihe, seine Schwester zu zurechtzuweisen.

„Was?", fragte Patricia, völlig reuelos. „Soll ich vorgeben, es gäbe solche Orte nicht? Bist du so leicht zu erschüttern, Bruder?"

„Solche Etablissements sollten in Gesellschaft nicht angesprochen werden", sagte Dominic mürrisch.

„Samuel und du seid wohl kaum Gesellschaft", spottete Patricia. „Aber um auf das Thema zurückzukommen, Samuel sollte sich einen respektableren Ruf erarbeiten, anstatt sich auf den Hausgesellschaften und Bällen, die er besucht, wie der Teufel zu benehmen."

„So macht es mehr Spaß", sagte Samuel und sein Grinsen ersetzte die sonst so ernsten Gesichtszüge. „Mir gefällt der Spitzname *Bockiger Bentham.*"

Patricia kicherte. „Das ist ein Name, den ich von einem Schuljungen erwarten würde, nicht von einem reifen, erwachsenen Mann!"

Samuel sah Dominic nüchtern an. „Reif? Erwachsen? Kennt mich deine Schwester überhaupt?"

„Ich glaube, sie meint damit, dass du allmählich an Altersschwäche leidest", antwortete Dominic.

Patricia warf ein geschickt platziertes Kissen auf Dominic, das aufgrund einer raschen Ausweichbewegung sein Ziel verfehlte.

Dominic lachte. „Habe ich einen Nerv getroffen?"

„Ihr seid beide lächerlich", entgegnete Patricia. „Deine Mutter hat in einem Punkt recht, Samuel. Du solltest dich um eine Ehefrau bemühen. Du wirst nicht jünger, auch wenn du nicht ganz so alt bist, wie mein Bruder tut. Dennoch benötigst du einen Erben. Jeder, der einen Familiennamen weiterzuführen hat, trägt diese Verantwortung."

„Grundgütiger! Es wird immer schlimmer! Ich bin doch erst neunundzwanzig", stöhnte Samuel. „Nicht alle von uns haben ihr Leben so gut geplant wie du, Patricia", sagte er. In seinem Tonfall lag ein Hauch von Spott, den er ihr gegenüber selten anschlug.

Patricia weigerte sich, auf die Stichelei zu reagieren – die Worte waren oft gesagt worden. „Ich habe mich mit der Tatsache abgefunden, dass ich nicht heiraten werde, und du solltest ebenfalls deine Zukunft akzeptieren. Eine Entscheidung über den eigenen Lebensstil zu treffen, kann äußerst befreiend sein. Wenn du erst einmal die Notwendigkeit akzeptierst, eine geeignete Frau zu finden, wird es dir leichter fallen. Es würde dein Leben sicherlich erleichtern und deine Mutter hätte einen Grund weniger, sich ständig über dich zu beklagen."

Ihr Tonfall war leicht und unbeschwert, aber der Gedanke schmerzte, dass er eines Tages nicht mehr so häufig in ihrer Gesellschaft sein würde. Mit einer Frau an seiner Seite würden sie wahrscheinlich nicht mehr so unbekümmert miteinander scherzen. Es war ein trauriger Gedanke, aber sie konnte nichts dagegen tun. Hätte er sie als seine Frau gewollt, hätte er bereits etwas in diese Richtung unternommen.

„So sehr es mich auch schmerzt, der ungehorsame Sohn zu sein, in diesem Fall kann ich nicht auf ihre Wünsche eingehen. Außerdem bist du noch jung und längst nicht so altersschwach, wie du es mir zuschreiben willst. Dir bleibt noch Zeit, um zu heiraten", entgegnete Samuel. „Warum bist du so überzeugt davon, unverheiratet zu bleiben?"

„Da meine Größe gegen mich spricht, ich bestenfalls einigermaßen hübsch bin und nur über eine bescheidene Mitgift verfüge, muss ich meine Möglichkeiten realistisch einschätzen."

„Wir sind keine armen Schlucker!", entgegnete Dominic scharf. Er wurde nur ungern daran erinnert, dass sie zu einer jener Familien gehörten, deren Vorfahren das Vermögen durch sorglosen Umgang verringert hatten.

„Das habe ich nie behauptet", sagte Patricia. „Du darfst nicht glauben, dass ich mit meinem Leben unzufrieden wäre. Ich habe euch beide, meine Freundinnen und Großmutter. Ich brauche niemanden sonst und wüsste nicht, wie ein Ehemann mein Leben bereichern könnte."

„Das ist eine pragmatische Haltung, falls du die Wahrheit sagst", räumte Samuel ein. „Trotzdem klingt diese Aussicht recht düster, vor allem, wenn Dominic und ich deine Hoffnung auf gute Unterhaltung sind. Du besitzt mehr Mut als die meisten, Patricia. Ich kann mir allerdings nicht vorstellen, dass du dich mit dem Leben einer alten Jungfer zufriedengibst. Du bist temperamentvoll und abenteuerlustig. Abgesehen davon, sehnen sich nicht alle jungen Frauen nach einer Liebesheirat?"

Seine Worte brachten sie zum Schmelzen. Er überschüttete sie stets mit Komplimenten. Es war eine Schande, dass er sie nur als Freundin sah.

„Das mag sein, aber ich habe noch niemanden getroffen, der mich nicht zu Tode langweilt, selbst wenn er über meine Unzulänglichkeiten hinwegsehen könnte.

Wie ich schon sagte, bin ich mit meiner Situation zufrieden. Jetzt müssen wir nur noch jemanden finden, der für dich geeignet ist."

„Deshalb mag dich meine Mutter so sehr", sagte Samuel mit einer Grimasse. „Ich fürchte, du hast in den vergangenen Jahren zu viel Zeit mit ihr verbracht. Ihr habt eindeutig ähnliche Ansichten."

„Ich möchte dich nicht beleidigen, aber das denke ich nicht", entgegnete Patricia.

„Wir haben völlig gegensätzliche Ansichten über das Familienleben."

Samuel lächelte und richtete seine ohnehin schon sauberen Manschetten. „Was? Willst du deine Affären nicht vor den Augen deines Mannes und deines Sohnes ausleben? Dann bist du in der Tat anders als meine Mutter, denn sie war eine Expertin darin und ist es immer noch."

„Wäre ich je verheiratet, hätte ich überhaupt keine Affären. Sieh nur, welche Auswirkungen ihr Verhalten auf dein Leben hat. Du hast diese Kritik, die dir entgegengebracht wurde, nicht verdient. Das hatte nichts mit dir als Person oder deinen Taten zu tun. Zumindest anfangs nicht." Patricia musste zugeben, dass Samuels Ruf als Schwerenöter sein eigener Verdienst war, aber bereits vorher hatten die Menschen Mutter und Sohn über einen Kamm geschert, um die Gerüchteküche am Brodeln zu halten.

Sie hatte sich bei vielen in der feinen Gesellschaft unbeliebt gemacht, weil sie sich für ihn einsetzte, wenn sie abfällige Bemerkungen über ihn hörte.

Normalerweise würden solch offene Worte Samuel erzürnen, aber er schätzte Dominic und Patricia sehr, und so gewährte er ihnen mehr Freiheiten. Dominic war seit Kindheitstagen an ein treuer Freund. Patricia war ihnen gefolgt, wann immer sie konnte, und anstatt sie auszuschließen, hatten die Jungen sie in ihre Gruppe aufgenommen. So war aus dem Duo schnell ein Trio geworden. Sie sah, dass ihre ehrlichen Worte Samuel aufwühlten.

Sie hatte ein schlechtes Gewissen, er selbst redete sich stets genauso schlecht wie die Gesellschaft. Er wusste offensichtlich nicht, wie er auf ihre Offenheit und das Mitgefühl in ihren Augen reagieren sollte.

„Ich bewundere dich, Patricia", sagte er leise. „Jeder, der seinem Gelübde treu bleibt und es als essenziellen Teil einer Ehe erachtet, wird von mir stets respektabel behandelt."

„Das ist beruhigend zu wissen", sagte Patricia und war froh, dass er ihre Aussage nicht mit einer leichtfertigen Bemerkung abgetan hatte. „Jetzt müssen wir nur noch eine passende Frau für dich finden, die dir gegenüber ebenso aufrichtig ist."

„Ich glaube nicht, dass ich mir Gedanken darüber machen sollte, ob meine zukünftige Frau zur Treue bereit ist. Ich denke, das Problem liegt bei mir", gab Samuel zu.

„Was meinst du damit?", fragte Patricia.

Samuel zuckte mit den Schultern. „Ich kann niemandem versprechen, dass ich das Ehebett nicht verlasse. Was ist, wenn ich so werde wie meine Mutter?"

„Natürlich wirst du das nicht! Es ist schade, dass du so denkst. Es zeigt wenig Vertrauen in deine eigenen Gefühle. Ich bin mir sicher, dass du deiner Frau niemals diese Schmerzen zufügen würdest, die dein armer Vater wegen deiner Mutter erleiden musste." Wieder einmal sagte sie zu viel, aber wenn sie ihn nicht herausforderte, würde es niemand tun.

„Noch nie habe ich für eine Frau so starke Gefühle gehegt, dass ich mir sicher sein könnte, dass wir für den Rest unserer Tage glücklich wären. Ich glaube nicht, dass ich für eine glückliche Ehe geschaffen bin. Ich wüsste nicht, wie ich das anstellen sollte, selbst wenn ich die Chance auf eine solche hätte", gab Samuel mit einem lässigen Achselzucken zu.

Patricia wusste, warum er diese unsinnigen Worte von sich gab. Wenn er weiterhin den gefühllosen Aristokraten spielte, konnte ihn niemand verletzen, denn er hatte sehr darunter gelitten, wie die Untreue seiner Mutter den Vater gequält hatte.

„Wenn das so ist, werden Dominic und ich eine Frau für dich finden, die dich alle anderen vergessen lässt."

„Ich werde mich keinem Unterfangen anschließen, das zum Scheitern verurteilt ist!", entgegnete Dominic lachend.

Samuel lächelte seinen Freund an, bevor er sich erneut an Patricia wandte. „Solltest du eine solche Frau finden, verspreche ich dir, sie zu heiraten. Aber diese

Frau gibt es nicht. Sie müsste die Geduld einer Heiligen mitbringen, um es mit mir auszuhalten."

„Das stimmt." Patricia lächelte. „Ich möchte dich dennoch glücklich sehen und wenn das bedeutet, die perfekte Frau für dich zu finden, dann ist das eine Aufgabe, der ich mich gern stelle, mein lieber Freund."

„Du wirst es bereuen, Samuel. Du weißt, dass du es bereuen wirst", sagte Dominic, als er das Glitzern in Patricias Augen sah.

„Ich bin zuversichtlich, dass ich in zwei Jahren immer noch ledig sein werde", antwortete Samuel unbekümmert. „Keine Frau auf der Welt könnte mich dazu bringen, ihr genug zu vertrauen, um sie zu heiraten. Denn du weißt, dass ich es nicht schweigend hinnehmen könnte, wie mein Vater es tat. Patricia, falls du eine Frau findest, die so dumm ist, sich in mich zu verlieben, verspreche ich dir, dir das größte Diamantcollier zu kaufen, das du tragen kannst, und das von dir ausgewählte Mädchen ohne ein Widerwort zu heiraten."

Patricia lächelte. „Ich lasse mir ein Collier anfertigen, das ich bei deiner Hochzeit tragen kann." Es war das Bedürfnis, ihn glücklich zu sehen, das sie anspornte. Auch wenn sein Glück auf Kosten ihres eigenen gehen würde, sie war bereit, dieses Opfer für ihn zu bringen. Sie hatte eine schöne Kindheit gehabt, seine hingegen war fürchterlich gewesen. Er hatte sich eine glückliche Zukunft verdient.

In ihrer Gegenwart war er witzig und entspannt, aber sie hatte ihn oft genug in Gesellschaft gesehen, um zu wissen, dass er vor anderen den wahren Samuel verbarg. Es musste einen Weg geben, ihm zu helfen, ob es ihm nun gefiel oder nicht. Sie konnte den Gedanken nicht ertragen, dass er für den Rest seiner Tage einsam sein würde. Das wäre so ungerecht. Er hatte es verdient, Liebe und Zuneigung zu erfahren.

„Ich schätze deinen Ehrgeiz, aber in dieser Hinsicht ist er fehl am Platz." Samuel lächelte sie an.

„Ich bin stolz darauf, einer der wenigen Menschen zu sein, die dich mit all deinen Fehlern und Schwächen kennen. Deshalb bin ich perfekt dazu geeignet, jemanden auszuwählen, der dir ein für alle Mal den Kopf verdreht."

Dominic schnaubte. „Seine sogenannten *Freundschaften* haben nie länger als ein paar Monate gehalten."

Samuel war es sichtlich unangenehm, dass dieser Teil seines Privatlebens angesprochen wurde. „Ich möchte solche Themen lieber nicht vor Patricia erörtern. Sie ist vielleicht kein kleines Mädchen mehr, aber ich respektiere sie zu sehr, um solche niederen Gespräche zu führen. Du verteufelst deine Schwester dafür, dass sie über Spielhöllen Bescheid weiß, redest aber selbst über Mätressen. Hüte deine Zunge, in Gottes Namen!"

„Sie behauptet, dich zu kennen. Dann muss sie auch diese Seite von dir kennen."

Dominic zuckte mit den Schultern und grinste. Er hatte es tatsächlich geschafft, seinen Freund aus der Fassung zu bringen. Eine Kunst, in der sie sich immer wieder duellierten.

Patricia rümpfte die Nase. „Mir ist durchaus bewusst, dass es einige Witwen mit gebrochenem Herzen gibt, die ihn vielleicht nicht mehr belästigen, aber ihre traurigen Blicke haften in jedem Ballsaal an ihm. Ihr Anblick ist bedauernswert."

Samuel rutschte unbehaglich umher. „Du übertreibst. Sie tun nichts dergleichen. Und selbst wenn, solltest du solche Dinge nicht bemerken."

Lachend und kopfschüttelnd wedelte Patricia mit dem Finger. „Ich muss mich unterhalten, wenn ich schon auf den Mauerblümchenbänken sitze. Es ist amüsant, wie eine nach der anderen denkt, sie wäre die Richtige für dich, sich aber schon bald in der großen Schar an abgelegten Eroberungen wiederfindet. Das hat meine Freundinnen und mich schon über Stunden unterhalten."

„Grundgütiger! Ich bin das Gesprächsthema der Mauerblümchenbänke? Ich besuche nie mehr einen Ball", schimpfte Samuel, dem es sichtlich unangenehm war, dass seine Handlungen von Patricia und ihren Freundinnen beobachtet wurden.

„Das wäre schade, denn ich werde es genießen, dir dabei zuzusehen, wie du, mein guter Freund, dich Hals über Kopf verliebst. Ich weiß, dass du der richtigen Frau erliegen würdest."

Samuel schnaubte, aber es war Dominic, der das Wort ergriff: „Mein Freund, du hast mein tiefstes Mitgefühl, denn wir wissen beide, wie entschlossen Patricia ist."

Patricia lächelte Samuel auf ihre neckische Art an und ihre Augen funkelten vor Vergnügen. „Du hast Angst, nicht wahr?"

„Ja, fürchterliche Angst", stöhnte Samuel.

Dominic lacht. „Du bist verdammt!"

„Ich fürchte, da hast du recht."